BÖSE WETTER

Nach längeren Reisen studierte Gesa Knolle Film am Edinburgh College of Art in Schottland, besuchte diverse Schreibseminare und arbeitete an vielen Projekten mit. Heute lebt und arbeitet sie, wenn sie nicht gerade reist, in Berlin.

GESA KNOLLE

BÖSE WETTER

Erzgebirge Krimi

emons:

Bibliografische Information der Deutschen Nationalbibliothek
Die Deutsche Nationalbibliothek verzeichnet diese Publikation in der Deutschen Nationalbibliografie; detaillierte bibliografische Daten sind im Internet über http://dnb.d-nb.de abrufbar.

FSC www.fsc.org
MIX
Papier aus verantwortungsvollen Quellen
FSC® C083411

Umschlagmotiv: Irene Lamprakou/Arcangel.com
Umschlaggestaltung: Nina Schäfer, nach einem Konzept von Leonardo Magrelli und Nina Schäfer
Umsetzung: Tobias Doetsch
Gestaltung Innenteil: DÜDE Satz und Grafik, Odenthal
Lektorat: Lothar Strüh
Druck und Bindung: CPI – Clausen & Bosse, Leck
Printed in Germany 2021
ISBN 978-3-7408-1131-0
Erzgebirge Krimi
Originalausgabe

De omnibus dubitandum est.
An allem ist zu zweifeln.

1 Dienstag

Hektisch wischten dunkle Baumstämme durch das Blickfeld. Holz krachte, jemand atmete schwer. Die Kamera war zu schlecht, um bei den rasch wechselnden Lichtverhältnissen ein gutes Bild zu liefern. Etwa zwanzig Meter voraus stapfte die Silhouette eines breitschultrigen Mannes durchs Unterholz.

»Benni, jetzt gib halt zu, dass du dich geirrt hast«, rief eine tiefe Männerstimme hinter der Kamera.

»Sind doch gleich da«, donnerte der Vorauseilende, ohne sich umzudrehen.

Ein junger Mann mit zartem Oberlippenflaum und schwarzer Wollmütze beugte sich ins Bild und verdrehte die Augen. »Der feine Herr Benni hat sich beim letzten Rätsel vorm Cache verrechnet, und deshalb irren wir jetzt seit über einer Stunde hier rum. Es ist arschkalt, obwohl es Mai ist, da oben die Sonne scheint und in Berlin alle baden gehen! Ich meine: Schaut euch das an!« Er deutete auf einen verkarsteten grauen Schneeberg am Fuß einer Fichte.

Der Kameramann zoomte den Haufen heran und fügte mit Grabesstimme hinzu: »Wir sind im Herzen von Mordor, hier scheint die Sonne niemals.«

Beide lachten und rannten die letzten Meter auf Benni zu, der am Rande einer Lichtung stehen geblieben war.

»Ey Babo, jetzt mach –«

Der Mützenträger verstummte abrupt. Im selben Moment stellte sich die Kamera auf die gleißenden Lichtverhältnisse auf der Lichtung ein.

Etwa zwei Meter entfernt hockte ein struppiger Fuchs im Gras und starrte die drei Geocacher überrascht an. Ihm fehlte die Hälfte seines rechten Ohres, wie rausgebissen. Im Maul trug er etwas Längliches, Fleischfarbenes.

»Alter«, murmelte der Mützenträger, »voll Lynch-mäßig.«

»Quatsch! Bei Kurosawa kam das viel geiler«, entgegnete

Benni und schubste ihn. Der Fuchs nutzte den Moment und schoss davon, die drei Geocacher hinter ihm her.

»Halt ihn fest!«

»Vorsicht, der haut ab!«

Mit einem scharfen Schwenk nach links kam der Kameramann ruckartig neben seinen Freunden zum Stehen. »Krass«, keuchte er und beugte sich nach vorne, sodass die Kamera den Boden filmte. Dort, auf einem Bett aus Moos, lag eine bleiche Hand. Dann brach die Aufnahme ab.

Hannah Stein legte das Tablet beiseite und rieb sich mit der Hand über ihre geröteten Augen. Es war acht Uhr morgens, und sie hatte schon zwei Stunden Fahrt hinter sich. Von dem schönen Wetter oder dem geschäftigen Treiben auf dem Rastplatz am Hermsdorfer Kreuz, das durch die heruntergelassenen Fenster ihres Dienstwagens zu ihr hereindrang, bekam die Kriminalhauptkommissarin nichts mit, sie war viel zu müde.

Seit dem Schlaganfall ihres Vaters vor vier Tagen hatte sie kaum geschlafen. Ständig war sie zwischen der Klinik und der Wohnung ihrer Eltern gependelt, hatte versucht zu helfen, zu organisieren. Das war zäh, traurig und deprimierend gewesen. Als gestern Bert Wendel, ihr Chef und Leiter einer inoffiziellen Spezialeinheit des BKA, für den sie seit fast zehn Jahren arbeitete, anrief und fragte, ob sie einen Fall übernehmen könne, hatte sie sofort zugesagt.

Hannah schob sich das letzte Stück Croissant aus dem Tankstellenshop in den Mund und spülte es mit laschem Automatenkaffee herunter, während sie das halbseitige Dossier überflog, das Bert ihr zusammen mit dem Clip gemailt hatte.

Nach bisherigem Kenntnisstand gehörte die abgetrennte Hand einem jungen Polizeimeister aus Aue, der seit vier Tagen vermisst wurde. Bevor er verschwand, hatte er an einem Imbiss randaliert und dabei auch Kollegen angegriffen. Seine Hand war am nächsten Morgen von Geocachern kurz hinter der Grenze in Tschechien gefunden worden. Mehr war zurzeit noch nicht bekannt.

Der Fall erinnerte Hannah an ein Lieblingsmärchen ihres Großvaters, in dem der Fuchs die Hand des Helden stiehlt, die dessen böse Stiefmutter ihm im Schlaf abgehackt hat. Aber wie ging das Märchen weiter? Obwohl sie erst achtunddreißig war, hatte Hannah oft das Gefühl, mehr zu vergessen als andere Menschen in ihrem Alter.

Sie sah wieder auf ihr Tablet. Es war zehn vor acht. Sicher brachte ihre Schwester gerade ihre Söhne in die Schule und zur Kita und fuhr danach zu ihrem Vater ins Krankenhaus. Lea war zwei Jahre älter als sie und hatte ein Gedächtnis wie ein Elefant. Hannah nahm sich vor, sie abends anzurufen und zu fragen, wie das Märchen weiterging. Gähnend steckte sie das Tablet zu ihrer Dienstpistole in die Kuriertasche, schüttelte die Croissantkrümel von ihrem schwarzen Jumpsuit und ließ den Motor an. Bis Chemnitz lag noch eine weitere knappe Stunde Fahrt vor ihr.

2

Kurz vor neun parkte Hannah gegenüber dem massiven Gebäude der Polizeidirektion Chemnitz. Es war ihr erster Besuch im ehemaligen Karl-Marx-Stadt, und sie wusste nur, dass in der Mitte der drittgrößten Stadt Sachsens ein gigantischer Karl-Marx-Kopf stand, die Bewohner deutsche Spitzenreiter in Sachen Crystal-Meth-Konsum waren und ein Problem mit Rechtsextremismus hatten. Hannah angelte ihre schwarze Bomberjacke vom Rücksitz, griff nach der Kuriertasche und stieg aus.

Das im Dossier angegebene Besprechungszimmer lag im zweiten Stock des historischen Direktionsgebäudes. In dem abgedunkelten Raum saßen eine Frau und vier Männer bei Kaffee und Keksen um einen runden Tisch und unterhielten sich angeregt. Das Gespräch verstummte abrupt, als Hannah eintrat. Sie war es gewohnt, angestarrt zu werden, dennoch nervte es sie. Ob es an ihrer Körpergröße von eins vierundachtzig, ihrer stets schwarzen Kleidung oder ihrem distanzierten Blick lag, wusste sie nicht – und es war ihr auch egal. Adjektiven wie »nett« oder »aufgeschlossen« konnte sie sowieso nichts abgewinnen.

»Morgen. Stein, BKA Wiesbaden.«

Sie warf ihre Kuriertasche auf den Tisch und wollte sich auf den nächsten freien Platz setzen, doch der Mann links von ihr war bereits aufgesprungen und zog galant lächelnd den Stuhl für sie zurück.

»Guten Morgen! Gestatten, Leutnant Jakub Novák, nationales Zentrum gegen organisierte Kriminalität Prag.«

Jetzt war es Hannah, die starrte. Vor ihr stand Clark Gable, keine dreißig, aber schon mit diesem knautschigen Gesicht, der Gelfrisur und dem schmalen Oberlippenbart samt ausrasierter Lücke unter der Nase. Dazu trug er einen perfekt sitzenden nachtblauen Anzug.

»Willkommen in Sachsen, Frau Stein«, sagte die weißhaarige

Frau auf der anderen Seite von Novák und erhob sich. Der mühelos bestimmende Klang ihrer Stimme stellte sofort klar, dass sie es gewohnt war, das Sagen zu haben.

»Ich bin Monika Breitfeld, Kriminaldirektorin der KPI Chemnitz. Vielen Dank, dass Sie alle diesen frühen Termin möglich machen konnten. KHK Stein und Leutnant Novák waren ja bereits so nett und haben sich vorgestellt, ich will es auch kurz halten.« Sie wies auf den extrem hageren Mann mit gewaltigem Adamsapfel zu ihrer Linken, der abwesend in seinen Unterlagen blätterte. »Dr. Obenauf, Leiter der Chemnitzer Außenstelle des Rechtsmedizinischen Instituts Leipzig, daneben Kollege Ziegler, EPHK vom Revier Aue.«

Der Erste Polizeihauptkommissar und Chef des Auer Polizeireviers, ein untersetzter grauhaariger Mann mit hängenden Wangen und zahllosen Lachfalten, nickte Hannah freundlich zu.

»Ebenfalls aus Aue«, fuhr Monika Breitfeld fort, »der Leiter des Kriminaldienstes KOK Pauer. Er wird uns kurz in den Fall einführen, bevor Dr. Obenauf uns seine Erkenntnisse mitteilt.«

Sie setzte sich, und Kriminaloberkommissar Pauer, ein bulliger Mittvierziger in einer schwarz glänzenden Trainingsjacke mit zwei goldenen Streifen, klappte den Laptop vor sich auf.

»'tschuldigung vorab, dass kein ausführlicherer Bericht verschickt wurde, aber das war in der Eile nicht zu schaffen. Dafür hab ich eine kleine Präsentation vorbereitet, die schick ich später noch rum.«

Pauer drückte eine Taste des Laptops, und der Beamer an der Decke erwachte mit leisem Rauschen aus dem Stand-by. An der fensterfreien Wand erschien das Foto eines schmalen aschblonden Manns Mitte zwanzig mit der Bildunterschrift »PM Dennis Uhlig«.

»Polizeimeister Dennis Uhlig gilt seit Freitag als vermisst. Zuletzt wurde er gegen sechzehn Uhr dreißig am Postplatz in Aue gesehen, wo er erst vor dem vietnamesischen Imbiss ›Gia Toc‹ und dann gegenüber in der Spielothek ›Glück auf‹ randalierte. Dabei ging er wahllos auf Passanten und herbeigerufene Kollegen los. Im Anschluss flüchtete er über den Floßgraben Richtung Schneeberg in den Wald und wurde seitdem nicht mehr gesehen. Samstag früh fanden dann drei Berliner Geocacher kurz hinter der tschechischen Grenze, im Wald bei Breitenbach, eine rechte Hand und gaben sie beim Polizeistandort Johanngeorgenstadt ab. Nach Aufnahme ihrer Aussagen kontaktierte der Beamte vor Ort mein Kommissariat sowie die tschechischen Kollegen. Da schnell klar wurde, dass die Hand einem unserer Kollegen, also dem Dennis, gehört, waren die Tschechen so freundlich, sie uns zur weiteren Untersuchung zu überlassen.«

»Und woher wussten Sie so schnell, dass die Hand Uhlig gehört?«, unterbrach Hannah die Ausführung des Kommissars.

»Dennis hat ein Tattoo auf der Innenseite seines rechten Unterarms. Da steht ›Aue‹, dann das Logo des FC Erzgebirge Aue und ›Glück auf‹.«

Pauer klickte durch ein paar Fotos, bis an der Wand die abgetrennte Hand mit den eintätowierten Buchstaben ›Au‹ auf der Innenseite des Handgelenks erschien. Er fuhr fort: »Samstagnachmittag suchten die tschechischen Kollegen die Umgebung des Fundorts weiträumig ab, jedoch ohne einen Hinweis auf Dennis' Verbleib zu finden. Ebenso ergebnislos blieb die Suchaktion Sonntagvormittag im Wald zwischen Floßgraben und Schneeberg. Zur Schlägerei vor der Spielothek am Freitag bleibt noch zu sagen, dass alle Zeugen Dennis als ›wildes Tier‹ beschrieben haben, als völlig durchgedreht. Das ist bemerkenswert, da er eigentlich eher vom schüchternen Typ ist.«

»Wurde versucht, Uhligs Handy zu orten?«, fragte Hannah.

»Klar, aber das ist aus«, erwiderte Pauer.

»Und was wissen Sie über die Hand? Ist bereits klar, wann und wie sie Uhlig abgetrennt wurde?«

»Vielleicht kann diese Frage Dr. Obenauf beantworten?«, klinkte sich Kriminaldirektorin Breitfeld ein und blickte erwartungsvoll zu dem Rechtsmediziner an ihrer Seite.

»Nun«, Obenauf räusperte sich umständlich, »einzig anhand der Hand ist der Zeitpunkt der Amputation leider nicht zuverlässig zu bestimmen.« Seine nasale Stimme klang leicht arrogant.

»Warum sagen Sie ›Amputation‹?«, hakte Hannah nach. »Gehen Sie davon aus, dass Uhlig den Verlust seiner Hand überlebt hat?«

»Das tue ich. Wahrscheinlich kam es nicht mal zu einem nennenswerten Blutverlust, da das örtliche Gewebe verbrannt und gleichzeitig alle Gefäße verödet wurden.«

»Aber …« Breitfeld blickte den Rechtsmediziner bestürzt an. »Heißt das, die Hand wurde fachmännisch entfernt?«

»Ja und nein, es ist kein mir bekanntes Verfahren. Es ähnelt einer Ablation, bei der mit einer durch Strom erhitzten Drahtschlinge Gewebe durchtrennt oder verdampft wird, gleichzeitig erfolgt der Verschluss der Gefäße und damit eine Blutungsstillung. Die hierfür eingesetzte Stromfrequenz hängt von der Art des zu durchtrennenden Gewebes ab, in diesem Fall Haut, Muskeln, Sehnen *und* Knochen. Der Widerstand von Haut- und Muskelgewebe ist relativ gering, doch der von Knochen ist um den Faktor eintausend höher!«

»Und das heißt für Normalsterbliche?«, unterbrach Pauer den Arzt schroff.

Pikiert presste Obenauf die Lippen zusammen. Betont langsam fuhr er fort: »Wenn Uhligs Hand mit diesem Verfahren abgetrennt worden wäre, wäre sie – und sein restlicher Körper – gar gekocht! Die Hand ist aber bis auf einige Bissspuren unversehrt.«

Der Rechtsmediziner machte eine Kunstpause und schien die nun stumme, ungeteilte Aufmerksamkeit im Raum zu genießen.

»Daraus folgend stellt sich eine weitere Frage: Warum ist die Schnittfläche mit einem Film aus Sulfiden und Schwefelwasserstoff überzogen? Wenn zum Abtrennen der Hand tatsächlich Strom verwendet wurde, hätte der Schwefel die elektrische Leitfähigkeit behindert. Wozu also der Schwefel?«

Da niemand auf seine Frage eine Antwort wusste, fuhr er fort: »Ferner haben wir noch Erde, tierischen Speichel sowie drei Fingerabdrucksätze an der Hand gefunden. Die Daktylogramme passen zu denen der Finder.«

»Wurde abgeklärt, ob die Geocacher mehr mit dem Fall zu tun haben?«, fragte Hannah an Pauer gewandt.

»Klar, die drei haben ein Alibi«, erwiderte der bullige Kommissar. »Sie kamen am Freitag um fünfzehn Uhr einundzwanzig mit dem Regio in Johanngeorgenstadt an, sind dann zu ihrer Pension gelaufen und haben den restlichen Tag bis tief in die Nacht auf ihrem Zimmer Party gemacht. Daran konnte sich die Wirtin erinnern, sie war, ich zitiere, ›grässlich genervt vom Gejohle der Jungen‹.«

»Verstehe. Gibt es denn Vermutungen, wer Uhlig die Hand abgetrennt haben könnte?«

»Nein, Dennis war sehr beliebt, und Probleme mit der Scharia hatten wir bisher auch noch nicht.«

Ziegler, der Chef des Auer Polizeireviers, lachte so herzhaft über den Witz seines Kriminaloberkommissars, dass sein ganzes faltiges Gesicht vibrierte. »Der ist gut, Ralf, der ist gut!«

Offenbar beschämt über den Schenkelklopferhumor der Kollegen – ihr Gesicht sprach Bände –, wendete sich Kriminaldirektorin Breitfeld nochmals an den Rechtsmediziner. »Dr. Obenauf, bitte sagen Sie uns doch noch etwas zu dem Chip, den Sie in Uhligs Hand gefunden haben.«

»Aber natürlich, gerne. Beim Röntgen der Hand entdeckten wir im Musculi interossei dorsales I«, der Arzt zeigte an seiner rechten Hand auf die Falte zwischen Daumen und Zeigefinger, »sprich in der Schwimmhaut, ein Microchip-Implantat. Den zwei mal zwölf Millimeter großen, biokompatiblen Glaszylinder konnte ich unbeschädigt entnehmen.«

Er drehte sich zu Pauer. »Könnten wir dazu bitte das Bild sehen?«

An der Wand erschien eine Nahaufnahme von Uhligs Zeigefinger und Daumen, dazwischen lag eine etwa reiskorngroße Glaskapsel.

Obenauf übergehend, setzte Pauer dessen Ausführung fort: »Der Chip bietet eine Near Field Communication, heißt, die gespeicherten Daten können von einem Smartphone oder einem anderen kompatiblen Gerät aus der Nähe ausgelesen werden. Auf Uhligs Chip sind diverse Schlüssel gespeichert, wozu die gehören, klären wir derzeit noch.«

»Wurden denn in Uhligs Wohnung oder an seinem Arbeitsplatz Hinweise auf den Grund seines Verschwindens gefunden?«, fragte Hannah.

»An seinem Arbeitsplatz, sprich in seinem Spind, gab's keinerlei Hinweise, und in seinem Haus waren wir noch nicht. Das steht auf dem Grundstück seiner Eltern, und die wollten wir nicht noch mehr beunruhigen.«

»Nicht noch mehr beunruhigen?« Hannah sah den Kommissar scharf an. »Uhlig ist seit vier Tagen verschwunden, und ihm fehlt eine Hand. Was ist daran nicht schon maximal beunruhigend?«

Beschwichtigend hob Pauer die Hände. »Okay, okay. Ich rufe gleich die Kollegen an, damit sie sich schon mal um –«

»Die können jetzt auch warten, bis wir da sind«, knurrte Hannah.

Es folgte betretenes Schweigen.

»Nun gut.« Kriminaldirektorin Breitfeld stand auf. »Gibt es sonst noch etwas zu besprechen, bevor wir zur Pressekonferenz übergehen?«

Novák, der charmante Leutnant aus Prag, räusperte sich. »Ich hätte noch eine Information. Mir wurde auf dem Weg hierher mitgeteilt, dass Dennis Uhlig sich Donnerstagnacht in der Nähe von Nové Hamry, knapp acht Kilometer Luftlinie von der tschechisch-deutschen Grenze, aufgehalten hat. Eine unserer Spezialeinheiten hat ihn dabei fotografiert, wie er das Etablissement ›Sedmikrásky‹ aufsuchte, das sie seit Kurzem observieren.«

»Und das erfahren wir erst jetzt?«, blaffte Pauer den Tschechen wütend an.

»Dafür bitte ich um Entschuldigung.« Nervös strich sich Novák über seinen schmalen Bart. »Aber wie gesagt wurde ich auch erst auf der Fahrt hierher in Kenntnis gesetzt. Besagtes Etablissement ›Sedmikrásky‹, zu Deutsch Tausendschönchen, wird von einer tschechisch-vietnamesischen Organisation betrieben, die mit Menschen und Drogen handelt. Ich denke, Lukas Černy und Vi-Dan Ngo sind für Sie keine Unbekannten?«

»Was? Der Dennis war bei denen im Puff?« Revierchef Ziegler klang bestürzt, und seine Lachfalten glichen mit einem Schlag tiefen Furchen.

»Natürlich sind uns die beiden Personen bekannt«, beantwortete Breitfeld Nováks Frage. »Vielen Dank, Leutnant. Bitte lassen Sie KOK Pauer den Bericht Ihrer Kollegen sowie die Fotografien zukommen, er arbeitet sie dann in unseren Bericht ein.« Mit einem eindringlichen Blick in die Runde fügte die Kriminaldirektorin hinzu: »Es versteht sich, dass diese Information bis auf Weiteres vertraulich behandelt wird.«

3

Schon vor Beginn der Pressekonferenz war die Luft in dem viel zu kleinen, voll besetzten Sitzungssaal zum Schneiden. Hannah blätterte kurz durch die Tageszeitungen, die hinter dem Rednerpult auf einem Tisch ausgebreitet lagen. Im »Erzgebirgsboten« hatte es die Geschichte auf die Titelseiten geschafft, in den überregionalen immerhin bis auf eine Spalte auf der Panorama- oder, wie Hannahs Vater sie nannte, Blutseite. »Eiskaltes Händchen im Erzgebirge – wo ist der Rest des Polizisten?«, »Scharia in Böhmen?! Wer schlug deutschem Polizisten die Hand ab?« und »Fuchs, du hast die Hand gestohlen – grausiger Fund bei Geocache in Tschechien« waren noch die dezenteren Schlagzeilen.

Als Breitfeld gegen ihr Mikro klopfte, wurde es still im Saal. Das folgende Frage-Antwort-Spiel ließ Hannah an sich vorbeirauschen – in ihren Augen dienten Pressekonferenzen in erster Linie der Wahrung politischer Interessen –, bis die Kriminaldirektorin sagte: »… haben wir Unterstützung vom BKA erhalten, um diesen grenzübergreifenden Fall schnellstmöglich aufzuklären.«

Hannah blickte in die ihr erwartungsvoll zugewandten Gesichter und sagte, was sie immer auf Pressekonferenzen sagte: »Danke, aber zum Stand laufender Ermittlungen darf ich mich leider nicht äußern.« Fünf Minuten später war die Veranstaltung beendet.

»Meine Güte, Sie haben einen Zahn drauf!«

Schnaufend passte der untersetzte Revierchef Ziegler Hannah vor dem Ausgang der Polizeidirektion ab. »Hätten Sie ein freies Plätzchen für mich? Dann können wir die Fahrt nach Aue gleich produktiv nutzen, und ich erzähl Ihnen ein bisschen mehr über unsere schöne Gegend und den Dennis.«

»Selbstverständlich, wenn Sie Ihren KOK allein lassen können?«

»Den Pauer?« Ziegler grinste so breit, dass sein Gesicht einer einzigen Lachfalte glich. »Der vergreift sich gern mal im Ton, ist aber sonst vollkommen in Ordnung.« Kraftvoll schubste er das Eingangsportal auf, dann traten sie in den strahlenden Sonnenschein hinaus.

»Wissen Sie eigentlich, was für ein Glück Sie haben? Bis vor zwei Wochen herrschte in den Bergen bei uns noch Winter, aber gestern waren es in Aue schon vierzehn Grad. Der Klimakrise sei Dank!« Er lachte herzlich.

Sie überquerten die Straße und liefen auf Hannahs Wagen zu.

»Ich versprech Ihnen«, plauderte Ziegler in seinem jovialen Ton weiter, »wenn wir den Dennis gefunden haben, wollen Sie hier gar nicht mehr weg!«

»Das klingt, als ob wir sehr lange brauchen würden.« Hannah drückte die Fernbedienung, und die elektrische Verriegelung des BMWs klackte auf.

»Sie haben Humor, Frau Stein! Das gefällt mir.« Glucksend ließ sich Ziegler auf den Beifahrersitz fallen.

An der Ausfahrt des Parkplatzes wartete Kriminalkommissar Pauer in einem silbernen Škoda und signalisierte Hannah, ihm zu folgen.

»Dennis' Mutter und ich«, fuhr Ziegler fort, »wir waren schon zusammen auf der Schule. Sehr nette Leute, die Uhligs, sehr gesellig. Der Dennis ist ihr einziges Kind, der kam ganz spät und wurde wahnsinnig verwöhnt. Ein echtes Nesthäkchen. Zum Achtzehnten haben sie ihm dann das Haus gebaut, hinten am Hang auf ihrem Grundstück. Da ist er –«

»Was denken denn Sie, wo Uhlig steckt?«, unterbrach Hannah den Redefluss des Revierchefs.

»Wenn ich das wüsste!« Ziegler stöhnte theatralisch. »Ich hätte ihn längst nach Hause gebracht! Kein Mensch will mehrmals täglich mit weinenden Müttern telefonieren.«

»Hatte Uhlig Streit mit seinen Eltern oder Kollegen?«

»Der Dennis doch nicht!« Kopfschüttelnd rieb sich der Revierchef das weiche Kinn. »Dass der in diesem tschechischen Puff gewesen sein soll …«

Pauers Škoda kroch in vorschriftsmäßigem Tempo vor ihnen die Auffahrt zur Autobahn hinauf. Sobald Hannah konnte, trat sie das Gaspedal durch und zog links an ihm vorbei. Haltsuchend griff Ziegler nach dem Türgriff.

»Hoppla! Ich hoffe, Ihr Fahrstil steht in Ihrem Waffenschein?«

Als Hannah nicht auf seinen Scherz reagierte, fuhr der Revierchef fort: »Dieser Tscheche, der Černy, ist übrigens ein ganz schlimmer Finger, seit Jahren überschwemmt der uns mit seinem verdammten Crystal Meth.« Nach einer kurzen Pause fügte er hinzu: »Wo ich so drüber nachdenke, frag ich mich, ob der Dennis da nicht vielleicht in irgendwas reingezogen wurde. Der Charakterstärkste ist der ja nicht gerade –«

»Sie denken, Uhlig hat gedealt?«

»Nun, man kann ja nicht in die Menschen reingucken. Vielleicht wurde er gezwungen oder brauchte dringend Geld. Und dann ist was schiefgelaufen, und der Černy hat ihm zack zur Strafe die Hand abgehackt!«

»Ablatiert«, korrigierte Hannah den Revierchef.

»Dann eben ›ablatiert‹.« Ziegler äffte die nasale Stimme des Rechtsmediziners nach. »Vielleicht hat der Černy den Dennis aber auch umgebracht und zerstückelt.«

»Černy kann Uhlig schlecht Donnerstagnacht ermordet und zerstückelt haben, wenn Uhlig Freitag noch in Aue randaliert hat«, entgegnete Hannah trocken.

»Und wenn der Dennis Freitagabend zurück nach Tschechien ist oder die ihn sich hier geschnappt haben? Ist ja nicht weit zur Grenze. Auf jeden Fall muss sein Haus gründlich durchsucht werden.« Hektisch fummelte Ziegler sein Handy aus der Gesäßtasche. »Der Pauer soll auf jeden Fall schon mal seine Leute losschicken.«

»Die sollen das Haus aber nicht betreten, bevor wir da sind«, warf Hannah schroff ein.

»Aber natürlich«, versicherte ihr der Revierchef und wählte die Nummer seines Kriminalkommissars, der inzwischen hinter ihnen zurückgefallen war. Kurz vor der Abfahrt nach Aue zog Hannah vor einem Laster rechts rüber und bremste erst auf der Hälfte der Ausfahrt scharf ab. Erneut packte Ziegler haltsuchend nach dem Türgriff, sagte aber diesmal nichts.

Unter Erzgebirge hatte sich Hannah wilde, dunkle Wälder und hohe Berge vorgestellt, bisher zeigte sich das Mittelgebirge aber eher aufgeräumt und sanft hügelig. Die Landstraße führte vorbei an saftig grünen Feldern und lichten Mischwäldern. Aue selbst lag in einer Mulde, umgeben von bewaldeten Hügeln. Als sie über die Hochstraße auf die Stadt zufuhren, bemerkte Hannah einen Betonriegel, der zwischen zwei Hängen über der Stadt thronte. Ziegler registrierte ihren Blick.

»Ja, das hübsche Baudenkmal, das Sie da drüben am Eichert sehen, ist ›Auer Manhattan‹. Böse Zungen nennen die drei Plattenbauten aber auch die ›Chinesische Mauer‹. Früher war das die beste Wohnlage, heute steht leider das meiste leer. Die beiden Häuschen der Uhligs liegen auch da oben. Der Dennis ist dort geboren und aufgewachsen, ein waschechter Eichert-Indianer.«

»Und wie komme ich dahin?«, fragte Hannah.

»Nächste Kreuzung rechts und dann einmal quer durch die Stadt.«

Sie fuhren an zwei Schnellrestaurants und einer Tankstelle vorbei.

»Da hinter den Bäumen«, Ziegler deutete nach links, »da steht das Erzgebirgsstadion. Der FC Erzgebirge Aue sagt Ihnen doch hoffentlich was?«

»Nein, Fußball interessiert mich nicht.«

»Wie schade! Wir leben hier nämlich für den FCE.« Der Revierchef hob die Faust. »Die Macht aus dem Schacht!«

Hannah bog an der Kreuzung nach rechts ab und fuhr am Bahnhof vorbei. Auf den ersten Blick erschien ihr Aue wie jede durchschnittliche deutsche Kleinstadt – nett renovierte Häuser, kleine Läden, ein paar Restaurants, eine Bäckerei. An die rückwärtige Seite des etwas karg gestalteten Marktplatzes schmiegten sich Altbauten mit einem Eiscafé und einer Apotheke, die Straßenseite dominierte ein Sparkassenbau im Neunziger-Jahre-Stil.

»Da vorne vor der Kirche müssen Sie wieder rechts«, sagte Ziegler.

Hannah tat wie geheißen. Am Ende der schmalen Straße ging es steil bergan, dann öffnete sich die Sicht auf einen mit kleineren Reihen- und Einfamilienhäusern überzogenen Hang, auf dem zuoberst die drei gewaltigen grauen Plattenbauten thronten. In der Zufahrt eines hübschen Altbaus parkten bereits drei Streifenwagen. Gut zwanzig Meter oberhalb am Hang standen vor einem reizlosen Fertighaus zwei Polizisten mit einer Frau. Hannah parkte den BMW am Straßenrand.

»Warten Sie nicht auf mich, ich komm nach«, erklärte Ziegler.

Irritiert blickte Hannah den Revierchef an, dann stieg sie aus und sah, dass die Tür des Fertighauses bereits offen stand.

4

»BKA. Wer hat Ihnen erlaubt, die Tür aufzubrechen?«, fuhr Hannah die beiden Polizisten an, die auf der Terrasse vor Uhligs Haus warteten. Die zierliche Frau, die neben den Beamten stand, stieß einen spitzen Schrei aus.

»BKA? Heißt das, mein Sohn ist tot?« Mit angstgeweiteten, verweinten Augen starrte sie Hannah an. »Kann es ja nur heißen, warum sonst kommt extra das BKA!«

Laut aufschluchzend presste sie ihr Gesicht gegen die Brust des rotbärtigen Polizisten, der ihr tröstend seinen Arm um die zuckenden Schultern legte.

»Entschuldigen Sie bitte, Frau Uhlig leidet sehr unter dem Verschwinden ihres Sohnes.«

Wie der gepflegte Vollbart des jungen Polizisten passten auch seine sonore Stimme und der gutmütige Gesichtsausdruck perfekt zum Gesamteindruck eines soliden Schwiegersohns.

»Ich bin PM Frank Knaup, Dennis' Streifenpartner. KOK Pauer hat die Durchsuchung angeordnet. Er sagte, Sie seien gleich hier und würden uns bei der Suche nach Dennis unterstützen.« Freundlich lächelnd streckte er Hannah seine freie linke Hand entgegen.

»Warum wurde die Tür aufgebrochen, besitzen die Eltern keine Schlüsselkarte?«, entgegnete Hannah und ignorierte die ihr angebotene Hand.

»Woher wissen Sie von dem elektronischen Schloss?«, fragte Knaup verwundert.

»Nun, ich sehe den Zylinder, und in Uhligs Hand wurde ein Chip gefunden, der diverse Schlüssel enthält. Sie sind sein Streifenpartner und wissen nichts von seinen Cyborg-Spielereien?«

»Damit hat Dennis erst in den letzten Monaten angefangen«, schluchzte Frau Uhlig, ihr Gesicht noch immer in Knaups Uniformjacke vergraben. »Plötzlich durfte keiner mehr ins Haus. Nicht mal ich, obwohl ich immer sauber gemacht hab.«

»Wissen Sie, ob Ihr Sohn bedroht wurde? Hatte er vor jemandem Angst?«

Als Frau Uhlig jetzt zu Hannah blickte, glitt ein schwaches Lächeln über ihr blasses Gesicht. »Als Kind hatte Dennis vor vielen Dingen Angst, besonders vor Geistern und Ungeheuern. Dann hat das mit den Computerspielen angefangen, und er wurde immer mutiger. Und dann ist er zur Polizei gegangen. – Aber vielleicht kam die Angst zurück? Er hat einfach nicht mehr mit mir gesprochen …« Hilfesuchend griff sie nach Hannahs Hand. »Sie finden ihn, ja?«

»Wir geben unser Bestes.« Hannah wand ihre Hand aus Frau Uhligs Umklammerung und betrat das Haus.

Sämtliche Wände im Erdgeschoss waren im unteren Teil weiß gefliest, im Flur sogar bis zu einem Meter fünfzig. Da die Rollläden geschlossen waren, strahlte nur das kalte Licht der Sparlampen fahl von den glänzenden Oberflächen wider. In der Mitte des überdimensionierten Wohnzimmers stand eine wuchtige Sofalandschaft aus beigem Leder, die Bezüge der Sitzkissen waren abgezogen und achtlos zur Seite geworfen worden. Auf dem gläsernen Couchtisch lag eine Xbox zwischen leeren Chipspackungen und Bierflaschen. Die Wand gegenüber dem Sofa war kahl, an der Decke hingen ein Beamer und vier Lautsprecher.

Vor einem niedrigen schwarzen Regal an der rechten Wand kniete ein Beamter und begutachtete die aneinandergereihten Spiele. Als er Hannah bemerkte, gab er vor, in und hinter den Hüllen nach etwas zu suchen. Seine Kollegen in der Einbauküche fachsimpelten über das Spiel des FCE am vergangenen Sonntag, verstummten aber, als sie Hannah bemerkten. Hannah schaute kurz in die Küchenschränke, doch die waren, abgesehen von etwas Geschirr und einigen Dosensuppen, leer.

Sie lief die Wendeltreppe hinauf in den ersten Stock und sah sich um. Hier schien noch keiner der Beamten gewesen zu sein. Neben einem geräumigen Bad gab es drei weitere Zimmer, von denen jedoch nur eines eingerichtet war.

Auf dem Kingsize-Doppelbett thronte ein vollgestopfter

Hartschalenkoffer, der restliche Inhalt des großen Wandschranks war ringsum verteilt. Auf dem rechten Nachttisch lagen Kondome und Gleitgel auf einer Computerzeitschrift, und über dem Kopfende des Bettes, umrahmt von zahlreichen Fotos, hing ein lila-weißer Fußballschal, auf dem stand: »Willkommen in der Hölle – Erzgebirge«. Hannah betrachtete die Schnappschüsse drum herum. Alle waren in Stadien aufgenommen worden, drei zeigten Uhlig selbst, zweimal zusammen mit seinem Streifenpartner Knaup.

»Und, Dennis schon gefunden?«

Betont lässig lehnte sich KOK Pauer in den Türrahmen. Seine schwarze Trainingsjacke spannte um die Schultern herum, er musste viel Zeit im Kraftraum verbringen. Statt zu antworten, hielt Hannah die knappe rote Badehose, die zuoberst in Uhligs Koffer lag, in die Höhe. »Sieht aus, als ob Ihr Kollege verreisen wollte.«

»Urlaub hatte er keinen eingereicht. Vielleicht wollte er die Sachen auch nur zum Waschen zu seiner Mutter bringen. Wie Sie sicher bemerkt haben, ist er ja Junggeselle.«

Hannah ließ die Badehose zurück auf den Stapel fallen. »Wurden denn schon Drogen gefunden?«

»Nein, meine Jungs suchen noch.«

»Und sein Handy und der Computer?«

Ohne sich umzudrehen, brüllte Pauer über die Schulter: »Haben wir schon Dennis' Handy und Computer?«

»Nein, Chef«, klang es dumpf aus dem Keller. »Aber kommen Sie mal runter, das müssen Sie sich anschauen.«

Hannah folgte Pauer in den Keller. Hinter einer Stahltür lag ein mit Schallschutzplatten ausgekleideter, gut zwanzig Quadratmeter großer Raum. Zwei Beamte waren damit beschäftigt, ordentlich in Regalen aufgereihte Boxen auf dem Stahltisch in der Raummitte auszuleeren und den Inhalt zu untersuchen. In buntem Durcheinander lagen dort bereits diverse Transponder, Platinen, Kabel und andere elektronische Teile.

»Na, das nenne ich mal einen Profi-Hobbykeller«, witzelte Pauer und wühlte in dem Elektronikhaufen.

Hannah zog eine Kiste mit der Aufschrift »Implantate« aus einem der Regale. Einzeln verpackt ruhten darin zwei Chips wie der aus Uhligs Hand sowie ein Päckchen mit dem aufgeklebten Foto eines spritzenartigen Geräts und der Aufschrift »NFC Implantat 1.8«.

»Schau mal einer an, ein GPS-Tracker.« Pauer hielt eine kleine schwarze Box in die Höhe. »Für Überwachungstechnik interessiert sich Dennis also auch. Dann kann er ja zur IT wechseln, wenn er wiederkommt. Was die da machen, das schafft er auch mit links.«

Der Kommissar und seine beiden Kollegen brachen in johlendes Gelächter aus. Hannah stellte die Kiste mit den Implantaten zurück an ihren Platz und verließ den Keller. Noch im Erdgeschoss konnte sie das Grölen der Männer hören.

Knaup, Uhligs rotbärtiger Streifenpartner, saß allein im Wohnzimmer auf dem Sofa, die Xbox in der Hand, und starrte gedankenverloren auf die kahle Wand. Die Lederkissen waren inzwischen wieder bezogen und auf ihren ursprünglichen Platz zurückgelegt worden. Der Polizeimeister zuckte leicht zusammen, als Hannah sich neben ihn setzte.

»Entschuldigung. Wissen Sie, ob Uhlig einen Computer besitzt?«

»Natürlich, erst letzten Monat hatte er sich einen neuen Laptop gekauft, so ein Megagerät mit zwei Top-Grafikkarten.« Gedankenverloren strich Knaup über die Spielkonsole in seiner Hand. »Zu Schulzeiten haben wir oft ganze Nächte durchgezockt, manchmal sind wir dann auch noch runter in die Spielo.«

»Meinen Sie die Spielothek, in der letzten Freitag die Schlägerei stattfand?«

»Nein, die von damals gibt's schon lange nicht mehr.«

»Waren Sie denn bei der Schlägerei dabei?«

Er schüttelte den Kopf. »Ich hatte dienstfrei, aber als die Kollegen anriefen, bin ich gleich hin. Da war Dennis aber schon weg.« Knaup stand auf. »Entschuldigen Sie, ich sollte nach Frau Uhlig sehen.«

»Nur noch eine Frage: Können Sie sich vorstellen, dass Ihr Streifenpartner gedealt hat?«

Ungläubig schaute der bärtige Mann zu Hannah herunter. »Lässt Pauer deshalb hier alles auf den Kopf stellen?«

»Ja, der Verdacht besteht. Hatte Uhlig vielleicht Geldprobleme?«

»Sieht das aus wie das Haus von jemandem mit Geldproblemen?«, brach es unvermittelt hitzig aus dem Polizeimeister heraus.

»Es gibt Hinweise, dass Uhlig ein tschechisches Bordell besucht hat, das einem Drogenhändlerring gehört.«

»Sie meinen das ›Tausendschönchen‹?«

Hannah nickte.

»Da sind wir früher öfter hin, bevor ich geheiratet habe, aber das ist Jahre her. Warum sollte Dennis –« Knaup verstummte abrupt, dann setzte er in seiner normalen sonoren Stimmlage nach: »Bitte entschuldigen Sie meinen Ton, aber ich verstehe nicht, warum plötzlich aus dem Opfer ein Täter gemacht wird.«

»Das tut keiner, es sind nur Fragen. Die Hauptsache ist, wir finden am Ende Ihren Kollegen lebend wieder.«

Revierchef Ziegler saß noch immer auf dem Beifahrersitz des BMW, er hatte lediglich die Tür zum Lüften einen Spaltbreit geöffnet.

»Und, wurden Drogen gefunden?«, fragte er besorgt, als Hannah sich in den Fahrersitz fallen ließ.

»Bisher nicht.« Sie gähnte. Wie schön wären jetzt ein ordentliches Mittagessen und ein Bett. »Warum sind Sie nicht mit reingekommen?«

»Ich möchte der Rita, also Frau Uhlig, grad nur ungern begegnen. Wir telefonieren schon täglich.«

Hannah ließ den Motor an und parkte aus.

»Wissen Sie zufällig, wo ich untergebracht bin?«

»Ich denke, bei den Schipanskis. Aber die Dori weiß das besser, die bringt Sie sicher auch gleich hin. Zum Revier müssen Sie zurück zum Markt und dann die Dritte links.«

»Bitte sagen Sie Dori, sie soll mir die Adresse schicken. Ich fahre jetzt direkt weiter nach Tschechien und schau mir das ›Tausendschönchen‹ und den Fundort der Hand an.«

»Sie wollen in den Puff?« Zieglers faltiges Gesicht zitterte. »Aber das könnte gefährlich werden, da schick ich Ihnen lieber wen mit!«

»Nicht nötig, Leutnant Novák begleitet mich.« Hannah hielt vor dem kasernenartigen Bau des Polizeireviers in der Lessingstraße und ließ den Revierchef aussteigen.

5

Auf der Fahrt Richtung deutsch-tschechischer Grenze rief Hannah Novák an und verabredete sich mit ihm für fünfzehn Uhr in Nové Hamry, dem nächstgelegenen Ort zum »Tausendschönchen«. Fünfzehn Uhr hieß, sie hatte bis zu dem Treffen noch gute anderthalb Stunden Zeit. Kurz überlegte sie, zurück nach Aue zu fahren und sich in ihrer Unterkunft für eine Stunde hinzulegen, entschied sich dann aber dagegen. Stattdessen hielt Hannah an einem Straßenimbiss und aß eine Bratwurst mit Pommes. Danach machte sie es sich auf den weichen Ledersitzen ihres BMWs bequem, stellte ihren Handytimer auf vierzig Minuten und schlief sofort ein.

Als das Handy klingelte, fühlte sich Hannah tatsächlich ausgeruhter. Bis zum Grenzübergang bei Johanngeorgenstadt brauchte sie keine zwanzig Minuten. Auf perfekt ausgebauten Straßen fuhr sie erst an sonnigen Wiesen vorbei, dann durch die Art dunklen Wald, den sie im Erzgebirge erwartet hatte – obwohl er wesentlich geordneter wirkte als in ihren Vorstellungen. Auf der deutschen Seite der Grenze lag ein großer, verwaister Parkplatz, auf der tschechischen drängten sich unzählige kleine Häuser hinter einem Kreisel aneinander. Es schien Hannah, als bestünde die Grenzstadt Potůčky aus einer Ansammlung von Werbeschildern, überquellenden Kleiderständern und bunten Markisen. Außerhalb des Ortes sah die Gegend ähnlich wie auf der deutschen Seite aus: dunkler Wald und saftige Wiesen, nur die Häuser waren uriger und die Straßen deutlich schlechter in Schuss.

Obwohl Hannah zehn Minuten zu früh war, wartete Novák bereits am Ortseingang von Nové Hamry auf sie. Wie James Dean im Körper von Clark Gable lehnte er an der Motorhaube eines betagten Mercedes S-Klasse und blies Rauchringe in die Luft. Hannah fiel erst jetzt auf, dass er zu seinem dunkelblauen

Maßanzug weiße Turnschuhe trug. Als sie neben ihm parkte, trat er rasch die Zigarette aus und salutierte.

»Danke, dass Sie so spontan Zeit hatten«, begrüßte sie den Leutnant.

»Ist mir eine Ehre!« Novák strahlte sie an. »Ich bin erst seit zwei Monaten beim NCOZ, und bereits jetzt mit einer Sonderermittlerin des BKA zusammenarbeiten zu dürfen ist –«

Hannah winkte ab. »Freuen Sie sich nicht zu früh. Wann treffen wir Ihren Kollegen vom Observationsteam?«

»In zwei Stunden. Davor können wir noch gut das Etablissement sowie den Fundort der Hand in Augenschein nehmen.«

Hannah musste über seine gestelzte Ausdrucksweise lächeln. »Exzellent. Kann ich bei Ihnen mitfahren? Mein BMW ist nicht wirklich für Einsätze in Wäldern gemacht.«

»Aber natürlich.«

Galant öffnete der Leutnant Hannah die Beifahrertür. Aus dem gut geheizten Wagen drangen der dezente Geruch von Tabak und eine rauchige Frauenstimme mit Gitarrenbegleitung.

»… will die in a drought, and your loneliest hours will be worse than you ever thought.«

»Sie hören Lucinda Williams?«, fragte Hannah überrascht.

»Leidenschaftlich gerne. Überhaupt halte ich Country für Fahrten durch dunkle Wälder für die perfekte Musik.« Novák lächelte wieder wie Clark Gable.

»Vorletztes Jahr habe ich Williams live gesehen, aber leider nicht in einem Wald.« Hannah zog ihre Bomberjacke aus und setzte sich in den Mercedes.

»Entschuldigung.« Novák räusperte sich verlegen und deutete auf ihr Schulterhalfter. »Ihre Waffe dürfen Sie hier in Tschechien leider nicht tragen.«

»Ernsthaft?« Ungläubig sah Hannah den Tschechen an, stieg dann aber ohne weitere Diskussion aus und verstaute ihre Glock samt Halfter im Sicherheitsfach unter dem Fahrersitz ihres Wagens.

Von Lucinda Williams' rauer Stimme begleitet fuhren sie tiefer in den dunklen Nadelwald. Nach einigen Kilometern Hubbelpiste tauchte auf einer Lichtung ein großer, holzverkleideter Bau mit einer Reihe Garagen dahinter auf. Das Etablissement, wie auch Hannah das Bordell inzwischen für sich nannte, sah aus wie ein überdimensioniertes Lebkuchenhaus. Über dem Eingang prangte in pinker Leuchtschrift »Sedmikrásky« mit zwei ineinander verschlungenen Herzen unter dem y.

»Erstaunlich niedlich«, konstatierte Hannah trocken. »Von wo observieren denn Ihre Kollegen?«

»Das weiß ich leider auch nicht. Sie gehören zu einem Team, das sich auf den grenzübergreifenden Drogenhandel spezialisiert hat und eng mit dem sächsischen LKA zusammenarbeitet. So eng, dass sie uns nicht viel verraten dürfen.« Novák lächelte schief und ließ den Mercedes langsam am Bordell vorbeirollen.

»Halten wir nicht an?«, fragte Hannah überrascht.

»Es ist leider noch geschlossen.«

Sie fuhren weiter und bogen nach einer Weile in einen schlammigen Seitenweg ein, dem man ansah, dass sich hier in den letzten Tagen viele Fahrzeuge entlanggekämpft hatten. Nach einigen Kilometern endete er vor einem Hang.

»Ab hier müssen wir leider laufen.« Novák zog seine schwarzen Socken über die Beine seiner Anzughose und stieg aus. Dass dabei seine weißen Turnschuhe bis zur Hälfte im Matsch versanken, schien ihm nichts auszumachen.

Ein Trampelpfad führte zwischen wild wuchernden Fichten steil bergauf. Die Bäume standen so dicht, dass trotz des wunderbaren Wetters kaum Sonne bis auf den Boden fiel. Hier und da lag noch alter Schnee.

»In welchem Radius haben Ihre Kollegen die Gegend am Samstag abgesucht?«, fragte Hannah leicht außer Atem. Eigentlich hatte sie eine gute Kondition, aber die letzten Tage hatten ihre Spuren hinterlassen. Sie musste unbedingt wieder trainieren.

»Fünf Kilometer um den Fundort. Aber wer weiß, wie weit der Fuchs mit der Hand schon gelaufen war? Ich glaube ohnehin nicht, dass Uhlig hier überfallen wurde.«

»Warum überfallen?«

»Nun, er hat sich seine Hand ja sicher nicht freiwillig abtrennen lassen.« Novák deutete auf ein Absperrband, das einige Meter vor ihnen am Rande einer Lichtung im Wind flatterte. »Dort haben die Geocacher den Fuchs zuerst gesehen und ihn dann über die Wiese verfolgt.«

Hannah erkannte den Ort vom Video wieder. »Wie weit ist es von hier zur Grenze?«

»Etwa einen Kilometer Luftlinie.«

Zuvorkommend zog der Leutnant das Flatterband hoch, doch Hannah ignorierte seine Geste und stieg darüber. Wo zwischen den Bäumen noch Winter herrschte, war auf der Lichtung der Frühling bereits voll angekommen. Mit aller Macht drängten hellgrüne Triebe und erste Blüten zur Sonne. Am hinteren Waldrand genoss eine Gruppe Rehe das saftige Grün. Als Hannah und der Leutnant fast bei ihnen waren, sprangen sie hastig davon.

»Hier hat der Fuchs die Hand fallen gelassen«, sagte Novák unvermittelt und deutete auf ein Moosbett, auf dem sich zwei bläulich schillernde Käfer sonnten.

Erst vor dem rustikalen Gasthaus, in dem sie sich mit dem Ermittler der tschechischen Spezialeinheit treffen wollten, fand Hannahs Handy wieder ein Netz. Sie hatte einen verpassten Anruf. Die viel zu lange Sprachnachricht von Zieglers Sekretärin Doreen Elterlein enthielt als einzige relevante Information, dass sie Hannah im »Hotel Heiland« am Marktplatz in Aue einquartiert hatte. Nachdem Hannah die Nachricht gelöscht hatte, wählte sie Pauers Nummer. Es knisterte in der Leitung, als er abhob.

»Stein hier. Haben Sie noch was bei Uhlig gefunden?«

»Nein.«

»Knaup meinte, Uhlig hätte einen ganz neuen Laptop. Lassen Sie Ihre Leute noch mal gezielt danach suchen und –«

»Auch wenn wir hier in der Provinz sind«, fiel Pauer ihr unvermittelt schroff ins Wort, »sind wir nicht von gestern. Das wurde bereits alles getan, im Haus ist der nicht.«

Genervt rollte Hannah mit den Augen. »Und Uhligs Wagen, wurde der schon sichergestellt?«

»Noch nicht.«

»Dann suchen Sie ihn, und zwar auch in Tschechien. – Für wann ist morgen die Besprechung angesetzt?«

»Gibt keine, das geht bei uns auf kurzem Weg.«

»Ist mir auch recht.« Hannah beendete das Telefonat und folgte Novák ins Gasthaus.

Der Sonderermittler, ein kahlköpfiger, rot glänzender Mann in einem engen rosa Poloshirt, saß allein im braun getäfelten Hinterzimmer. Auf dem Teller vor ihm lag eine halbe Roulade mit Klößen und Rotkohl. Erst bei diesem Anblick realisierte Hannah, wie hungrig sie selbst war.

»Oberst Zeman«, grüßte Novák militärisch zackig. »Das ist Kriminalhauptkommissarin Stein vom BKA. Kriminalhauptkommissarin Stein, Oberst Zeman, Sonderermittler des Drogendezernats Karlovy Vary.«

Zeman sah von seinem Teller auf und musterte Hannah abschätzig. Dann wendete er sich wieder seinem Essen zu, schnitt ein großes Stück von der Roulade ab und schob es sich in den Mund. »Ihr Kollege«, sagte er schmatzend und mit starkem, kehligem Akzent, »kam Donnerstag um elf Uhr in der Nacht und ist kurz vor zwölf wieder weg. Mehr haben wir nicht gesehen.«

»War zu dem Zeitpunkt einer der Betreiber da?«, fragte Hannah.

»Černy.«

»Denken Sie, Uhlig hat für ihn in Deutschland Drogen verkauft?«

»Nee«, schnaufte Zeman unwirsch, wischte sich mit einer Papierserviette über den Mund und warf sie auf den noch halb vollen Teller.

»Und wissen Sie, ob Černy heute ins ›Sedmikrásky‹ kommt? Ich möchte mich gerne etwas mit ihm unterhalten.«

Mit einem Schlag wechselte die Gesichtsfarbe des Obersts

im Ganzen zu Feuerwehrrot. »Ihrem Kollegen fehlte nichts! Sie brauchen nicht mit Černy reden«, blaffte er Hannah an, dann lächelte er plötzlich anzüglich. »Ihr Kollege hat sogar Mädchen mitgenommen.«

»Ein Mädchen?«

»Nutte.«

»Er hat sie mitgenommen? Wie sah sie aus?«

»Hubený, asijský.« Der Oberst klatschte einen Geldschein auf den Tisch, stand auf und verließ das Hinterzimmer, ohne sich zu verabschieden.

»Was hat er zuletzt gesagt?«, fragte Hannah den Leutnant, der sie unter seinem schmalen Bart entschuldigend anlächelte.

»Dürr, asiatisch. Ich muss mich wirklich für meinen Kollegen entschuldi–«

»Müssen Sie überhaupt nicht«, fiel Hannah Novák ins Wort. »Er ist ein Arschloch, dafür können Sie ja nichts. Aber das Essen hier sieht sehr gut aus. Hätten Sie noch Zeit, mir Gesellschaft zu leisten?«

»Selbstverständlich, sehr gerne. Ich würde jedoch nichts essen, da meine Großmutter für mich kocht. Ich hoffe, das ist für Sie in Ordnung?«

»Wenn Sie es aushalten, mir beim Essen zuzusehen, hab ich damit kein Problem.«

Sie wechselten in den belebten vorderen Gastraum, und Hannah bestellte bei der freundlichen Wirtin Gulasch mit Knödeln und ein alkoholfreies Bier, Novák eine Cola.

»Dann wohnen Sie zurzeit bei Ihrer Großmutter?«, fragte Hannah.

»Für die Ermittlung. Das ist netter als in einer Pension. Sie lebt in Karlovy Vary, das liegt keine dreißig Kilometer südlich von hier.«

»Und was kocht sie heute?«

»Auch Gulasch. Das kocht sie immer, wenn ich zu ihr komme.«

Lächelnd stellte die Wirtin die Getränke vor ihnen auf den Tisch. *»Na zdraví!«*

»*Díky*«, entgegnete Novák und prostete Hannah zu. »Auf eine gute Zusammenarbeit!«

»Auf gute Zusammenarbeit!« Hannah nahm einen langen Schluck von ihrem Bier. Es war gar nicht schlecht für alkoholfreies. Sie hatte kürzlich zum ersten Mal Bier ohne Alkohol probiert, aber bisher noch keine Sorte gefunden, die ihr wirklich schmeckte.

»Ich habe als Kind einige Jahre bei meiner Großmutter gelebt«, sagte Novák. »Sie hat mir ein bisschen Deutsch beigebracht.«

»Exzellentes Deutsch.«

»Danke.« Novák lächelte verlegen. »Wir haben viel deutsches Fernsehen geschaut. Besonders Krimis.«

»Sagen Sie jetzt aber nicht, Sie sind deshalb zur Polizei gegangen«, sagte Hannah lachend.

»Doch. Mich faszinieren komplexe Verbrechen. Und Sie, wenn ich fragen darf? Warum sind Sie zum BKA?«

»Mein Großvater und mein Bruder wurden bei einem Brandanschlag getötet, seitdem interessiere ich mich für Verbrechen.«

Novák blickte bestürzt. »Das tut mir schrecklich –«

»Muss es nicht, ist lange her«, unterbrach Hannah den Leutnant. »Was halten Sie denn von unserem Verbrechen, dem verschwundenen einhändigen Polizisten? Ist das für Ihren Geschmack komplex genug?«

»Bisher scheint es zumindest so.« Novák lächelte.

»Dann erzählen Sie doch mal, wie Sie den Fall lösen wollen«, forderte Hannah ihn auf, als die Wirtin mit vier Tellern aus der Küche kam und einen davon schwungvoll vor ihr absetzte. Hungrig machte sich Hannah über das wunderbar duftende Gulasch her.

»Ich würde mit der Erstellung eines Bewegungsprotokolls von Uhligs Handy beginnen. Wann und wo war es zuletzt eingeloggt?« Nováks jugendliches Gesicht leuchtete vor Eifer. »Dann würde ich diesen Ort weiträumig absuchen lassen. Zudem würde ich noch mal mit allen Kollegen und Uhlig nahestehenden Personen reden. Wie war er in letzter Zeit? Wirkte er gestresst, hatte er Probleme?«

»Seine Mutter erwähnte, dass er seit ein paar Monaten niemanden mehr in sein Haus gelassen hat«, warf Hannah zwischen zwei Bissen ein. »Nicht mal sie, obwohl sie für ihn putzt. Er hatte sich ein elektronisches Schließsystem eingebaut und den ganzen Keller voller Überwachungstechnik. Nicht nur so Cyborg-Sender wie in seiner Hand, auch GPS-Tracker.«

»Interessant.« Novák überlegte einen Moment, dann fragte er: »Was wären denn Ihre nächsten Schritte?«

Hannah schob sich das letzte Fleischstück in den Mund. »Das mit dem Bewegungsprotokoll des Handys ist immer ein guter erster Schritt, machen Sie das mal. Ich werde mir morgen erst mal Aue ansehen und mit den Zeugen der Schlägerei reden.«

»Ich bezweifle, dass mir ein deutscher Mobilfunkanbieter Uhligs Daten geben wird. Vielleicht –«

»Dann rufen Sie einfach Zieglers Sekretärin Doreen Elterlein an und seien Sie charmant. Sie erledigt das sicher gerne für Sie.« Hannah gähnte. Das gute Essen und das Bier, auch wenn es alkoholfrei war, brachten die bleierne Müdigkeit der letzten Tage zurück. »Leutnant, wären Sie jetzt so nett und würden mich zu meinem Auto bringen?«

»Aber selbstverständlich!«

6

Trotz der Müdigkeit hatte Hannah keine Lust, direkt ins Hotel zu fahren. Sie wollte nicht dort im Dunkeln liegen und an den Zustand ihres Vaters, das Krankenhaus und die ganzen anstehenden Probleme denken. Sie brauchte noch Ablenkung, und da half ihr erfahrungsgemäß am besten Auto fahren. Bei ihrer Kurzrecherche zur Gegend hatte sie gelesen, dass die deutsche Grenzstadt, Johanngeorgenstadt, auf einem Berg lag, dessen Inneres aussah wie das Negativ eines kopfstehenden Tannenbaums. Nach Ende des Zweiten Weltkriegs hatten die Sowjets ihn auf der Suche nach Uran für ihre Atombomben so unerbittlich ausgeräumt, dass man in den fünfziger Jahren aus Angst, der Boden könnte einbrechen, den Großteil der Altstadt abriss.

Zudem behauptete das Internet, dass in Johanngeorgenstadt der größte frei stehende Schwibbogen der Welt stehe. Das hatte Hannah sich gemerkt, weil die beiden Söhne ihrer Schwester völlig weihnachtsverrückt waren. Besonders Noah, der kleinere, schwärmte für alles, was mit dem Fest der Liebe zu tun hatte, und besaß neben Räuchermännchen, diversem Christbaumschmuck und einer überdimensionalen Weihnachtskrippe auch zwei handgeschnitzte Schwibbögen aus dem Erzgebirge.

Es begann zu dämmern, als der BMW den ausgehöhlten Berg hinaufglitt. Oben angekommen tauchte linker Hand der angekündigte weltgrößte Schwibbogen auf. Hannah hielt an, um ein Foto für ihre Neffen zu machen. Es wehte ein kalter Wind, als sie auf die fast fünfzehn Meter hohe Skulptur zweier Bergarbeiter zwischen einem schnitzenden Mann und einer klöppelnden Frau zulief. Wahrscheinlich brachte ihre Schwester die Jungs gerade ins Bett. Sie schoss ein Foto mit ihrer Smartphone-Kamera und schickte es ihr mit dem Kommentar: »Noah würde es hier lieben. LOL. Zeit, zu telefonieren?«

Hannah steckte das Handy zurück in ihre Bomberjacke und sah sich um. Außer ihr war kein Mensch unterwegs, obwohl dies das Zentrum von Johanngeorgenstadt sein musste. Etwas nach hinten versetzt bemerkte sie eine Weihnachtspyramide, die ihr trotz ihrer beachtlichen Höhe von schätzungsweise gut zwanzig Metern bisher nicht aufgefallen war. »Beleuchtung und Drehung zwei Euro« stand auf einem Schild am Fuße des Gerüsts. Hannah hatte gerade das passende Geldstück in ihrer Hosentasche gefunden, als ihr Handy klingelte. Schon beim Abnehmen hörte sie das herzliche Lachen ihrer Schwester.

»Schick bitte keine weiteren Bilder, Noah darf die echt nicht sehen! War schwer genug, ihn an Ostern zu überzeugen, die Weihnachtsdeko in seinem Zimmer abzubauen. Weißt du, was er zum Sommerfest der Kita werden will? Christkind!«

»Ist doch gut, dann hast du wenigstens schon das Kostüm.«

»Wann bist du eigentlich so pragmatisch geworden?« Lea lachte und erzählte weiter von ihren Söhnen, während Hannah das Zwei-Euro-Stück in die Münzbox warf. Die elektrischen Kerzen am Rahmen der Pyramide flammten auf, und die mannshohen Holzfiguren, die sich spiralförmig um den inneren Stab reihten, setzen sich mit einem dumpfen Stöhnen in Bewegung. Fröstelnd betrachtete Hannah die Prozession eine Runde lang, dann unterbrach sie ihre Schwester. »Lea, kannst du dich an Großvaters Märchen erinnern, in dem die Stiefmutter dem starken Kalo die Hand abhackt?«

Einen Moment herrschte Schweigen.

»Natürlich, das war eine von Papos Lieblingsgeschichten. Warum fragst du?«

»Der Fall hier erinnert mich an die Geschichte. Kannst du sie mir bitte noch mal erzählen?«

»Na gut. Also, als Kalos Vater einmal auf Reisen ist, betäubt die fette böse Stiefmutter den starken Kalo, hackt ihm die rechte Hand ab und wirft sie in den Wald, damit die wilden Tiere sie fressen. Was sie nicht weiß, ist, dass Kalo mit den Tieren sprechen kann. Als er merkt, dass ihm seine Hand fehlt, fragt er die Raben. Die erzählen ihm, dass der Fuchs die Hand in seinen Bau getragen hat, um seine hungrigen Jungen zu füttern. Darauf geht Kalo zum Fuchs und bittet ihn, ihm seine Hand zurückzugeben.

Im Gegenzug verspricht er ihm denjenigen, der seine Hand abgeschlagen hatte. Zufrieden mit dem Deal gibt der Fuchs Kalo seine Hand zurück, Kalo steckt sie an, und zusammen laufen sie zu Kalos Elternhaus. Als Kalo seine Stiefmutter sieht, fährt seine Hand ganz ohne sein Zutun an ihre Kehle und erwürgt sie. Da wissen alle, wer die Schuldige ist.«

Während ihre Schwester erzählte, sah Hannah das verwitterte Gesicht ihres Großvaters mit den großen schwarzen Augen und dem schelmischen Lächeln vor sich und erinnerte sich, wie er die Geschichte in seiner wunderbar bildreichen, ausufernden Art erzählt hatte.

»Erfreut über den saftigen Bissen«, fuhr Lea fort, »schleift der Fuchs die Leiche zu seinem Bau und lädt noch die Raben zum Festschmaus ein. Als Kalos Vater am übernächsten Tag nach Hause kommt und von der Schandtat seiner Frau hört und sieht, dass Kalos abgeschlagene Hand jetzt noch stärker ist als zuvor, freut er sich, und sie feiern mit allen Tieren des Waldes ein großes Fest.«

»Das war wirklich eine Geschichte ganz nach Papos Geschmack.« Hannah kicherte. »Hast du sie mal Rufus und Noah erzählt?«

Lea schnaubte. »Die können ja schon nach Pippi Langstrumpf nicht einschlafen! Erinnerst du dich an die Szene mit der Würgeschlange?«

»Klar, die war grauenhaft!«

Die Schwestern lachten. Mit einem dumpfen Klack schaltete sich die Pyramide aus, und Hannah stand wieder im Dunkeln. Ihre Hand am Telefon war inzwischen eiskalt.

»Bist du heute im Krankenhaus gewesen?«, fragte sie.

»Ich hab ja leider keinen Job, wegen dem ich unbedingt wegfahren muss.«

Hannah hörte eine Tür klappen, dann das Rauschen von Autos. Lea stand jetzt offenbar auf dem Balkon ihrer Wohnung an der Mainzer Landstraße.

»Suchst du schon nach der bösen Stiefmutter oder noch nach dem Fuchs?«, fragte Lea.

»Darüber darf ich doch nicht reden«, antwortete Hannah mit gespielter Empörung.

»Ach, stimmt ja.« Sie lachte wieder, aber es klang nicht mehr so fröhlich wie vorhin. »Wann kommst du zurück?«

»Wenn der Fall geklärt ist.«

»Dann klär ihn, Mama und ich brauchen dich hier. Papa will eh nur dich sehen … und Oskar.«

Hannah schloss die Augen und sah mit ihrer Schwester hinunter auf die viel befahrene Straße.

»Warum kommt das alles wieder?«, flüsterte Lea. »Wieso kann Papa nicht damit abschließen wie wir auch?«

Hannah öffnete die Augen und entgegnete scharf: »Wie kommst du darauf, ich hätte *damit* abgeschlossen? Ich vermisse Oskar und Papo jeden Tag und verfluche mich, dass ich ihnen nicht helfen konnte!«

Die Sirenen eines Krankenwagens heulten an Leas Balkon vorbei.

»Entschuldige bitte.«

»Steht denn inzwischen fest, wann Papa in die Reha kommt?«, fragte Hannah wieder in ihrem normalen Tonfall.

»Da ist gerade nichts frei, aber sie entlassen ihn Freitag.« Lea schnäuzte sich. »Mama will dann erst mal mit ihm bei dir wohnen.«

»Was? Bei mir? Das ist nicht dein Ernst!«

»Was sollen sie denn sonst machen? Papa kommt doch gar nicht in ihre Wohnung. Und du hast doch Platz! Ich hab Mama deinen Schlüssel gegeben. Übermorgen liefern sie ein Pflegebett.«

Hannah stand da wie vom Schlag getroffen, alles an ihr war mit einem Mal taub.

»Du bist doch sonst immer die Pragmatische«, fuhr Lea fort. »Und wenn du zurückkommst, finden wir eine andere Lösung. Oder du ziehst erst mal zu Mama und Papa in die Wohnung.«

Hannah hörte das Klappen der Balkontür und dann Noahs helle, tränenvolle Stimme.

»Ich muss Schluss machen. Die Jungs haben sich schon wieder in der Wolle. Mach's gut und komm bald nach Hause, kleine Schwester.« Damit legte Lea auf.

Hannah ließ das Handy sinken. »Die sind echt unglaublich«, murmelte sie vor sich hin und lief durch die Dunkelheit zurück zu ihrem Wagen.

Es blitzte, als der BMW auf das Ortsausgangsschild von Johanngeorgenstadt zuschoss. Doch statt die Geschwindigkeit zu reduzieren, trat Hannah das Gaspedal nur weiter durch. Der Wagen flog vorbei an vereinzelten Häusern, die sich einsam an den Straßenrand kauerten, hinein in den Wald. Ihre Eltern, bei ihr wohnen! Wie stellte ihre Mutter sich das vor?

»Die Strecke wird neu berechnet«, meldete sich die unpersönliche Stimme des Navis. »Biegen Sie in zweihundert Metern rechts ab.«

Wie automatisch folgte Hannah der Anweisung, die sie von der Hauptstrecke weg auf eine schmale Straße durch den Wald lotste. Würde ihre Mutter auch bei ihr einziehen? So eine Art Pflege-WG? Ohne Vorwarnung fiel die Fahrbahn in einem steilen Winkel ab, und der BMW rauschte wie ein Achterbahnwagen in die Tiefe. Doch Hannah war zu sehr mit ihren Gedanken beschäftigt, um sich zu wundern. Gestern früh hatte ihr Vater nach wenigen Schritten an seinem Rollator so zu zittern begonnen, dass sie ihn mit einem Pfleger zurück ins Bett tragen musste. Wie sollten sie das allein in ihrer Wohnung hinbekommen?

Ein gewaltiger Knall riss Hannah aus ihren Gedanken. Instinktiv trat sie auf die Bremse, und der schwere Wagen kam schlitternd am Straßenrand zum Stehen. Als sie die Tür aufstieß, schlug ihr beißender Brandgeruch entgegen. Der Gestank traf sie völlig unvorbereitet. Für einen Schlag setzte ihr Herz aus, dann hatte sie sich wieder unter Kontrolle. Hannah griff nach ihrem Handy und wählte die Nummer des Polizeireviers.

»Polizeirevier Aue«, meldete sich eine müde Männerstimme.

»Stein, BKA. Es gab gerade eine massive Explosion zwischen …«, sie warf einen Blick auf ihr Navi, »Jägerhaus und

Bockau. Und jetzt brennt es. Werden hier gerade Sprengarbeiten oder so etwas durchgeführt?«

»Äh, nein. Nicht dass ich wüsste.«

»Dann schicken Sie mal besser direkt Verstärkung, die Feuerwehr und zur Sicherheit auch gleich einen Krankenwagen.«

Nach einem Moment Stille räusperte sich der Beamte und fragte nüchtern: »Mit *wem* spreche ich bitte?«

»Mit dem BKA, Kriminalhauptkommissarin Stein!« Hannah musste sich schwer zusammenreißen, um nicht zu brüllen.

»Und *wo* sind Sie?«

»An der Straße zwischen Jägerhaus und Bockau. Die Explosion kam von Osten, aus dem Wald. Schicken Sie die Einsatzkräfte jetzt los. Sie sollen mich anrufen, wenn sie in der Nähe sind.« Hannah legte auf, zog ihre Dienstwaffe, die noch im Sicherheitsfach unter ihrem Sitz steckte, und sprang aus dem Auto.

7

Oben am Hang brannte das Feuer inzwischen so hoch, dass es den ganzen Wald in zuckendes gelbes Licht tauchte. Die Pistole in der Hand, rannte Hannah bergan. Immer wieder musste sie umgestürzten Bäumen ausweichen. Zusätzlich verschlechterte der dichter werdende, beißende Rauch die Sicht. Plötzlich brach die Silhouette eines riesenhaften Mannes durch den Qualm und taumelte mit ausgestreckten Armen direkt auf sie zu.

»Polizei! Bleiben Sie stehen!«, brüllte Hannah und richtete ihre Waffe auf den Koloss.

Verwirrt hielt der einen Moment inne, schwang dann herum und stürzte in die entgegengesetzte Richtung davon, zurück zum Feuer. Fluchend setzte Hannah ihm nach. Unvermutet schlug der Mann einen scharfen Haken nach rechts und krachte ungebremst mit dem Kopf voran in einen Baum. Sein Schmerzensschrei übertönte das Tosen des Feuers, dann brach er zusammen.

Er bewegte sich nicht, als Hannah sich über ihn beugte. Sein Gesicht wirkte entstellt, die Augen waren zugeschwollen, die Lippen aufgeplatzt und blutverkrustet. Hannah bezweifelte, dass die Verletzungen nur von dem Zusammenstoß mit dem Baum stammten. Auf der Brust seiner schwarzen Lederjacke prangte ein Aufnäher mit einem Drachen und der Aufschrift »Deutschland C18« auf schwarz-weiß-rotem Grund. C18 stand für »Combat 18« aka »Kampftruppe Adolf Hitler« und fungierte als bewaffneter Arm des seit 2000 verbotenen rechtsextremen Blood-and-Honour-Netzwerks.

»Verfluchter Heimatschutz«, knurrte Hannah. In dem Moment kam wieder Leben in den Riesen. Unkoordiniert um sich schlagend, versuchte er, auf die Beine zu kommen, doch Hannah packte sein rechtes Handgelenk und verrenkte es so, dass er vor Schmerz stöhnend liegen blieb.

»Was treibt ihr hier? Ein bisschen Wehrsport?«

»Loslassen, Schlampe!«, keifte der Neonazi, wobei rote Speichelfetzen aus seinem zerschlagenen Mund flogen. »Ich war bloß spazieren!«

Hannahs Handy klingelte. Mit einem Ruck verdrehte sie den Arm des Riesen so, dass sein Gezeter in Klagelauten unterging und er gezwungen war, sich auf den Bauch zu drehen. »Leider hab ich gerade keine Handschellen dabei«, zischte sie und presste ihm nachdrücklich ihr Knie ins Kreuz. »Müssen wohl so die Stellung halten, bis die Kollegen kommen.«

Mit ihrer freien Linken fischte Hannah ihr Handy aus der Jackentasche.

»Stein.«

»PM Knaup«, kam es aus dem Lautsprecher. »Wo sind Sie?«

Hannah blickte sich um und realisierte erst jetzt, dass sie am Rand einer Lichtung hockte, keine dreißig Meter vom Herd des Feuers entfernt. Durch den Rauch sah sie ein aus den Angeln gerissenes Stahltor in der Flanke des Berges, dahinter gähnendes Schwarz. »Hier ist ein Tor im Berg, wahrscheinlich der Zugang zu einem stillgelegten Stollen.«

»In Ordnung, dann weiß ich in etwa, wo Sie sind. Wir sind gleich da.«

Eine Minute später sah Hannah Blaulicht durch den Wald huschen. Der Streifenwagen parkte auf der anderen Seite der Lichtung, und Knaup eilte mit einem weiteren Kollegen im großen Bogen um die Flammen herum zu ihr herüber.

»Rettung und Feuerwehr sind unterwegs«, meldete Uhligs rotbärtiger Streifenpartner und hustete heftig. »Ich hoffe, die kriegen das unter Kontrolle, bevor daraus ein richtiger Waldbrand wird!«

Der jungenhafte Polizist, der ihn begleitete, blickte irritiert zu Hannah herunter, die noch immer auf dem Rücken des massigen Neonazis kniete.

»Frank?«, keuchte der Koloss und machte Anstalten, sich umzudrehen. Ungläubig beugte Knaup sich in Hannahs Richtung und erkannte erst jetzt, worauf sie kniete. »Winkler?«

»Frank, sag der Schlampe, die soll mich loslassen! Scheißfo–«

Der letzte Buchstabe kippte ins Grelle, als Hannah noch ein paar Grad mehr an seinem Arm drehte.

»Sie kennen den Mann?«

»Ja«, antwortete Knaup. »Das ist Mario Winkler, er wohnt in Aue.«

»Und ist Blood-and-Honour-Mitglied, aber das ist Ihnen wahrscheinlich bekannt, hab ich recht? Ist Ihnen auch bekannt, dass er allein dafür in den Knast geht? Geben Sie mal Ihre Handschellen her.«

Hannah griff nach Knaups Handschellen und fixierte Winklers Hände hinter seinem Rücken. Dann überließ sie ihn dem jungen Beamten, der ihn vom Boden hochzog und zum Streifenwagen brachte. Angewidert, als ob sie etwas sehr Dreckiges angefasst hätte, wischte Hannah ihre Hände an ihrer Jeans ab.

»Wissen Sie, was in dem Stollen gelagert wurde?«, fragte sie und blickte zum brennenden Berg.

Knaup schüttelte den Kopf. »Der ist schon ewig beräumt, wie alle Bergwerke hier.«

»Offensichtlich hat aber irgendwer da drin irgendwas Explosives gelagert. Oder gibt es hier feuerspeiende, explodierende Drachen?«

Der Polizist lachte. »Wenn Sie meine Kinder fragen, gibt es die hier zu hundert Prozent.«

In Kolonne rumpelten zwei Löschfahrzeuge und ein Rettungswagen über den Waldweg heran. Während Hannah dem Einsatzleiter der Feuerwehr Theo Heller eine kurze Lagebeschreibung gab, brachten seine Kollegen bereits ihre Fahrzeuge in Position.

»Sie wissen also so gut wie nichts über die Explosion und das Feuer«, fasste Heller Hannahs Bericht knapp zusammen.

Sie nickte.

»Dem Ammoniakgeruch nach zu urteilen«, erklärte der hagere Einsatzleiter, »würde ich von einer chemischen Explosion ausgehen. Wahrscheinlich kein Gas, keine Kampfmittel. Es gibt einen Verletzten, bei dem fraglich ist, wie er sich verletzt hat, und eventuell weitere Opfer im Berg. Wir müssen zunächst sehen, dass der Brand gelöscht wird, dann schauen wir, ob wir in den Stollen kommen. Eventuell brauchen wir dazu doch noch einen ABC-Erkunder. Ich halte Sie auf dem Laufenden.«

Als Heller außer Hörweite war, fragte Knaup Hannah verlegen: »Einen ABC-Erkunder?«

»Er meint einen CBRN-Erkundungswagen. Falls wir es mit toxischen Chemikalien zu tun haben sollten.«

»Ach so. Aber sollten wir dann nicht schon jetzt Atemschutzmasken tragen?«

»Besser wär's«, erwiderte Hannah und sah sich suchend um. »Haben Sie eigentlich eine Idee, wie Winkler hierhergekommen ist?«

»Sicher mit seiner Harley«, antwortete Knaup.

Sie fanden Winklers blau lackierte Street Rod gut getarnt hinter einem Gebüsch. Die vielen Reifenspuren im weichen Waldboden deuteten darauf hin, dass hier seit einer ganzen Weile Motorräder abgestellt wurden.

Eine Stunde später war das Feuer gelöscht. Im Flutlicht der Löschwagen warfen die beiden Feuerwehrmänner, die in schwerer Atemschutzausrüstung zum Eingang des Stollens liefen, bizarre Schatten. Hannah wollte ihnen in den Berg folgen, wurde aber von Heller am Weitergehen gehindert.

»Moment! Sie können da nicht rein, der Rauch allein ist hochgiftig.«

Sein Funkgerät knackte. »AGT an EL«, drang heraus. »So weit alles klar, wir gehen jetzt rein.«

Die zwei Feuerwehrmänner schoben das verbogene Tor ganz auf. Dahinter lagen Geröllbrocken und verkohlte Stützbalken kreuz und quer durcheinander. Vorsichtig drangen die Männer in den Gang ein.

»Haben Sie bereits eine konkretere Vermutung, was da drinnen explodiert ist?«, fragte Hannah den Einsatzleiter.

Der hagere Mann nahm den Helm ab und strich über seine

schweißnasse Halbglatze. »Ich tippe auf einen fehlgeschlagenen Versuch, Crystal Meth herzustellen. Dieser Katzenpissegeruch, das ist Ammoniak, und das entsteht –«

»AGT an EL. Wir haben einen Schwerverletzten«, unterbrach ihn das Funkgerät.

Die Feuerwehrmänner trugen den Verletzten vorsichtig aus dem Schacht, wo ihn die dort wartenden Sanitäter übernahmen. Obwohl Teile des Gesichts und der Haare versengt waren, konnte man unzweifelhaft erkennen, dass es sich bei dem Mann um einen Asiaten handelte. Der weiße, an vielen Stellen geschmolzene Plastikoverall klebte wie eine zweite Haut an seinem Körper. Der Geruch nach verbranntem Fleisch war kaum auszuhalten. Hannah folgte der Trage zum Krankenwagen. Sachte hoben die Sanitäter den Verletzten auf das bereitstehende Fahrgestell und schnallten ihn fest.

»So schnell erzählt der Ihnen nix.« Der kleinere Sanitäter am Fußende der Bahre lächelte Hannah zu. »Aber so haben Sie wenigstens Zeit, einen unabhängigen Dolmetscher zu finden.«

»Warum nehmen Sie denn an, dass der Mann kein Deutsch spricht?«

»Die meisten Vietnamesen hier sprechen kein Deutsch. Brauchen sie ja auch nicht, sind ja alles Familienunternehmer.«

»Und woher wissen Sie, dass das Opfer Vietnamese ist?«

»Na, dass der kein Deutscher ist, sieht man ja, und andere Asiaten gibt's hier nicht.« Mit einem routinierten Ruck schob der Sanitäter die Bahre an Hannah vorbei in den Rettungswagen.

Inzwischen war fast das ganze Auer Revier vor Ort. Hinter einem Mannschaftswagen bemerkte Hannah Pauer, der erregt auf Mario Winkler einredete. Das verbeulte Gesicht des Nazirockers war ganz von Kühlkompressen bedeckt.

Als der bullige Oberkommissar Hannah bemerkte, verstummte er. Er wirkte gereizt, Schweiß stand ihm auf der Stirn, trotzdem grinste er sie breit an. »Frau Kollegin, was Sie alles an Ihrem ersten Tag hier erleben!«

Winkler senkte die Kühlbeutel. Obwohl seine Augen inzwischen komplett zugeschwollen waren, schien er noch etwas sehen zu können, denn er grunzte abfällig und vergrub sein Gesicht wieder in den Kompressen.

»Herr Winkler«, Hannah lehnte sich neben den Neonazi an den Bus, »erzählen Sie mir doch noch mal von der Explosion.«

»Ich war spazieren, hab ich schon gesagt«, grunzte es unter den Kühlbeuteln hervor.

»Und Sie haben nichts Ungewöhnliches bemerkt, bevor der Berg neben Ihnen in die Luft flog, ja? Im Labor war alles in Ordnung?«

Bei dem Wort Labor zuckte Winkler unmerklich zusammen, und Hannah konnte es förmlich in seinem Kopf rattern hören.

»Was meinen Sie mit *Labor*?«, mischte sich nun der Oberkommissar ein.

»Wie es scheint, wurde in dem Stollen da Crystal Meth hergestellt. Davon wussten Sie nichts?«

Hannah und Pauer starrten sich einen Moment lang an, dann drehte sich der Kommissar Winkler zu.

»Habt ihr damit was zu tun?« Seine Stimme klang drohend.

»Quatsch! Die Vietcongs sind plötzlich aus dem Berg gerannt und –«

»Wie viele Vietnamesen waren das denn?«, unterbrach ihn Hannah in einem freundlichen, beiläufigen Ton.

»Zwei … oder so.«

»Zwei oder so«, echote Hannah. »Nun, einer von ihnen ist jetzt halb tot. Sie können von Glück reden, wenn er nicht stirbt, sonst gehen Sie auch noch für Mord in den Bau.«

Winkler ließ die Kühlkompressen sinken. Seine zerschlagenen Lippen zitterten vor Wut, er sagte aber nichts mehr. Pauer schob ihn vor sich in den Mannschaftswagen und blies zum Aufbruch. Zurück blieben nur die Feuerwehrmänner sowie Knaup mit seinem jungen Kollegen, die bis zur Ankunft der Spurensicherung den Stollen bewachen sollten.

Eigentlich hatte Hannah auf die SpuSi warten wollen, doch als die eine Stunde später noch immer nicht aufgetaucht war, bat sie Feuerwehrmeister Heller, der mit seinen Männern noch mit dem Zusammenpacken ihrer Gerätschaften beschäftigt war, sie auf dem Rückweg bei ihrem Wagen abzusetzen.

Fröstelnd in ihrer dünnen Bomberjacke lehnte sie sich an die Kühlerhaube von Knaups Streifenwagen und scrollte auf ihrem Smartphone durch die Einsatzfotos der Feuerwehr. Nach bisherigem Kenntnisstand hatte die Explosion im vorderen Bereich des Stollens stattgefunden, hier hatte das Einsatzteam die Überreste eines Labors gefunden. Die erst kürzlich am Mundloch neu eingezogenen Stützbalken waren eingebrochen, dahinter lagen in einem wilden Durcheinander, bedeckt von Geröll und einer dicken Staubschicht, umgestürzte Metalltische, zersplitterte Glasbehälter, teils geschmolzene Plastikfässer und zerbeulte Bottiche, die an überdimensionierte Mensakochtöpfe erinnerten. Unter einem der Tische hatten die Männer den Schwerverletzten entdeckt.

Weiter hinten im Stollen war offensichtlich eine Art Wohnbereich eingerichtet worden. Hier standen zwei Betten, von denen nur noch die Metallrahmen übrig waren, und ein Doppelspind, in dem Kleidung und einige asiatische Lebensmittel die Explosion sowie den Brand unbeschadet überdauert hatten.

Hannah sah von ihrem Handy auf. Seit einer ganzen Weile hatte sie das Gefühl, beobachtet zu werden. Mit einem Ruck drehte sie sich um und blickte in den Wald. Dort, zwischen zwei Bäumen, fast nicht zu erkennen, stand eine große Gestalt in der Dunkelheit. Als sie sich aus dem Schatten löste, erkannte Hannah, dass es sich um eine Frau handelte. Über ihrer Schulter hing ein Jagdgewehr. Mit wiegenden Schritten schlenderte die breitschultrige Person auf Hannah zu, wobei ihre grau melierten Dreadlocks rhythmisch um ihren Kopf wippten. Eine schwarze Brünnhilde, dachte Hannah und musste über ihre rassistische Wagner-Assoziation grinsen.

»Hier hat's ja ordentlich geknallt!« Mit einem herzlichen Lächeln streckte Brünnhilde Hannah ihre Hand entgegen. »Ich bin Mechthild Roth, die hiesige Revierförsterin.«

»Stein, BKA. Seit wann beobachten Sie uns denn schon?«

»Nicht lang. Ich habe eine Runde gedreht, um sicherzugehen, dass es keine weiteren Brandherde gibt.«

Roth lehnte ihr Gewehr gegen den Streifenwagen und ließ sich neben Hannah auf die Kühlerhaube sinken, die mit einem leisen *Plom* nachgab.

»Woher wissen Sie denn von dem Brand?«, fragte Hannah. Offenbar überrascht von der Naivität der Frage, zog die Försterin die Augenbrauen hoch. »Wir sind in der Provinz, hier funktionieren Rauchzeichen und Buschtrommeln noch ausgezeichnet. Außerdem höre ich den Feuerwehrfunk mit.«

Hannah musste lächeln. »Haben Sie denn bei Ihrem Rundgang irgendwas Ungewöhnliches bemerkt?«

»Abgesehen vom Gestank nach Katzenpisse und Rauch, der wie die Pest in den Bäumen hängt – nein. Was ist denn passiert?«

»Es gab eine Explosion im Stollen, wobei eine Person schwer verletzt wurde.«

Die Försterin schaute zum Berg hinüber. Das große Tor war, so weit es noch ging, zugezogen und mit Flatterband abgesperrt worden. Davor saßen Knaup und sein Ersatzstreifenpartner in Klappstühlen und kämpften sichtlich gegen den Schlaf.

»Schon sehr eigen, unsere Berge. – Wenn Sie vom BKA sind, sind Sie doch sicher wegen Dennis Uhlig und seiner Hand hier?«

Hannah nickte. »Was wissen Sie denn darüber?«

»Nur das Gerede, aber vielleicht hab ich den Fuchs geschossen, der die Hand spazieren getragen hat. Die Beschreibung aus dem Video der Geocacher passt zumindest, wenn man den Quatsch mit den rot leuchtenden Augen und so weglässt. Wollen Sie ihn sehen?«

»'n Abend, Cumba.« Der hagere Einsatzleiter der Feuerwehr trat zu ihnen und schüttelte der Försterin die Hand.

»'n Abend, Theo, alles klar bei euch?«

»Ich freu mich aufs Bett! In fünf Stunden darf ich schon wieder aufstehen«, erwiderte er und gähnte. »Hast du zufällig noch was von dem wunderbaren Hirsch von neulich auf Lager? Lisa würde so gerne noch mal den Braten machen.«

»Ein Stückchen Lende hab ich noch, leg ich gern für euch zurück.«

Damit wendete sich die Försterin an Hannah: »Und wenn Sie den Fuchs sehen wollen, kommen Sie einfach bei mir im Forsthaus vorbei. Adresse finden Sie im Netz.«

Als sie aufstand, schnappte die Kühlerhaube mit einem leisen *Plom* in ihre alte Form zurück. »Ich wünsche eine geruhsame Nacht.«

8 Mittwoch

Hannah lief durch einen lichten Buchenwald. Zwischen den silbernen Baumstämmen wuchsen Buschwindröschen, und es war angenehm warm. Nach einer Weile kam sie an einen schroffen Felsen, auf dem ein lindgrüner Drache inmitten eines gewaltigen Goldschatzes hockte. Die rot glühenden Augen des Ungeheuers musterten sie eindringlich, bevor er ihr mit seinen wulstigen Stummelarmen eine gewaltige Truhe überreichte. Sie war aus schwarzem Marmor und so hoch, dass Hannah zu dem Drachen auf den Felsen klettern musste, um sie zu öffnen. Als sie den Deckel anhob, war es, als strahle ihr die Sonne entgegen. Das Leuchten ging von einem kleinen Jungen aus, der zusammengerollt am Boden der Truhe lag. Hannah erkannte ihn sofort, es war Oskar, ihr Zwillingsbruder. Vor Freude schossen ihr Tränen in die Augen. Hastig beugte sie sich hinab, um Oskar aus dem steinernen Sarg zu heben, doch da zerbarst sein leuchtender Körper in tausend Flammen und riss sie wie ein Strahl Magma mit sich in die Höhe.

Schweißgebadet schreckte Hannah auf. Ihr Herz hämmerte gegen ihre Brust, und sie brauchte einen Moment, bis sie das Hotelzimmer um sich herum wiedererkannte. Erschöpft sackte sie zurück in die Kissen und zwang sich, langsamer zu atmen. Die Luft im Raum war schwer vom Geruch nach Brand und Ammoniak. Hannah fiel das gestrige Telefonat mit ihrer Schwester ein und die verrückte Idee ihrer Mutter, mit ihrem Vater bei ihr einzuziehen. Sie musste sie unbedingt anrufen.

Mit einem *Klack* sprangen die Zeiger ihres alten Reiseweckers um, und Hannah stellte den Alarm ab, bevor er losgehen konnte. Sechs Uhr, schon wieder viel zu wenig Schlaf. Fluchend rollte sie vom Bett und öffnete das Fenster zum Marktplatz. Über Nacht war die Temperatur drastisch gefallen. Kalte, nach Schnee riechende Luft wehte ihr entgegen. Hannah ließ das Fenster offen, stopfte ihre verqualmte Kleidung bis auf die Bomberjacke in eine der Tüten für die Hotelreinigung und stellte sie vor die Tür. Dann drehte sie die Heizung bis zum Anschlag auf, hängte die Jacke darüber und verschwand im Bad.

Kurz nach sieben wartete das üppige Büfett noch unberührt im Frühstücksraum. Mit einem Kaffee und einer Auswahl an Tageszeitungen setzte sich Hannah an den hintersten Tisch am Fenster. Sie legte die Zeitungen vor sich ab und checkte erst einmal ihre Mails.

Um sechs Uhr dreißig hatte Pauer seine um einige Details ergänzte PowerPoint-Präsentation zu Uhligs Verschwinden an alle Teilnehmer des gestrigen Treffens in Chemnitz geschickt. Der kauzige Rechtsmediziner Obenauf hatte bereits darauf geantwortet und um die Ergänzung einiger medizinischer Details gebeten. Hannah leitete die Mails an ihren Chef Bert Wendel weiter mit der Bitte, ihr eine Auswertung der BKA-Datenbank zu vorbestraften Drogenhändlern und Neonazis im Erzgebirge zu schicken sowie eine Liste aller Mitglieder des MC Aue und der tschechischen Organisation um Lukas Černy und Vi-Dan Ngo.

Im Anschluss blätterte sie die Zeitungen durch. Viel Neues hatte die Pressekonferenz gestern nicht geliefert, und so war auch das Interesse der meisten Medien abgeflaut. Morgen würden sie mit der Explosion im alten Bergwerk eine neue Story haben. Allein der »Erzgebirgsbote« trat die wenigen neuen Fakten im Fall Uhlig weiter breit und brachte ein Foto von seinem Haus samt Interviews mit den Nachbarn auf Seite eins.

Hannah überflog den Artikel. Die Nachbarn sagten, was Nachbarn immer erst sagen: »Netter junger Mann; dem will keiner Böses …«, dann folgte das obligatorische Aber: »Unverheiratet, und das in dem Alter.« Nur eine Aussage machte Hannah stutzig. Thorben C., dreiundzwanzig, IT-Experte, hatte anders als alle anderen behauptet, Uhlig habe sehr wohl eine Freundin. In den letzten Monaten sei regelmäßig mitten in der Nacht eine Frau zu ihm gekommen und vor Morgengrauen wieder verschwunden. Hannah riss die Seite heraus und steckte sie ein.

Ihr Blick fiel auf ihr Spiegelbild in der Fensterscheibe. Sie sah wirklich noch fertiger aus als gestern, da half auch das leichte Make-up nicht viel. Heute würde sie früh ins Bett gehen und morgen endlich wieder trainieren.

Der Thermostat des BMWs zeigte tatsächlich nur zwei Grad Außentemperatur an. Genervt verdrehte Hannah die Augen. Winter im Mai, nicht zu glauben. Sie stellte die Klimaanlage auf zwanzig Grad, knipste die Sitzheizung an und fuhr los. Laut Navi lag die Revierförsterei zwischen Aue und Schneeberg im Wald. Auf der schmalen Schotterpiste, die von der Landstraße zum Anwesen führte, rumpelte Hannah ein Wagen der Müllabfuhr entgegen, und sie musste ein ganzes Stück zurücksetzen, um ihn vorbeizulassen.

Der Forsthof stand einsam auf einer Waldlichtung. Das große, stattliche Haupthaus musste einmal sehr schön gewesen sein, solide gemauert und obenrum mit rot lasiertem Holz verkleidet. »Gaststätte zum roten Jäger« stand in verblichener Schrift über der kunstvoll geschnitzten Eingangstür und verriet den früheren Nutzen des Gebäudes. An der rechten Hausecke gab es eine weitere Tür, daneben, hinter einem elektrischen Tor, schloss sich der Innenhof an, flankiert von einem vergrauten Flachbau aus den fünfziger Jahren. Da an der geschnitzten Eingangstür Klinke und Klingel fehlten, ging Hannah zur anderen und läutete. Zwei Hunde bellten. Ein scharfer Befehl ließ sie verstummen, noch bevor eine stämmige Frau in einem pinken Jogginganzug mit Lockenwicklern im grauen Haar öffnete.

»Wer stört?« Ihre resolute Stimme klang nach langjährigem intensiven Zigaretten- und Alkoholkonsum.

»Stein, BKA. Ist Mechthild Roth zu sprechen?«

»Ach, Sie sind das! Cumba hat schon von Ihnen erzählt.« Erfreut streckte die Frau Hannah ihre vor Ringen glitzernde Rechte entgegen. Ihr Handschlag war überraschend weich, wie trockener Hefeteig. »Ich bin Jutta, Frau Roths bessere Hälfte. Deshalb ist auch sie bei den Schweinen und nicht ich.« Grinsend deutete Jutta in Richtung des Flachbaus und brüllte: »Cumba, Polizei für dich!«

Das Schweinegehege schloss sich an das hintere Ende des kopfsteingepflasterten Hofs an und schien bis weit in den angrenzenden Wald zu reichen. Beladen mit zwei randvollen Eimern trat die Försterin aus der hintersten Tür des grauen Flachbaus.

»Oje, ich hoffe, Sie haben noch was Wärmeres eingepackt?«, rief sie mit Blick auf Hannahs dünne Bomberjacke. »Trotz Klimawandel muss man bei uns immer noch bis Himmelfahrt mit Schnee rechnen.« Mit der Hüfte stieß sie das schwere Tor zum Schweinegehege auf und wurde sofort von einem Pulk schwarz gelockter Paarhufer umkreist.

»Leider nicht«, erwiderte Hannah und trat an den massiven Holzzaun des Geheges heran. »Wenn es so bleibt, muss ich noch mal einkaufen gehen.«

Für Schweine erschienen ihr die Tiere gewaltig. Einige gingen der Försterin, die selbst gute ein Meter achtzig groß war, bis zur Hüfte. Der Boden des Geheges war teils noch gefroren, aber wo die Försterin hintrat, versanken ihre Gummistiefel bis zu den Knöcheln im schwarzen Schlamm.

»Ihre Schweine haben's ja hübsch hier.«

Lachend überging Roth Hannahs ironischen Unterton. »Ja, der Schweinehimmel auf Erden!« Schwungvoll kippte sie den Inhalt ihrer Eimer in zwei lange Holztröge, was mit aufgeregtem Grunzen goutiert wurde. »Meine Mangalitzas lieben Vietnamesisch. Täglich frisch die Reste von gestern. Dafür bekommt das ›Gia Toc‹ ab und an eins von ihnen. Aber pscht! Das darf ich hier eigentlich gar nicht laut sagen.«

»Sie meinen den Imbiss in Aue?«

»Ja, der ist sehr zu empfehlen.«

Hannah bemerkte bei zwei Tieren große Wunden am Bauch und den Vorderbeinen. »Wurden Ihre Schweine angegriffen?«

»Sie meinen wegen der Kratzer?« Roth wischte sich mit dem Handrücken ihre grau melierten Dreadlocks aus dem Gesicht. »Nein, sie haben miteinander gekämpft. Die sind manchmal nicht so nett, wie sie aussehen.« Liebevoll tätschelte sie die Rücken der beiden Tiere. »Aber Sie sind ja eigentlich gekommen, um den Fuchs zu sehen, nicht wegen meiner schönen Schweine. Der hängt im Schlachthaus und ist hoffentlich schon aufgetaut.«

Hartes Neonlicht blendete Hannah, als sie der Försterin in den Flachbau folgte. Es roch nach scharfen Putzmitteln und Blut. Anders als von außen zu erwarten, war das Innere des Gebäudes frisch renoviert. Entlang der Wände des rundum gefliesten Raums zogen sich Arbeitsflächen aus Edelstahl. Darauf lagen diverse Messer, Sägen und andere Werkzeuge, die zum Aufbrechen von Tierkadavern benötigt werden. Roth trat an das große Doppelspülbecken und wusch die Futtereimer aus. Neben ihr an der Wand klebte ein altes Wahlplakat von Die Partei, auf dem stand: »Hier könnte ein Nazi hängen«.

Der Fuchs baumelte an einem klobigen Fleischerhaken, der neben vielen weiteren an langen Ketten von der Decke hing. Hannah trat näher heran und betrachtete den Kadaver. Ihm fehlte ein Stück vom rechten Ohr, das Fell war struppig, aber der Schwanz war kahl bis auf ein Büschel Haare an dessen Spitze.

»Leben Sie eigentlich gerne hier draußen?«, fragte sie, während sie die braunen Zähne des toten Tiers musterte.

»Meinen Sie Sachsen oder meinen Hof?« Grinsend trat die Försterin neben Hannah und nahm den Fuchs vom Haken. »Ich bin hier groß geworden und kann, wenn Sie wollen, auch ganz wunderbar sächseln.« Sie sperrte das Maul des Kadavers auf. »Sehen Sie, zwischen den Zähnen hängen noch Fleischreste. Natürlich könnte der Meister Reineke hier, bevor ich ihn erwischt habe, auch noch was anderes gefressen haben, aber ich könnte mir vorstellen, die stammen von Uhligs Hand.« Sie zog eine Plastiktüte mit der Aufschrift »Wildfleisch aus dem Erzgebirge – natürlicher geht nicht« aus einem Karton und stopfte den Fuchs hinein.

»Verarbeiten Sie das Wildfleisch hier allein?«, fragte Hannah mit Blick auf die Tüte.

»Nein, das macht hauptsächlich Jutta. Sie ist die Fleischermeisterin, ich darf nur assistieren.« Roth drückte Hannah die Tüte mit dem toten Fuchs in die Hand. »Erst letzte Woche hat einer unserer Jäger einen kapitalen Hirsch erwischt.« Sie deutete auf die schwere Schiebetür zur Kühlkammer. »Wenn Sie was mitnehmen möchten? Ich hab noch ein schönes Filet …«

»Ich wohne zurzeit im Hotel, da ist nichts mit Kochen.«

»Wir haben auch Aufschnitt.« Roth lächelte. »Und ab morgen grillen wir auf dem Maifest hinterm Landratsamt, da müssen Sie unbedingt vorbeikommen und unsere Bratwürste probieren, die sind legendär!«

»Volksfeste sind nicht so meins«, wiegelte Hannah ab, worauf die Försterin in schallendes Gelächter ausbrach.

»Das kann ich nachempfinden! Mit Volkstümelei hab ich als ›Negerin‹ auch so meine Probleme, aber Feste für alle sind doch großartig. Und man kann dabei viel über die Gegend und ihre Ureinwohner lernen. Ich kann Sie da morgen gerne ein bisschen in die Untiefen einführen.«

Sie verließen den Schlachtraum, und Roth begleitete Hannah zum Tor.

»Eines noch, wahrscheinlich ist das für Sie völlig irrelevant, aber seit einiger Zeit geht hier im Wald etwas Seltsames vor. Die Tiere verhalten sich anormal. Ich habe Vögel gesehen, die hingen kopfüber wie Fledermäuse am Ast, und einen Eber, der versucht hat, in einen Fuchsbau zu kriechen. Viele sind auch aggressiver. Kürzlich hat ein Knopfbock, also ein Rehbock, eigentlich ganz ängstliche Kerlchen, einen Jagdgast angegriffen.«

»Meinen Sie etwas wie Tollwut?«

»Nein, das sieht ganz anders aus. Ich meine, die Tiere *verhalten* sich anders, merkwürdig.«

»Dann gehe ich besser nicht mehr im Wald spazieren?«

Roth grinste wieder herzlich. »Oder Sie rufen mich an, und ich begleite Sie. Bis dahin, Waidmanns Heil!«

9

Als Hannah vorm Polizeirevier in Aue anhielt, begann es zu schneien.

»Entschuldigung, wo finde ich KOK Pauer?«, fragte sie den erstbesten Kripobeamten.

Ohne von seinem Bildschirm aufzublicken, antwortete der: »Kommt später.«

»Dann schicken bitte Sie das zur KTU.« Hannah ließ die Tüte mit dem Fuchs auf seine Tastatur fallen. »Gehört zum Fall Uhlig.«

Entrüstet schaute der Polizist auf, doch bei Hannahs Anblick änderte sich seine Miene schlagartig. Eifrig streckte er ihr die Hand entgegen. »Sie sind doch vom BKA! Frau …«

»Stein«, half Hannah ihm aus und ignorierte seine Hand. Verunsichert zog er sie zurück. »Richtig, Dori hat Sie angekündigt.« Interessiert öffnete er die Plastiktüte, doch beim Anblick des Kadavers verzog sich sein Gesicht vor Ekel.

»Kommissarin Stein, wie schön«, flötete eine Sopranstimme hinter Hannah. Sie drehte sich um und sah eine kräftig geschminkte Blondine mit wippenden Locken auf sich zusteuern.

»Ich bin die Sekretärin vom Chef, Doreen Elterlein, aber alle hier nennen mich nur Dori. Denken Sie da aber bitte nicht an den schusseligen Fisch!« Sie lachte hell. »Das war ja ein Einstand gestern! Ich hoffe, Sie sind in Ordnung. Wollen Sie einen Kaffee?«

»Gerne. So schwarz und heiß wie möglich.«

»Das bekommen wir hin.« Schwungvoll fasste Dori Hannah beim Arm und zog sie mit sich in ihr Büro.

Das kompakte Zimmer wirkte so nett wie Dori selbst. An den Wänden leuchteten zarte Blumenaquarelle, und neben der Kaffeemaschine schlummerte eine rosa Porzellankatze, wahrscheinlich die Kaffeekasse. Während die Sekretärin Pulver in die Filtermaschine schippte, setzte sich Hannah in den Freischwinger vorm Schreibtisch und blickte sich um.

»Gefällt Ihnen das ›Heiland‹?«, fragte Dori. »Es hat zwei Sterne im Aral Atlas und einen tollen Wellnessbereich. Den nutz ich selbst auch ab und an.«

»Ganz großartig, so luxuriös werde ich selten untergebracht.«

»Ist leider nur für drei Nächte, die Pension, die wir sonst nutzen, war gerade belegt. Also, genießen Sie die Vorzüge, solange es geht.« Verschwörerisch zwinkerte die Sekretärin Hannah zu.

»Ich bezweifle, dass ich dafür Zeit haben werde. – Kennen Sie Dennis Uhlig näher?«

»Du, bitte. Sonst komm ich mir komisch vor.« Dori zog die Kanne aus der Maschine, goss tiefschwarzen, dampfenden Kaffee in eine geblümte Tasse und reichte sie Hannah. »Dennis war in der Schule zwei Stufen unter mir. Ein Unauffälliger.« Sie hockte sich neben Hannah auf die Kante ihres Schreibtisches, strich ihren knielangen Rock glatt und schlug die Beine übereinander. »Wenn Sie mich fragen, der mag Computerspiele lieber als Frauen.«

»Du meinst, er würde sein Geld nicht ins Bordell tragen?«

»Dennis?« Dori schien ehrlich überrascht. »Das glaub ich nicht! Obwohl, wer wird schon schlau aus den Männern? Aber momentan war Dennis eh pleite, Spielschulden, hab ich gehört.«

»In der Spielothek, wo er die Schlägerei angezettelt hat?«

Dori nickte verschwörerisch und flüsterte: »Wollert weiß, wie man das Geld aus den Leuten holt.«

Hannah nahm einen Schluck von ihrem Kaffee. Er war wirklich schwarz.

»Wäre es möglich, die Zeugenaussagen von der Schlägerei zu lesen?«

»Aber natürlich, die Akte liegt nur grad noch beim Chef. Momentchen.« Mit klackernden Absätzen verschwand Dori im Nebenzimmer.

Die Akte umfasste dreizehn Zeugenaussagen, zwei von Gästen des vietnamesischen Imbisses, eine vom Betreiber der

Spielothek »Glück auf«, Theo Wollert, drei von seinen Stammkunden und sieben von Passanten. Wie Pauer erwähnt hatte, beschrieben alle Uhlig als durchgedreht und hochaggressiv. Laut Zeugen tauchte er gegen sechzehn Uhr dreißig am Postplatz auf und hämmerte gegen die Scheibe des »Gia Toc«, worauf die verängstigten Betreiber die Tür verriegelten. Zwei der Passanten, die laut eigenen Aussagen mit Uhlig zum harten Kern des FCE-Fanblocks gehörten, wollten ihn beruhigen, doch er ging direkt auf sie los. Darauf flüchteten sie in die Spielothek, verfolgt von Uhlig, der hier einige Automaten beschädigte und Theo Wollert verprügelte. Auch die herbeigerufenen Beamten konnten ihren Kollegen nicht beruhigen. Erst nach Einsatz von Pfefferspray flüchtete Uhlig durch den Stadtpark in Richtung Floßgraben, wo sich seine Spur im Wald verlor. In der Beschreibung von Uhligs Kleidung stimmten die Zeugenaussagen weitestgehend überein: dunkelgrüner Parka, blaue Jeans und helle Turnschuhe, alles stark verdreckt.

Hannah klappte die Akte zu und legte sie vor Dori auf den Tisch. »Weißt du, warum da nichts von Uhligs Spielschulden steht?«

»Hat das denn mit der Schlägerei zu tun?«, fragte Dori verwundert.

»Solange man es nicht abgeklärt hat, hat alles mit allem zu tun. Das zu tun ist die Arbeit der Polizei.«

Verzückt strahlte die Sekretärin Hannah an. »Das ist gut, das muss ich mir gleich aufschreiben.« Während sie in Schönschrift den Spruch auf einer Karteikarte notierte, stand Hannah auf. »Wem gehört eigentlich der Stollen, der gestern explodiert ist?«

»Der Wismut GmbH, das ist das Nachfolgeunternehmen der SDAG Wismut. Sie macht die vom Bergbau beanspruchten Flächen wieder nutz–«

»Und wer hat Zutritt zu den Stollen?«, unterbrach Hannah ihre Ausführung.

Doris' Augen wurden groß. »Nur die Mitarbeiter. Die sind ja sonst alle versperrt.«

»Gestern waren aber Leute in dem Stollen, die höchstwahrscheinlich nicht zur GmbH gehören, und das anscheinend schon seit einiger Zeit.«

»Also, dass die Vietnamesen jetzt anfangen, hier Drogen zu brauen –«

»Wer hier was macht, ist noch überhaupt nicht geklärt.« Hannahs Ton war scharf, es folgte eine angespannte Pause. »Ist der Bericht der SpuSi schon da?«

»Soweit ich weiß, waren die noch bis vor einer Stunde im Stollen. Soll ich Bescheid geben, wenn ich was höre?«, fragte die Sekretärin kleinlaut.

»Ja, bitte.«

10

Es lagen schon gute fünf Zentimeter nasser Neuschnee, als Hannah wenig später die Spielothek »Glück auf« am Postplatz betrat. Die Tür zu dem abgedunkelten Raum mit den vielen blinkenden, piependen Automaten stand offen, drinnen war es stickig, irgendwo staubsaugte jemand.

»Kann ich helfen?« Ein schlaksiger Mann humpelte Hannah auf Krücken entgegen. Über seiner rechten Schläfe klebte ein Verband, das Auge darunter war blau geschwollen.

»Theo Wollert?«, fragte Hannah und streckte ihm ihren Dienstausweis entgegen.

»Oha, das BKA! Kommen Sie etwa wegen Dennis?«

Hannah nickte. »Hat er Sie so zugerichtet?«

»Aber ja, der war völlig durchgeknallt! Ich hatte schon Angst, er zerlegt mir den kompletten Laden.«

Mit einer Krücke zog Wollert den Hocker von der nächsten Slotmaschine heran und setzte sich.

»Wissen Sie, ob Uhlig zum Zeitpunkt der Schlägerei seine rechte Hand noch hatte?«

»Hätte er sonst so zulangen können?«

»Haben Sie seine Hände gesehen?«

Der Casinobesitzer überlegte einen Moment. »Dennis hatte so 'n schlabbrigen Parka an … Keine Ahnung, ob ich seine Hände gesehen hab. Aufgefallen ist mir zumindest nix.«

Hannah lehnte sich gegen einen »Book of Ra«-Automaten, der leise bimmelte. »Hat Uhlig Schulden bei Ihnen?«

»Hatte, vor einer Woche bezahlt. Es gab null Grund, hier so auszurasten.«

»Um wie viel ging es denn?«

»Sagen wir mal, um einen Gebrauchtwagen.«

»Panda oder Porsche?«

Wollert grinste. »Mercedes A-Klasse, Jahrgang 2004. Hab ich gerade meiner Liebsten gekauft.«

»Und wissen Sie auch, woher Uhlig das Geld hatte?«

»Er hatte es, mehr interessiert mich nicht. Wissen belastet unnötig.«

»Wissen ist wie Liebe, es wird mehr, wenn man es teilt«, konterte Hannah und lächelte kalt.

»Auch schön!« Der Casinobesitzer klatschte anerkennend. »Aus welchem Kalender ist das?«

Hannah richtete sich auf, sie stand jetzt direkt vor dem sitzenden Mann und schaute auf ihn hinab. »Wir können das auch gerne auf dem Revier besprechen.«

»Jetzt mal sachte!« Wollert hob die Hände und rutschte auf dem Hocker ein Stück zurück. »Ich hab gehört, Dennis hätte sein Haus verkauft. Aber keine Ahnung, ob das stimmt! Mehr Wissen kann ich beim besten Willen nicht teilen.«

»Das war doch auch schon ganz schön.«

Es hatte aufgehört zu schneien. Hannah lief an einem wartenden Bus vorbei quer über den Postplatz zum »Gia Toc«. Der Imbiss lag zwischen einem Nagelstudio und einer Bäckerei in einem funktionalen Neunziger-Jahre-Bau. Auf den quadratischen Plastiktischen standen echte Orchideen und hinter dem Tresen ein Altar mit Buddha-Figur, aus dem Radio plätscherte Charts-Musik. Es war bereits nach vierzehn Uhr, wohl der Grund, dass es auch hier keine weiteren Gäste gab.

»Komme!«, rief eine helle Frauenstimme aus der Küche. Hannah setzte sich ans Fenster, von wo aus sie den Platz mit den Bushaltestellen, die Spielothek und die Straße zum Stadtpark, über die Uhlig am Freitag geflüchtet war, gut überblicken konnte. Die Speisekarte des »Gia Toc« umfasste zehn Gerichte. Neben Hannahs Favoriten *Pho Bo* und *Pho Ga*, klarer Brühe mit Reisnudeln, Gemüse und Rind oder Huhn, auch das saisonale Spezialangebot *Nuoc Thiet Kho*, vietnamesischer Schweinebauchschmortopf. Der Gedanke an die wohlgenährten Schweine der Försterin brachte Hannah zum Schmunzeln.

»Willkommen im ›Gia Toc‹, was darf ich Ihnen bringen?«

Die jugendliche Kellnerin lächelte routiniert. Zahlreiche Spangen mit aufgeklebten Papierblumen und Schmetterlingen hielten ihre hüftlangen schwarzen Haare straff nach hinten. Hannah bezweifelte, dass sie älter als sechzehn war.

»Ich hätte gerne *Pho Ga* und einen Jasmintee.«

Das zierliche Mädchen nickte und wollte sich schon umdrehen, als Hannah fragte: »Was bedeutet denn ›Gia Toc‹?«

»Die Familie.« Jetzt lächelte sie wirklich und verschwand in der Küche, wo Hannah sie mit zwei anderen Frauen reden hörte.

Hannah zog ihr Tablet aus der Tasche und ging ihre Mails durch. Bert hatte ihr die erbetene Auswertung der BKA-Datenbank zu vorbestraften Drogenhändlern und Neonazis im Erzgebirge geschickt sowie die Liste der Mitglieder des MC Aue und der mafiösen Organisation um Lukas Černy. Mehrere der Motorradclubmitglieder waren wegen Volksverhetzung, Verwenden von Kennzeichen verfassungswidriger Organisationen, Rauschgiftdelikten und diverser Körperverletzungen vorbestraft, aber keiner hatte je in den Bau gemusst.

Unvermittelt hämmerte jemand neben Hannahs Kopf gegen die Fensterscheibe. Sie sah auf. Draußen standen drei Kinder in gelben Warnwesten und schnitten Grimassen. Die beiden Mädchen hatten runde Gesichter und mandelförmige Augen, das eine schielte stark. Der Kopf des Jungen wirkte zu klein für seinen Körper. Abrupt drehten sich die drei um und rannten Bocksprünge machend durch den Schnee davon.

»Keine Angst, die machen nur Spaß.« Lächelnd stellte die zierliche Kellnerin eine dampfende Suppenschale vor Hannah auf den Tisch. »Die sind aus dem Kinderheim am Gabelsberg.«

»Mahlzeit, Frau Hauptkommissarin.« Umweht von einer kalten Brandgeruchwolke betrat Uhligs Streifenpartner Knaup den Imbiss. Bevor er sich zu Hannah an den Tisch setzte, rief er in Richtung Küche: »Ly, bitte einmal das Spezial.«

»Kommt sofort!«

»Feierabend?«, fragte Hannah.

Der rotbärtige Polizeimeister nickte müde. »Das hat sich ewig hingezogen mit der SpuSi. Jetzt muss ich gleich die Kinder abholen, Essen machen und wieder aufs Revier.« Während Knaup weiter von seiner Familie und seinen Verpflichtungen sprach, schien er immer müder und geistesabwesender zu werden.

»Gibt es schon Informationen aus dem Krankenhaus?«, unterbrach Hannah ihn, als er zum zweiten Mal vom Durchfall seines Sohns in der letzten Woche anfing. Einen Moment sah Knaup sie irritiert an, dann gähnte er herzhaft.

»Ja, der Vietnamese liegt im künstlichen Koma. Die Ärzte konnten ihn aus dem geschmolzenen Overall befreien, jetzt braucht er eine Hauttransplantation. Aber seinen Namen, den wissen wir noch immer nicht.«

»Und Winkler?«, fragte Hannah.

»Nasenbeinbruch, Verdacht auf Gehirnerschütterung, diverse Prellungen im Kopf- und Bauchbereich. Alles halb so schlimm, heute Morgen hat er sich selbst entlassen.«

»Was? Er ist nicht in Haft?«, fragte Hannah entgeistert.

»Es besteht ja keine Fluchtgefahr, und Winkler –« Knaup wurde von der zierlichen Kellnerin unterbrochen, die eine dampfende Schüssel vor ihm abstellte.

»Einen Guten!« Ly strahlte ihn von Ohr zu Ohr an.

»Danke dir. Sag mal, vermisst ihr zufällig jemanden?«

Schlagartig verschwand das Lächeln aus dem Gesicht der Kellnerin. »Nein, warum?«

»Nur so, alles gut!« Knaup zwinkerte ihr zu und machte sich gekonnt mit den Stäbchen über sein Essen her.

»Ist das der Schweinebauch?«, erkundigte sich Hannah interessiert.

»Hm, wollen Sie probieren?«

Er schob ihr den Teller zu, und sie pickte sich eines der kleineren Fleischstücke aus der fettglänzenden Soße.

Kauend redete Knaup weiter: »Ich hab mir schon gedacht, dass der Verletzte nicht zu ihrer Familie gehört. Die Phans sind seit über dreißig Jahren hier, alle wunderbare Köche.«

Hannah musste über die Doppeldeutigkeit seiner Aussage schmunzeln, die Knaup selbst nicht zu bemerken schien. »Stimmt, sie kochen wirklich gut.« Sie wischte sich den Mund ab. »Wir sollten ihnen dennoch ein Foto des Opfers zeigen. Sobald wir eines haben, was man rausgeben kann, versteht sich. Könnten Sie sich darum kümmern? Und abgesehen vom Brandopfer hat ja wohl noch mindestens eine weitere Person im Stollen gearbeitet. Das muss kein Vietnamese sein, aber ihr Fehlen muss doch auffallen.«

»Vielleicht fehlt die Person auch gar nicht, sondern konnte unbeschadet entkommen. Und selbst wenn bei den Vietnamesen einer fehlt, zu uns kommen sie damit eh nicht.« Er beugte sich über den Tisch zu Hannah und raunte: »Die meisten sind doch illegal.«

»Ach, wirklich?« Hannah gab sich schockiert.

Knaup grinste. »Das ist leider die Realität. – Übrigens wurde wohl direkt vor der Explosion im Stollen geschossen. Die SpuSi hat zwei Patronenhülsen gefunden, acht Millimeter.«

»Und die Waffe?«

»Keine da.«

»Wurde auch die weitere Umgebung abgesucht? Winkler war ja schon ein ganzes Stück gerannt, als ich ihn –«

»Ja, wir haben auch die Umgebung abgesucht«, unterbrach Knaup Hannah. »Und Winkler hat wohl nicht geschossen, zumindest hatte er keine Schmauchspuren an den Händen.«

»Verstehe. Bitte mailen Sie mir den Bericht der SpuSi, sobald er da ist.« Hannah stand auf, wendete sich dann aber noch einmal dem Polizeimeister zu. »Kennen Sie zufällig einen Thorben C.? Er soll in der Nähe der Uhligs wohnen.«

»Klar«, erwiderte Knaup und leckte sich die Lippen. »Thorben Carstens, der wohnt direkt links von Uhligs.«

»Danke. Wussten Sie eigentlich, dass Dennis sein Haus verkauft hat?«

Fast hätte sich Knaup an einem Stück Schweinebauch verschluckt, auch so musste er heftig husten. »Was? Das würde Dennis seinen Eltern nie – Ach, was weiß ich! Da denkt man,

man kennt wen …« Er verstummte und blickte auf seinen Teller.

»Das passiert in den besten Familien. Bis später.« Hannah drehte sich um und ging zum Zahlen an den Tresen.

11

Auf den Straßen hatte sich der Schnee bereits in grauen Matsch verwandelt. Hannah parkte vor dem Gartentor des gelben Mehrfamilienhauses links von Uhligs Grundstück und stieg aus. Auf dem Klingelbrett standen vier Namen. Hannah drückte den Knopf neben Carstens. Im Erdgeschoss bewegte sich eine Gardine, aber weiter geschah nichts. Erst nach weiterem, ausdauerndem Klingeln öffnete ein ausgezehrter Mann in Jeans und grauem Kapuzenpulli die Haustür. Seine halblangen dunklen Haare standen wirr in alle Richtungen ab. Ohne aus dem Haus zu treten, rief er: »Was wollen Sie?«

»Sind Sie Thorben Carstens?«

Der Mann schien kurz abzuwägen, welche Auswirkungen das für ihn haben könnte, dann erwiderte er: »Wer fragt?«

»Das BKA.«

Mit wenigen Schritten war Carstens am Tor und blickte argwöhnisch die verschneite Straße auf und ab. »Müssen Sie so brüllen?«, knurrte er Hannah an. »Ich deale nicht, wenn Sie das wissen wollen.« Sein kantiges Gesicht wirkte verhärmt, die Haut war fahl und von kleinen nässenden Stellen übersät.

»Ihr Crystal-Konsum interessiert nur zweitrangig, ich bin wegen des Interviews hier.«

Carstens' Kopf fuhr herum, und er schaute Hannah das erste Mal direkt an. »Wegen Dennis?« Unter seinem rechten Auge zuckte ein Muskel in unregelmäßigem Rhythmus. Hannah nickte. Carstens drückte den Toröffner und schlurfte vor ihr zum Haus.

Seine Wohnung wirkte wie eine Höhle. Das einzige Licht kam von einer nackten Energiesparbirne an der Decke, die dunkelgrünen Gardinen vor den Fenstern waren fest zugezogen. Auf dem ausgeklappten Schlafsofa, das die Hälfte des Raums einnahm, lag zerknüllte Bettwäsche im veilchenblauen FCE-Design, auf dem gläsernen Schreibtisch thronten zwischen Hüllen von PC-Spielen, leeren Pizzaschachteln und Bierdosen zwei riesige Bildschirme.

»Tut mir leid, falls ich Sie geweckt habe«, sagte Hannah.

»Quatsch, ich schlaf schon seit Tagen nicht mehr. Wenn ich gewusst hätte, dass Sie zu Besuch kommen, hätte ich Kuchen gebacken.« Carstens warf sich auf den abgewetzten Bürostuhl vor dem Schreibtisch.

Hannah blieb an der Wohnungstür stehen. »Wie gut kennen Sie Ihren Nachbarn Dennis Uhlig?«

»Wir zocken beide, da leiht man sich mal 'n Spiel.«

»Beziehen Sie Ihren Stoff von ihm?«

»Uhlig als Dealer?« Bei der Vorstellung bekam Carstens einen solchen Lachanfall, dass er fast vom Stuhl fiel.

»Woher bekommen Sie denn Ihr Crystal? Aus Tschechien oder von hier?«

Keuchend vor Lachen grinste Carstens Hannah an, wobei er eine Reihe brauner Zähne entblößte. »Ich dachte, das interessiert Sie nicht?«

»Nur zweitrangig.« Hannah trat neben ihn an den Schreibtisch und zog die Gardine beiseite. Auf dem Fensterbrett lag ein Fernglas. Hannah blickte hindurch, die Brennweite war auf Uhligs Fertighaus eingestellt.

»Mich interessiert vor allem die Frau, die Uhlig laut Ihrer Aussage besucht haben soll. Kennen Sie sie?«

»Naa, das war irgendeine Asiatin.«

»Können Sie sie näher beschreiben? Ihre Haare, Kleidung ...«

»Weiß nicht, war ja immer dunkel.« Nach einem Moment fügte Carstens hinzu: »Ich glaube aber, die kam nicht ganz freiwillig.«

»Wie meinen Sie das?«

»Keine Ahnung. Die wirkte irgendwie so ... verdruckst. – Ach, und Samstagnacht war sie zum letzten Mal da, so gegen eins, und hat 'nen Koffer mitgenommen.«

»Diesen Samstag?«

Carstens nickte.

»War sie alleine?«, bohrte Hannah weiter nach.

»Ich hab niemand anders gesehen.«

»Vielen Dank, Herr Carstens, Sie haben mir sehr geholfen. Und passen Sie mit dem Crystal auf, das ist im Moment ziemlich explosiv.«

Bevor Hannah seine Wohnung verließ, registrierte sie noch seine verständnislose Miene.

Uhligs Elternhaus war dunkel, aber im Neubau flackerte Licht. Hannah lief durch den unberührten nassen Schnee den Hügel hinauf. Die Eingangstür war bloß angelehnt, das Polizeisiegel zerrissen. Hannah trat in den gekachelten Flur, aus dem Wohnzimmer drang das Gebrabbel einer Quizshow. Das Licht des Beamers färbte die weißen Fliesen kränklich blau. Uhligs Eltern hockten in der gigantischen Sitzlandschaft und starrten das bewegte Bild an der Wand an.

»Guten Tag«, sagte Hannah. Als ihr niemand antwortete, setzte sie sich neben Uhligs Vater. Er war ein grobknochiger Mann mit dichtem grauen Haar. »Frau Uhlig, Herr Uhlig, ich bin Hannah Stein vom BKA. Ich bin hier –«

Rita Uhlig unterbrach sie schroff: »Denken Sie, ich bin senil? Sie waren doch gestern schon hier.«

Beruhigend legte Herr Uhlig seiner Frau die Hand aufs Knie und fragte, ohne seinen Blick von der Wand zu lösen: »Haben Sie was Neues über unseren Sohn herausgefunden?«

»Wir sind noch in den Ermittlungen. – Wissen Sie etwas über die Freundin Ihres Sohnes? Es wäre wichtig, möglichst rasch mit ihr zu sprechen.«

Rita Uhlig sah Hannah fragend an. »Was reden Sie denn da? Was für eine Freundin?«

»Ein Zeuge hat eine junge Frau gesehen, die nachts regelmäßig Ihren Sohn besucht haben soll.«

Uhligs Mutter presste die Lippen fest aufeinander. »Davon weiß ich nichts.«

Das anschließende Schweigen war so undurchdringlich wie eine Mauer, nur die Quizshow plapperte fröhlich weiter.

»Wissen Sie denn, dass Ihr Sohn dieses Haus verkauft hat?«, fragte Hannah schließlich.

Herr Uhlig lachte bitter auf. »Ja, das wissen wir! Der Teufel vom Berg war schon da.«

»Wen meinen Sie mit *Teufel vom Berg*?«

Zum ersten Mal wendete Uhlig seinen Blick von den flackernden Bildern ab. Die Linse seines linken Auges schimmerte silbern. Hannah kannte das von ihrem Großvater, es war grauer Star.

»Na, den Grimme, Heiner Grimme. Der ist ein dreckiger Parasit, war er schon immer! Früher dick bei der Wismut und der Stasi, und heute kauft er mit dem Blutgeld hier alles auf!«

Uhlig zitterte am ganzen Körper. Jetzt war es seine Frau, die ihm beruhigend den Arm um die Schultern legte.

»Hans, lass ...«

Doch ihr Mann stand abrupt auf und verließ ohne ein weiteres Wort mit steifen Schritten das Zimmer. Als die Haustür ins Schloss knallte, zuckte Rita Uhlig zusammen. Mit zittrigen Fingern griff sie nach der Fernbedienung und schaltete den Beamer aus. Jetzt saßen sie im Halbdunkeln.

»Sie können das nicht verstehen«, sagte sie, und ihre Stimme klang mit einem Mal unendlich müde. »Die Wismut, das war der drittgrößte Uranproduzent der Welt. Sie war ein Staat im Staat. Wir lebten hier in einem militärischen Sperrgebiet mit eigenen Läden, Autokennzeichen und einer eigenen Justiz. Grimme kam 1982, und nur ein Jahr später wurde er Leiter des Referats 4, Bekämpfung politischer Untergrundtätigkeit. Das war die Stasi der Wismut.« Sie verstummte für einen langen Moment. »Grimme hat viele Kumpel ans Messer geliefert. Wir hatten so gehofft, ihn nach der Wende los zu sein, aber er ist wiedergekommen.«

»Wo wohnt denn Herr Grimme?«

»Neben dem Kulturhaus in Bad Schlema, das können Sie nicht übersehen.«

12

Das Haus von Heiner Grimme war tatsächlich nicht zu übersehen. Der minimalistische Betonriegel lag direkt am Waldrand, eine mannshohe Feuerdornhecke schirmte das weitläufige Grundstück gegen neugierige Blicke ab. Hannah parkte auf der gegenüberliegenden Straßenseite und überflog Grimmes Eintrag in der Datenbank des BKA. Bevor er 1983 bei der Wismut offiziell von der Stasi angestellt wurde, hatte er bereits jahrelang als IM für sie fungiert. Nach der Wende zog er für zwei Jahre nach München, wo er für eine russische Import/Export-Firma arbeitete, dann kehrte er nach Sachsen zurück, zum LKA in Dresden. Hier arbeitete er bis zu seiner Pensionierung vor vier Jahren in der Abteilung 2, Bekämpfung der organisierten Kriminalität. Grimme war im Besitz eines großen Waffenscheins, Mitglied in mehreren Bergbauvereinen der Region, unverheiratet und kinderlos.

Als Hannah ausstieg, hörte sie eine Männerstimme rufen, konnte aber niemanden sehen. Der Ruf schien aus dem Birkenwald hinter Grimmes Grundstück gekommen zu sein. Sie klingelte an der videoüberwachten Einfahrt. Da auch nach dem zweiten Versuch nichts passierte, lief sie an der Feuerdornhecke entlang hinauf zum Wald. Auf halber Strecke hörte sie den Mann erneut rufen. Hinter einer kahlen Baumgruppe endete der Pfad auf einer verschneiten Lichtung. In ihrer Mitte stand ein weißhaariger Mann in einem gefütterten olivfarbenen Panzeranzug und schleuderte etwas an einem langen Seil über seinem Kopf im Kreis. Sein linker Arm steckte bis zum Ellbogen in einem Lederhandschuh. Wie aus dem Nichts schoss ein Greifvogel auf das Seilende zu, der Mann riss es herunter, und der Vogel landete auf seinem ledergeschützten Arm.

»Heiner Grimme?«, rief Hannah und näherte sich dem Paar.

Grimme war so groß wie sie und tiefbraun gebrannt, was seine hellblauen, stechenden Augen noch stärker leuchten ließ.

Er erinnerte Hannah an Terence Hill. Doch anders als dessen Gesicht war Grimmes kalt und verschlossen. Der ehemalige Stasi- und LKA-Mann musterte Hannah mit einem aufgesetzt freundlichen Lächeln, während er dem wild mit den Flügeln schlagenden Vogel übers Gefieder strich.

»Ja, ich bin Heiner Grimme. Und wer sind Sie?«

»Stein, BKA Wiesbaden. Ich bin wegen Dennis Uhlig hier. Sie sollen ihm sein Haus abgekauft haben.«

»Das ist korrekt. Dennis ist der Sohn von alten Bekannten, da hilft man schon mal aus, wenn man kann.« Ungeduldig zerrte der Falke an seiner Fußfessel, doch Grimme ignorierte ihn.

»Und wann wollte Uhlig ausziehen?«, fragte Hannah.

»Ende des Monats.«

»Und wissen Sie, was er mit Ihrem Geld vorhatte?«

»Er wollte weg von hier. Wohin, weiß ich aber nicht, da hat er ein großes Geheimnis draus gemacht.« Grimme zog ein Stück Fleisch aus einem Beutel an seinem Gürtel und steckte es dem nervösen Falken zu, der es gierig verschlang.

»Was wollen Sie denn mit ihm jagen?«

»Hauptsächlich Krähen, die sind zurzeit eine echte Plage. Mein Steinadler jagt mir aber auch Füchse und Rehe. Mögen Sie Vögel?« Der ehemalige Stasi-Mann sah Hannah mit seinen kalten hellblauen Augen forschend an.

»Nein. – Haben Sie schon einen Schlüssel zu Ihrem neuen Haus?«

»Natürlich, eine Karte.«

»Und waren Sie seit Uhligs Verschwinden noch mal da?«

Belustigt zog Grimme eine Braue hoch. »Warum? Stehe ich irgendwie unter Verdacht?«

»Uhligs Computer fehlt.«

»Und Sie denken, ich hätte den geklaut?« Der große braun gebrannte Mann lachte schallend. »Ich kauf ein ganzes Haus, um einen Laptop zu stehlen? Und überhaupt, ich benutze keine PCs, nur Macs.«

»Sie kennen also den Laptop?«, hakte Hannah unbeeindruckt nach.

»Den hat sich Dennis als Erstes von meinem Geld gekauft, noch bevor er Wollert ausbezahlt hat.«

»Hatte er außer in Wollerts Spielothek noch weitere Schulden?«

»Nicht dass ich wüsste. Aber Dennis hat –«, ein kurzes Grinsen lief über das Gesicht des Ex-Stasi- und LKA-Manns, »oder hatte kein glückliches Händchen, was Geld angeht, das weiß hier jeder.«

Inzwischen versuchte der Falke immer ungeduldiger, sich loszumachen.

»Entschuldigen Sie, aber Viktor muss zurück in sein Gehege, er kommt sonst ganz durcheinander. Wenn Sie noch weitere Fragen haben, können Sie uns gerne begleiten.«

»Die habe ich.«

Die mannshohe Feuerdornhecke um Grimmes Anwesen verfügte über ein stachelbewehrtes Stahltor zum Wald. Als sie hindurchtrat, sah Hannah, dass das ganze Gelände videoüberwacht und das Haus nach hinten wie eine Festung mit einbruchsicheren Fenstern und einer Spezialtür gesichert war. Fünf geräumige Metallvolieren standen auf der weitläufigen schneebedeckten Rasenfläche. In der größten hockte der erwähnte Steinadler auf einem Baumstumpf. Er kreischte laut, als sie vorübergingen, und der Falke antwortete.

»Wann haben Sie Uhlig denn zuletzt gesehen?«, fragte Hannah.

Grimme schmunzelte belustigt. »Sie sind schlau, Frau Kommissarin. Aber ich bin eine kalte Spur. Dennis habe ich zuletzt am 3. Mai beim Stammtisch des FCE gesehen, und ich weiß von keinen *Feinden*, wenn Sie das als Nächstes fragen wollten.«

Er öffnete die Tür zu einer leeren Voliere und verschwand mit dem Falken in dem geräumigen Holzverschlag an der Rückseite. Aus dem benachbarten Käfig drang vielstimmiges Zwitschern. Hannah trat näher heran und betrachtete die gelben, fröhlich herumfliegenden Kanarienvögel.

»Das sind des Kumpels beste Freunde.«

Hannah spürte Grimmes warmen Atem im Nacken. Sie hatte

nicht gemerkt, wie er hinter sie getreten war. Wie sie diese männlichen Machtspiele hasste!

Betont langsam trat sie einen Schritt zur Seite, drehte sich um und fragte: »Was wissen Sie über die gestrige Explosion bei Bockau?«

Der ehemalige Bergmann lächelte sie kalt an. »Von dem, was ich gehört habe, hätte da auch keine Kanarie geholfen. Jahrhundertelang waren ja diese freundlichen Vögel das Frühwarnsystem gegen böse Wetter. Wenn sie aufhörten zu singen, war die Konzentration schädlicher Gasgemische zu hoch, und die Bergleute wussten, dass sie umgehend den Stollen verlassen mussten. Bis ins 17. Jahrhundert waren den Menschen aber Gase noch unbekannt, und so glaubten sie, dass die bösen Wetter in manchen Stollen feuerspeiende Drachen waren. Agricola schrieb –«

»Ein Drache war es diesmal bestimmt nicht«, unterbrach Hannah seine Ausführung. »Wie kam es Ihrer Meinung nach zu der Explosion gestern?«

Grimme musterte sie einen Moment, und das falsche Lächeln verschwand aus seinem Gesicht. »Gut, lassen wir die Höflichkeiten. Mir ist klar, dass Sie mich recherchiert haben und wissen, wie gut ich vernetzt bin. Ich helfe meinen ehemaligen Kollegen gerne, wenn ich kann.«

Da Hannah nichts entgegnete, fuhr er fort: »Gestern Abend ist in einem Stollen der Wismut eine Kristall-Küche explodiert, wahrscheinlich durch eine unkontrollierte chemische Reaktion. Zum Glück soll das ja öfter vorkommen, diese verdammte Drecksdroge! Wer die Küche betrieben hat, ist mir leider nicht bekannt. Eigentlich kommt das Zeug aus Tschechien und wird hier nur verkauft. Aber ich bezweifle, dass die Küche Tschechen gehört hat, das muss jemand von hier angeleiert haben.«

»Und wie hängen die Kameraden von Blood and Honour da mit drin?«, bohrte Hannah nach.

»Sie meinen die Jungs vom Motorradclub? Ihr Kollege Pauer scheint ja eher die Vietnamesen im Visier zu haben. Zumindest lässt er gerade alle vietnamesisch betriebenen Restaurants und

Geschäfte im Revier durchsuchen.« Er blickte Hannah an wie ein Raubtier, das seine Beute fixiert. »Wussten Sie das?«

Ohne eine Reaktion zu zeigen, überging sie seine Frage. »Was wissen –«

Doch Grimme unterbrach sie barsch. »Nein, jetzt darf ich noch etwas fragen: Sie scheinen doch intelligent zu sein. Warum wollen Sie keine Karriere machen? Diese dauernde Rumreiserei ist doch ermüdend für eine Frau in Ihrem Alter.«

»Ich mag meine Arbeit, die Karrieren überlasse ich Menschen wie Ihnen. Letzte Frage: Was wissen Sie über Uhligs Verschwinden?«

»Außer den bekannten Fakten?« Grimme drehte sich um und lief quer über die weite Schneefläche zum Tor auf der anderen Seite seines Hauses. Hannah folgte ihm. »Der Fall erinnert mich an eine Geschichte aus den frühen achtziger Jahren. Ich war noch nicht lang bei der Wismut, da fand ein Mädchen bei Schneeberg im Wald ein Ohr. Gleichzeitig verschwand ein Kumpel, Kuno Rott. Der hatte am Tag davor im Konsum eine Schlägerei angezettelt und war dann abgehauen. Seine Frau schwor, das Ohr würde ihm gehören, und hielt den ganzen Ort mit ihrem Geschrei auf den Beinen. Dann kam heraus, dass der liebe Kuno eine Affäre in Dresden hatte und seine Frau verlassen wollte. Wer die Geliebte war, wurde aber nie geklärt, und Kuno ist auch nicht wiederaufgetaucht. Es gibt etliche ähnliche Geschichten aus den Anfängen der Wismut, nach dem Krieg und von ganz früher, aber da glaubten die Leute ja eben auch noch an Berggeister und feuerspeiende Drachen.«

»Und was wollen Sie mir jetzt mit dieser Geschichte sagen?«

»Dass ich nicht weiß, was Dennis zugestoßen ist oder wo er ist, aber ich hoffe, Sie klären das rasch auf. Viel Glück, Frau Stein – oder, wie wir hier sagen: Glück auf!«

Grimme strich mit seiner Hand über einen Sensor am Zaun, und das schwere Tor öffnete sich lautlos.

Zu gereizt, um direkt ins Auto zu steigen, lief Hannah am Kulturhaus vorbei in den Ort. Sie hasste manipulative, machtgierige

Menschen, leider hatte sie viel zu oft mit Typen wie Grimme zu tun. Er war der ideale Geheimdienstmitarbeiter, und Hannah war davon überzeugt, dass er sich nicht zur Ruhe gesetzt hatte. Menschen wie er gingen nicht in Rente, sie arbeiten weiter, meist auf eigene Rechnung. Das würde auch das Haus erklären. Aber was wollte Grimme? Wo lag sein Interesse in dem Ganzen? Er schien sich weder für die tschechische Mafia noch für die Nazibiker oder die Vietnamesen zu interessieren.

»Glück auf, Frau Stein!«

Wie aus dem Boden gewachsen stand mit einem Mal Ziegler mit einem Weimaraner an der Leine vor Hannah. Der schlanke graue Jagdhund musterte Hannah wachsam.

»Was ein Zufall«, sagte der beleibte Revierchef und strahlte sie an. »Ich hab gerade meine Frau zur Radontherapie gebracht und wollte nun selbst einen kleinen therapeutischen Spaziergang machen. Man muss ja was tun für seine Bestform.« Glucksend klopfte er in Bauchhöhe auf seinen unförmigen Daunenmantel. »Und Sie? Sie sehen etwas verfroren aus. Haben Sie keine Winterkleidung dabei?«

»Ich habe im Mai nicht mehr mit Schnee gerechnet. Sagten Sie nicht gestern selbst, dass es inzwischen schon richtig warm wäre?«

»Das Erzgebirge bietet jeden Tag etwas Neues.« Zieglers Lachfalten kräuselten sich vom Mund über die schlaffen Wangen bis zu den Ohren. »Und was machen Sie gerade? Erkundungsgang?«

»Ich habe mich mit Heiner Grimme unterhalten.«

Das Lachen verschwand aus dem Gesicht des Revierleiters. »Ja, der Grimme. Der weiß, wo der Frosch die Locken hat.«

»Meinen Sie das in Bezug auf seine Stasivergangenheit oder so im Allgemeinen?«

»Beides. Begleiten Sie mich ein Stückchen?«

Sie schlugen den Weg in Richtung Kurpark ein. »Wir nennen den Grimme hier nicht ohne Grund ›den Teufel vom Berg‹«, erzählte Ziegler weiter.

»Das haben mir die Uhligs bereits erzählt.«

»Sie haben mit ihnen über Grimme gesprochen?«

Hannah nickte. »Er scheint sehr gut über alles informiert zu sein, meiner Meinung nach zu gut für eine Privatperson. Wissen Sie, woher er seine Informationen bezieht?«

»Wenn ich das wüsste!«, schnaufte der Revierleiter. »Aber erst Stasi und dann LKA, da muss man schon ein Dussel sein, wenn man daraus nix macht.«

Sie durchquerten ein zeltartiges Tor und betraten den Kurpark. Vor ihnen dehnte sich eine weite weiße Ebene aus, durch die sich wie ein schwarzes Band ein ordentlich geräumter Fußweg schlängelte. Ein paar Meter vor ihnen lärmten Kinder und bewarfen sich gegenseitig mit nassen Schneebällen. Ziegler ließ seinen Jagdhund von der Leine, der wie ein grauer Blitz davonschoss.

»Grimme erzählte von Vermisstenfällen, die dem von Uhlig gleichen. Sagt Ihnen der Name Kuno Rott etwas?«, fragte Hannah den Revierchef.

»Natürlich, aber der ist mit seiner Geliebten durchgebrannt.«

»Wurde das je bestätigt?«

»Nein, aber das war offensichtlich«, erklärte Ziegler im Brustton der Überzeugung.

»Laut Grimme gab es davor auch schon ähnliche Fälle.«

»Das sind doch bloß Geschichten!« Der Revierchef machte eine abfällige Geste. »Was haben Sie denn gestern in Tschechien herausbekommen?«

»Der Sonderermittler hat seine Aussage noch einmal bestätigt. Uhlig war Donnerstagnacht im ›Tausendschönchen‹ und hat das Etablissement kurz vor Mitternacht bei bester Gesundheit wieder verlassen.« Hannah ließ unerwähnt, dass der Polizeimeister in weiblicher Begleitung gegangen war.

»Haben Sie denn auch schon mit dem Černy gesprochen?«

»Nein, das hole ich aber noch nach.«

Ziegler hielt auf einer kleinen Anhöhe an und pfiff nach seinem Hund, der am Ende des Parks durch den Schnee tollte. Sofort drehte der Weimaraner um und wetzte zu seinem Herren zurück.

»Wussten Sie eigentlich, dass man Schlema nach der Wende ›Tal des Todes‹ nannte?«, fragte der Revierleiter und blickte über die weiße Ebene. »Wo wir jetzt stehen, stand früher das alte Stadtzentrum, bis der Boden wegbrach und alles mit sich riss, auch mein Elternhaus.« Sein faltiges, von der Kälte gerötetes Gesicht zitterte mit einem Mal, und Tränen stiegen ihm in die Augen. »Wir mussten alle weg. Stattdessen luden die Sowjets hier das ganze strahlende Geröll ab, das sie aus dem Boden rissen. Eine tödliche Mondlandschaft. Aber schauen Sie jetzt: wie der Phönix aus der Asche!«

»Das freut mich für die Gegend. Ich muss jetzt weiter. Auf Wiedersehen.« Hannah drehte sich abrupt um und ließ den verdutzten Revierchef stehen. Rührseligkeit machte sie aggressiv, fast ebenso wie Machtgier.

Auf dem Weg zurück zu ihrem Wagen begann es zu nieseln.

In Aue bemerkte Hannah einen Streifenwagen, der vor einem vietnamesischen Lebensmittelgeschäft parkte. Eine junge Frau redete aufgeregt auf zwei Polizisten ein, während ein weiterer Beamter Kisten aus dem Laden trug und sie in den Kofferraum packte. Grimme hatte also mit seiner Bemerkung über die von Pauer angeordneten Durchsuchungen recht gehabt. Hannah fiel ein, dass sie noch nichts Neues von dem schwer verletzten Vietnamesen gehört hatte, und beschloss, im Krankenhaus vorbeizufahren.

Bis zur Unkenntlichkeit in sterile Verbände gepackt, lag der Mann auf der Intensivstation. Laut Aussage der kommunikationsfreudigen Krankenschwester hatten die Ärzte bereits am Vormittag eine erste Hauttransplantation durchgeführt, eine weitere war für die nächsten Tage geplant.

»Wie schwer sind denn seine Verbrennungen?«, erkundigte sich Hannah.

»Sehr schwer. Dritten bis vierten Grades. Fast elf Prozent seiner Haut sind betroffen, zusätzlich hat der arme Teufel noch ein Inhalationstrauma abgekriegt. Aber wie es aussieht, wird er beides überleben.«

»Wurde ein Spalthaut- oder Maschentransplantat gemacht?«

Verwundert über die kenntnisreiche Nachfrage, antwortete die Schwester: »Ein Meshgraft ging leider nicht, die betroffene Fläche war zu groß. Aber wenn Sie das genauer wissen möchten, hole ich gern einen der behandelnden Ärzte.«

»Danke, nicht nötig. Wann, denken Sie, wird er wieder ansprechbar sein?«

»Vielleicht Samstag, wenn alles gut geht.« Sie warf einen mitleidigen Blick ins Zimmer. »Wenn er wüsste, was für leckeres Essen im Kühlschrank auf ihn wartet! Vietnamesischer Schweinebauch mit Duftreis. Aber bis er so was wieder essen kann, ist der Basmati längst hinüber.«

»Hatte er Besuch?«, fragte Hannah verwundert.

»Nein, eine junge Frau hat die Tupperdosen unten am Empfang abgegeben und ist direkt wieder verschwunden.«

»Was hat sie denn gesagt, für wen sie sind?«

»Nur: ›Fül den Velblannten.‹« Die Krankenschwester kicherte albern über ihren Asiatenwitz. »Ich nenne ihn ja Johnny Doe, ist doch netter als NN oder Max Mustermann.«

In der Eingangshalle des Krankenhauses begegnete Hannah einem alten Mann, der seinen Rollator mit Trippelschritten auf den Ausgang zusteuerte, und musste an ihren Vater denken. In zwei Tagen sollte er entlassen werden. Sie musste dringend mit ihrer Mutter reden. Die automatische Schiebetür öffnete sich vor dem Greis, doch die Vorderräder seines Gehwagens blieben an der Türschwelle hängen und blockierten. Rasch sprang Hannah zu Hilfe und hob den Rollator über die Schwelle.

»Nehmen Sie mich jetzt mit?«, fragte der alte Mann erschrocken.

»Herr Rehböck! Da sind Sie ja!« Schnaufend kam eine Schwester auf sie zugerannt, griff nach dem Gehwagen und drehte ihn zurück in Richtung Eingangshalle. »Entschuldigen Sie bitte, Herr Rehböck ist verwirrt. Dritter Schlaganfall in einem Monat.« Sie lächelte Hannah verständnisheischend zu. »So, Herr Rehböck, jetzt geht es aber ab ins Bett.«

»Nach Hause?«

»Ja, nach Hause.« Die Hand auf der Schulter des Mannes, steuerte die Krankenschwester ihn im Schneckentempo auf die Aufzüge zu. Mit einem Mal spürte Hannah, wie unendlich müde sie selbst war. Die letzten Tage saßen ihr wie Blei in den Knochen. Sie schleppte sich durch den Nieselregen zu ihrem Auto, setzte sich hinein und schloss für einen Moment die Augen. Dann holte sie tief Luft und rief ihre Mutter an.

13

Eine Stunde später lag Hannah in ihrem Hotelbett und versuchte einzuschlafen. Doch je mehr sie sich darauf konzentrierte, desto ruheloser wirbelten ihre Gedanken um ihren Vater und den Plan ihrer Mutter, mit ihm bei ihr einzuziehen, durch ihren Kopf. Vorhin am Telefon hatten sie sich mal wieder heftig gestritten. Wie konnte ihre Mutter so in ihrer eigenen, hermetisch abgeschlossenen Welt leben und nicht sehen, dass andere Menschen andere Bedürfnisse und Interessen hatten? Sie würde sie nie verstehen. Hannah gab ihren Plan, früh einzuschlafen, auf und nahm sich stattdessen ein Bier aus der Minibar. Sie hatte gerade eine Folge »Magnum« angefangen, als ihr Handy klingelte und die Nummer ihres Chefs anzeigte.

»Bert, ich hab vorhin auch mal an dich gedacht.«

»Das freut mich aber. Und, lebt Uhlig noch?«

Bert Wendel klang müde, wie meist. Früher hatte er sich allein um die ungewöhnlichen Fälle gekümmert, doch seit einigen Jahren verhinderten fünfzig Kilo Übergewicht und zwei Schachteln Zigaretten pro Tag, dass er sich im Dienst weiter als vom Schreibtisch zur Kantine und zurück bewegte. Dabei verabscheute er den Innendienst.

»Das weiß ich noch nicht«, erwiderte Hannah und fasste die Ereignisse der letzten zwei Tage knapp zusammen. »Den rechtsmedizinischen Teil zu Uhligs Hand führ ich jetzt nicht aus, den hast du ja im Bericht gelesen.«

»Hab ich«, schnaufte Wendel. »›Ablatieren‹ musste ich erst mal nachschlagen! Wer macht denn so was und warum? Und wie? Hast du dich schon gefragt, warum man jemandem die Hand *ablatiert* und noch dazu die rechte?«

Hannah seufzte. »Bert, ich –«

Ihr Chef unterbrach sie. »Bist du das schon durchgegangen?«

»Teilweise.«

»Dann machen wir das jetzt vollständig.«

Hannah hörte, wie Bert eine Zigarette anzündete, und sah ihn vor sich in seinem vollgestopften, verrauchten Büro, die Schuhe auf dem Tisch, die Augen geschlossen.

»*Punitio membri*, die Spiegelstrafe, die Bestrafung am Körperteil, mit dem die Straftat begangen wurde. Ergo dem Dieb wird die Hand abgeschlagen. Frage: War Uhlig ein Dieb?«

»Nicht dass ich wüsste, das Haus gehörte ihm.«

»Die Spiegelstrafe ist ja Teil der Scharia und wird bis heute unter anderem in Saudi-Arabien praktiziert. Aber auch die Zaren ließen –«

Hannah war kein Fan der länglichen Ausführungen ihres Chefs, wusste aber auch, wie sehr er diese liebte und dass es ohnehin kein Mittel gab, ihn davon abzubringen. Sie legte das Handy aufs Bett und holte sich ein weiteres Bier aus der Minibar. Als sie das Telefon wieder ans Ohr hielt, sagte Bert gerade: »… und bei Verrat Hände abschlagen. Auch Putin regte einmal an, man solle dies bei allen korrupten Beamten tun. Das wäre ein plausibles Motiv.«

Hannah nahm einen langen Schluck von ihrem Bier. »Du meinst also, Uhlig wurde von einem Russen geschmiert, der sich dann anders besinnt und ihm zur Strafe für seine Bestechlichkeit die Hand ablatiert?«

Ihr Chef seufzte. »Hannah, irgendetwas steckt dahinter. Die rechte Hand abhacken ist ein viel zu sprechendes Bild, als dass es Zufall sein könnte. Und dann noch auf diese unkonventionelle Art.«

»Könntest du mal prüfen, ob es ähnliche Fälle in unserer Datenbank gibt?«, bat Hannah.

»Kann ich.«

Sie schwiegen einen Moment, dann fragte Bert: »Wie geht's denn deinem Vater?«

»Er wird übermorgen entlassen. Inka will mit ihm bei mir einziehen, bis es ihm besser geht.«

»Oha.« Bert schnaufte schwer. »Soll ich mal mit ihr reden?«

»Danke dir, aber das bringt nichts. Mein Vater kommt ja mit

seinem Rollator nicht in ihre Altbauwohnung, und was anderes anzumieten können sie sich nicht leisten.«

Hannahs Handy vibrierte und zeigte an, dass Novák versuchte, sie zu erreichen.

»Bert, ich muss. Wir sprechen morgen.«

»Magst du den Fall abgeben, und ich schick Jo–«

»Nein, ich bring das hier zu Ende. Vergiss nicht, deine Kippe auszumachen, bevor du einschläfst.«

Hannah drückte ihren Chef weg und nahm Nováks Anruf entgegen. »Leutnant. Sie wollte ich auch noch anrufen.«

»Guten Abend, Frau Hauptkommissarin. Bitte entschuldigen Sie die späte Störung, aber wir haben Uhligs Wagen sichergestellt. Das heißt, die Kollegen haben ihn schon Montag sichergestellt, aber die interne –«

»Verstehe«, würgte Hannah ihn ab. »Wann kann ich mir den Wagen ansehen?«

»Um neun?«

»Passt. Schicken Sie mir die Koordinaten, ich bin dann da. Was hat denn die Standortabfrage von Uhligs Handy ergeben?«

»Die Daten habe ich gerade ausgewertet. Stellen Sie sich vor, sein Handy war zuletzt Freitag um null Uhr fünfzig im Wald zwischen dem Etablissement und der deutschen Grenze eingeloggt. Und eben in der Gegend haben die Kollegen auch seinen Wagen sichergestellt. Ein Waldarbeiter hatte sie benachrichtigt. Anscheinend hatte Uhlig auf der Fahrt zurück nach Aue auf einem Forstweg mitten im Wald einen Unfall. Auf dem Weg zur nächsten Straße muss er dann sein Handy verloren haben. Leider ist der Radius der Funkzelle extrem groß und nicht weiter zu bestimmen.«

»Wir schauen uns morgen ja eh den Fundort des Wagens an, dann können wir auch nach dem Handy suchen. Gute Arbeit, Leutnant.«

14 Donnerstag

Am Morgen war auch der letzte Schnee geschmolzen. Stattdessen zeigte sich jetzt alles braun in grau, als Hannah um kurz nach sechs zum Joggen aufbrach. Sie lief am Markt vorbei die steile Hauptstraße hinauf, vorbei am Amtsgericht und den Schildern zum Kleintiergehege »Zoo der Minis«. Dann bog sie links ins Gewerbegebiet ab, rannte über das Schwarzwasser, am Krankenhaus und der Schwimmhalle vorbei zum Erzgebirgsstadion und wieder zurück zum Hotel.

Aus dem Frühstücksraum nahm sie eine Tasse Kaffee und mehrere Zeitungen mit, die sie nach dem Duschen auf dem Bett liegend überflog. Bisher ging die Presse noch von einer Sprengung des Stollens durch Unbekannte aus. Niemand schrieb von der Explosion einer Drogenküche oder einem schwer verletzten Vietnamesen.

Punkt neun hielt Hannah auf dem Parkplatz der Skiliftanlage Skipot in Potůčky, der kleinen tschechischen Grenzstadt mit den vielen bunten Ladengeschäften. Novák wartete bereits auf sie. Neben seinem Wagen standen nur noch drei weitere vor dem abgeholzten matschbraunen Berghang. Bei einem roten Polo mit dem deutschen Kennzeichen AU für Aue war die Motorhaube massiv eingedrückt.

»Guten Morgen«, grüßte der Leutnant gut gelaunt. Er trug wieder seinen nachtblauen Anzug, heute aber mit einer wattierten Jacke darüber.

»Das ist Uhligs Wagen.« Novák deutete auf den ramponierten Polo. »Die Kollegen sagten, er muss mit voller Wucht auf den herausgerissenen Baumstumpf geprallt sein, der versteckt hinter einer Kurve auf dem Waldweg lag, und hätte regelrecht in der Luft gehangen.«

Der Leutnant zog eine Plastiktüte mit einem Autoschlüssel aus der Jacke, drückte die Fernbedienung, und die Verriegelung des Polos klackte auf.

»Wo haben Ihre Kollegen den gefunden?«, fragte Hannah mit Blick auf den Schlüssel.

»Er steckte noch im Zündschloss.«

Hannah streifte Plastikhandschuhe über und öffnete die Fahrertür. Von innen wirkte das Auto scheckheftgepflegt. Nur unter dem Beifahrersitz lag ein benutztes Taschentuch sowie zwischen Sitz und Tür etwas Zigarettenasche.

»Ich hoffe, die ominöse Frau, die Uhlig vom Etablissement mitgenommen haben soll, ist erkennungsdienstlich erfasst, das würde einiges erleichtern«, konstatierte Hannah und steckte das Taschentuch in einen Plastikbeutel.

Für die Fahrt zum Fundort nahmen sie wieder Nováks Wagen. Heute klang »For Better, Or Worse« von John Prine aus den erstaunlich guten Boxen des alten Mercedes.

»Leutnant, ich muss sagen, Sie haben einen ganz akzeptablen Musikgeschmack.«

»Danke.« Novák strahlte. »Von der Platte mag ich ›I'm Telling You‹ mit Holly Williams am liebsten.«

»Echt?«, entgegnete Hannah amüsiert. »Für mich ist sie zu süß, ich bevorzuge ihren Halbbruder.«

»Nun, wer kann schon mit Hank 3 mithalten?« Novák griff nach seinem Handy und rief dessen Album »Brothers Of The 4X4« in seiner Streaming-App auf.

Der Forstweg, den Uhlig vom Etablissement zur Grenze genommen hatte, war mehr Berg-und-Tal-Bahn und vielleicht für schwere Waldfahrzeuge geeignet, aber sicher nicht für Pkws. Novák fuhr vorsichtig, auch weil er nicht genau wusste, hinter welcher der vielen Biegungen der Baumstumpf lag.

»Was hat Uhlig bloß geritten, im Dunkeln hier langzufahren?«, sagte Hannah mehr zu sich selbst.

»Das wüsste ich auch gerne«, entgegnete der Leutnant und bog im Schritttempo um die nächste Kurve. Plötzlich bremste er scharf. Direkt vor ihnen lag ein dicker, samt Wurzel aus der Erde gerissener Baumstumpf. Der auf einem Meter fünfzig glatt abgesägte Stamm bildete quasi eine Rampe zum Wurzelgeflecht, dessen Arme wie freigelegte Adern fast drei Meter in die Höhe ragten. Fassungslos betrachteten Hannah und Novák den Rest des Baumriesen.

»Wie kommt denn so ein Monstrum mitten auf den Weg? Der muss Tonnen wiegen«, staunte der Leutnant.

»Interessante Frage«, sagte Hannah und sah sich um. »Und ein zu *der* Wurzel passendes Loch seh ich auch nirgends.«

Leider hatte das Abschleppteam bei der Bergung von Uhligs Wagen den Boden rund um den Fundort so gründlich durchpflügt, dass keine brauchbaren Spuren zu finden waren. Nur rechts neben der Wurzel, etwa auf der Höhe, wo die Beifahrertür in der Luft gehangen haben musste, bemerkte Hannah etwas Weißes in der weichen Erde. Mit Hilfe eines Stöckchens pulte sie die Reste dreier Slimzigaretten aus dem von Schnee und Regen aufgeweichten Boden. An den dreckigen weißen Filtern klebten noch deutliche Spuren eines korallenroten Lippenstifts.

»Jetzt haben wir noch weitere Hinweise auf unsere Zeugin.« Hannah sah zu Novák auf. »Was denken Sie, wie schnell bekommen Sie einen Suchtrupp mit Hunden hierher?«

»Jetzt?«

Hannah richtete sich auf und sah den Tschechen herausfordernd an. »Kommen Sie, Leutnant. Sie arbeiten doch fürs nationale Zentrum gegen organisierte Kriminalität, da kriegen Sie doch ein paar Hunde zusammen? Schließlich wollen wir Uhlig finden. Oder zumindest sein Handy, das ja nach Ihren Recherchen hier irgendwo sein muss.«

Drei Stunden später durchkämmten Hannah und Novák mit zehn tschechischen Polizisten und zwei Spürhunden das umliegende Waldstück. Der graubraune Morgen hatte sich zu einem angenehmen Maientag entwickelt. Die Sonne schien in breiten Bahnen durch die Bäume und verwandelte den Wald in eine Art Märchenland. Gräser und Moosteppiche überzogen Boden und Wurzeln, dazwischen entrollten sich die ersten zarten Farnblätter. Hannah war nur noch selten im Wald. Früher, bei ihrem Großvater, hatten sie jeden Tag im Wald verbracht, egal bei welchem Wetter. Sein alter Wohnwagen hatte weit weg von jeder Stadt gestanden, mitten in den Vogesen, umgeben nur von Wiesen, Bäumen und wilden Tieren. Dort hatte ihr Papo, wie sie ihren Opa nannten, ihr und ihren Geschwistern beigebracht, was in der Wildnis essbar war, wie man einen Kompass benutzte, Wasser filterte, Tierfährten las und vieles mehr. Sie war damals zu klein gewesen, um zu verstehen, warum es ihm so wichtig war, dass sie auch unter den widrigsten Umständen zurechtkamen. Das hatte sie erst viel später begriffen.

An einem alten Silberstollen schlug der größere Spürhund unvermittelt an, und der Trupp kam zum Stehen. Die offene Grube war gut zweieinhalb Meter tief und schien unter der Erde weiterzuführen. Die Hundeführerin ließ ihr Tier von der Leine. Wie ein Blitz sprang der Hund in die Tiefe und verschwand im Tunnel. Hannah zog ihre schwarzen Lederhandschuhe über und kletterte mit der Hundeführerin und zwei ihrer Kollegen den glitschigen Hang hinab.

Im lehmigen Boden vor dem Schachteingang waren Schuhabdrücke zu erkennen, die ins Innere führten. Hannah bückte sich und betrachtete den deutlichsten Abdruck. Er stammte von einem Nike Air Max. Hannah erkannte das markante Profil, solche hatte ihr Chef eine ganze Zeit lang getragen und ihr gerne auf dem Tisch seines Arbeitszimmers ruhend präsentiert. Wahrscheinlich war der Abdruck hier von einem Paar der Größe 44 oder 45. Laut Dossier hatte Uhlig Größe 44. Der Abdruck zeigte, wie der des Gegenstücks, einen deutlichen Abrieb an den Innenseiten der Sohle. Der Läufer oder die Läuferin hatte also leichte X-Beine. Die tschechischen Polizisten knipsten ihre Taschenlampen an, und zu viert drangen sie weiter in den niedrigen Schacht vor. Hier war der Boden aus Stein, weshalb es keine Fußspuren gab. Es roch modrig, aber nicht nach Verwesung. Acht Meter vor ihnen glitzerten die Augen des Hundes im Schein der Lampen. Knurrend kauerte er in einem niedrigen Loch in der Felswand, das Nackenfell aufgestellt, die Zähne gebleckt. Der Hauptgang neben ihm war teils verschüttet. Als sich das Team dem Hund näherte, schnellte er wie eine Muräne aus dem Felsloch und schlug seine Zähne in den Arm der Hundeführerin. Geistesgegenwärtig zog einer ihrer Kollegen sein Pfefferspray.

»Pozor, Vera!«

Die Polizistin wandte sich zur Seite, und das Reizgas traf den Hund direkt zwischen die Augen. Heulend ließ er ihren Arm los und jagte blind vor Schmerz in den Stollen hinein. Während sich die Beamten um ihre Kollegin kümmerte, untersuchte Hannah die Stelle, die das Tier verteidigt hatte. Der knapp einen Meter hohe Durchgang führte in eine Höhle, die keine zwei mal zwei Meter groß war. Etwas am Boden reflektierte den Schein der Taschenlampe. Hannah kroch darauf zu. Es war ein iPhone. Das Display war einmal quer gesplittert, und auf der Rückseite klebte ein veilchenfarbener FCE-Aufkleber. Hannah versuchte, das Handy einzuschalten, aber es reagierte nicht. Sie reichte es einem der tschechischen Kollegen, der es an den zweiten Hundeführer weitergab. Sein Hund schlug sofort an, als er an dem Gerät roch. Es war also Uhligs Handy.

»Wollen Sie es mitnehmen?«, fragte Novák.

»Nicht unbedingt«, entgegnete Hannah. »Testen wir mal, ob Ihre KTU schneller ist.«

Während die tschechischen Kollegen am Schacht blieben und auf die Spurensicherung warteten, stapfte Hannah mit Novák zurück zu dessen Auto.

»Ich verstehe einfach nicht, was Uhlig dazu bewogen hat, in diese Grube zu steigen«, sagte der Leutnant und strich sich nachdenklich über seinen schmalen Bart.

»Vielleicht wollte er Hilfe holen und ist hineingestürzt.«

»Hier Hilfe holen?« Novák streckte fragend die Arme aus. »Warum bleibt er dann nicht wenigstens auf dem Forstweg?«

Schweigend liefen sie weiter.

»Was passiert jetzt eigentlich mit dem Hund?«, fragte Hannah nach einer Weile. Novák zuckte mit den Schultern. »Der ist abgehauen. Vielleicht weiß er, dass er erschossen wird, wenn er zurückkommt.«

Uhligs zerdrückter Polo stand bereits auf einem Abschleppwagen vor dem Skilift. Erstaunt stellte Hannah fest, dass außer zwei deutschen Streifenpolizisten auch Pauer persönlich vor Ort war. Der bullige Oberkommissar starrte ihr finster entgegen.

»Was machen Sie denn hier?«, fragte Hannah ehrlich überrascht. »Ist Abschleppdienst bei Ihnen Chefsache?«

»Und Sie? Ihnen ist schon klar, dass wir zusammen an diesem Fall arbeiten? Warum informieren Sie mich dann nicht, wenn Sie im Ausland ermitteln?«, blaffte Pauer zurück.

»Ich habe Hauptkommissarin Stein um ihre Unterstützung gebeten«, schaltete Novák sich ein. »Sie war so freundlich, mich an den Fundort von Uhligs Wagen zu begleiten.«

»Wie, da waren Sie auch schon?«, fuhr Pauer nun ihn an.

Novák lächelte wieder charmant wie Clark Gable. »Aber natürlich. Und dank meiner Kollegen von der Hundestaffel haben wir in einem historischen Schacht etwa einen Kilometer vom Fundort des Wagens entfernt Fußspuren sowie ein Handy gefunden; allem Anschein nach gehört beides zu Uhlig.«

»Ach, und was soll Dennis in dem Schacht gewollt haben?«

»Eine gute Frage.« Hannah blickte den Kommissar herausfordernd an. »Was ist denn eigentlich gestern bei den Durchsuchungen der vietnamesischen Läden herausgekommen?«

»Nichts, was zu *diesem* Fall gehört.« Brüsk drehte sich der Kommissar Novák zu. »Dann geben Sie mir mal Uhligs Handy.«

»Das ist bereits auf dem Weg zu unserer KTU. Ich maile Ihnen selbstverständlich den Bericht zu, sobald er vorliegt.«

Pauer schnaubte, stieg ohne ein weiteres Wort in seinen Wagen und brauste davon.

»Ich sehe, Sie lernen dazu, Leutnant«, freute sich Hannah. »Sie melden sich bei mir, sobald es Neuigkeiten gibt?«

»Selbstredend«, erwiderte Novák und tippte sich zum Abschied mit dem Zeigefinger gegen die Augenbraue.

Auf der Rückfahrt geriet Hannah in Potůčky in einen Stau, da direkt hinter der Grenze eine Polizeikontrolle aufgebaut worden war. Während ein Beamter die Autos auf den angrenzenden Parkplatz winkte, untersuchten seine Kollegen die Insassen und Fahrzeuge. Obwohl der Polizist sie nach einem Blick auf ihr Nummernschild unwirsch durchwinkte, hielt Hannah neben ihm an und streckte ihm ihren Dienstausweis entgegen.

»BKA. Nach was suchen Sie hier?«

»Entschuldschung, ich dachte, Sie wären Zivilistin«, entgegnete der Beamte mit starkem Dialekt. »Wir suchen nach Methamphetamin.«

»Machen Sie das regelmäßig?«

»Naa, seit es die Spezialeinheit mit den Tschechen gibt, nicht mehr. Wenn Sie mich freeng, ein Riesenfehler, wo die jetzt schon bei uns ihre Labore aufbauen und damit in die Luft –«

»Woher wissen Sie denn, dass das explodierte Labor von Tschechen betrieben wurde?«, unterbrach ihn Hannah schroff.

»Nu, wem soll's dee sonst sei?«

Hannah fuhr weiter. Vielleicht hatten die Leute ja doch recht und das Labor gehörte nicht dem Motorradclub, sondern zu Černys Organisation? Dann hing die Explosion mit größter Wahrscheinlichkeit mit Uhligs Verschwinden zusammen. Hannah entschied, noch einmal zu dem Stollen zu fahren, schließlich kannte sie das Innere nur von den Fotos der Feuerwehr.

Mit der Routing-App auf ihrem Handy, die sie sonst für Rennradtouren nutzte, fand sie ohne Probleme den Forstweg, der direkt zum Schacht führte. Der Boden vor dem zerfetzten Tor war vom Löschwasser und den vielen schweren Fahrzeugen in einen Sumpf verwandelt worden. Hannah holte ihre Dienstwaffe hervor, die sie in Tschechien wieder im Safe unter ihrem Sitz verstaut hatte, steckte sie ins Holster und stieg aus. Bei Tageslicht wirkte der Stollen vollkommen unspektakulär, fast friedlich. Unvermittelt klingelte ihr Handy, eine unbekannte Nummer. Als Hannah den Anruf entgegennahm, scholl fröhlicher Lärm aus dem Lautsprecher, den die tiefe Stimme der Försterin jedoch leicht übertönte.

»Hallo, ich wollte Sie an Ihre Wurst erinnern, die meisten

sind nämlich schon weggefuttert. Soll ich Ihnen eine zurücklegen?«

»Danke, aber heute schaffe ich es nicht mehr.«

»Das sollten Sie aber«, entgegnete Roth entschieden. »Neben der besten Wurst der Welt können Sie hier auch noch einiges mehr über unser schönes Erzgebirge erfahren.«

Hannah schaute zum Himmel, er war strahlend blau.

»Gut, dann legen Sie mir eine Wurst beiseite. Bis später.«

Sie beendete das Gespräch, schaltete die Taschenlampe ihres Handys ein und schlüpfte durch das demolierte Tor in den Stollen. Sofort schlug ihr die beißende Mischung von Rauch und Ammoniak entgegen. Sie presste den Ärmel ihrer Jacke vor die Nase und blickte sich um. Der Gang war leer, nichts wies mehr darauf hin, dass hier noch vorgestern ein Crystal-Labor betrieben worden war. Hannah kletterte über die verkohlten Stützbalken am Eingang. Die Explosion hatte an mehreren Stellen Geröll aus den Wänden gerissen und eine helle körnige Staubschicht über den gesamten Boden verteilt. Obwohl bereits unzählige Füße in ihr herumgetrampelt waren, konnte man noch gut erkennen, wo größere Gegenstände wie Tische oder Tonnen gestanden hatten. Etwa sechs Meter hinter dem Eingang war ein dunkler, noch feuchter Fleck im hellen Staub. Blut. Hier hatte wahrscheinlich der Vietnamese gelegen. Hannah lief tiefer in den Berg, dahin, wo auf den Fotos die zwei Betten und der Spind gestanden hatten. Doch auch hier waren nur noch drei dunklere Rechtecke im Staub zu sehen.

Zurück an der frischen Luft atmete Hannah tief durch. Nach dem Gestank von Brand und Katzenurin freute sie sich jetzt richtig auf den Duft von Bratwurst und kandierten Mandeln.

15

Das halbe Erzgebirge schien sich auf dem Maifest hinter dem Landratsamt zu tummeln. Auf der mit jungen Birken und bunten Bändern geschmückten Bühne am Eingang versuchte sich ein Kinderchor an »Yellow Submarine«. Gerührt bewunderten die Eltern ihren Nachwuchs, während andere Besucher an ihnen vorbei zu den Verkaufsständen drängelten. Unter den weiß überdachten Buden für folkloristisches Handwerk aus Holz und Metall, Bier und diverse Esswaren stach ein gelbes Zelt deutlich heraus. Auf dem Banner am Eingang stand »Identitäre Bewegung«. Davor, in einem der vielen ebenfalls grellgelben Liegestühle, hockte Oberst Zeman, der rotköpfige tschechische Sonderermittler, mit einer Coladose in der Hand. Er schien ein paar Jugendliche vor der Tribüne zu beobachten.

Unbemerkt schob sich Hannah an ihm vorbei in Richtung Achterbahn. Hier mischte sich der helle Chorgesang mit dem Piepen und Hupen der Fahrgeschäfte. »Wilde Maus XXL« prangte in Leuchtbuchstaben zwischen den kurvigen Schienen. Gerade schoss ein bunt bemalter Wagen die Frontrampe herunter, die Insassen kreischten vor Begeisterung. Am benachbarten Autoscooter läutete der Ansager die nächste Runde ein, doch ein Pulk Halbwüchsiger balgte sich noch um zwei Fahrzeuge. Im Gedränge zog ein Junge einem kleineren das Portemonnaie aus der Hosentasche und wollte es gerade einstecken, als ein sehniger Mann ihn von hinten packte. Er zerrte die Hand des Diebes mit dem Geldbeutel in die Höhe, bis der Junge schrie.

»Hast du ’n Euro?«, fragte unvermittelt eine hohe Stimme. Hannah fuhr herum. Hinter ihr stand der Junge mit dem zu kleinen Kopf, der gestern mit zwei Mädchen an die Fensterscheibe des »Gia Toc« gehämmert hatte.

»Wofür brauchst du den denn?«

»Zuckerwatte«, erwiderte der Junge strahlend. Hannah gab

ihm einen Euro, und er rannte mit wild rotierendem Arm zurück zu seinen Freundinnen, die sie aus sicherer Entfernung beobachtet hatten.

Hannah lief weiter. Hinter den großen Fahrgeschäften zogen drei Kleinkinder auf Mini-Elektrofahrzeugen ihre Runden um einen Partypavillon, aus dem in voller Lautstärke das Geschrammel der Rechtsrock-Band Landser dröhnte. Die Spielzeugautos waren detailgenau umgebaut worden. Vorneweg zuckelte ein Jagdpanzer, gefolgt von zwei Flakpanzern, alle vielfach mit Wehrmachtskreuz dekoriert. »MC Aue – Wir fahren zur Hölle und zurück« stand in Frakturschrift auf einem Banner an der Seitenwand des Pavillons. Hannah wunderte es nicht, als sie in der Gruppe unter dem Zelt Mario Winkler entdeckte. Sein kahler Kopf war bandagiert, und trotz der Sonnenbrille konnte man die blauen, geschwollenen Ringe um seine Augen auch aus der Entfernung gut erkennen. Plaudernd und lachend steuerte eine Gruppe junger Asiatinnen auf den Pavillon zu. Zwei von ihnen, die eine blondiert und in einen knallengen mintgrünen Jumpsuit gepresst, die andere mit hüftlangem schwarzen Haar und Batikkleid, trugen Babys auf dem Arm. Mit einer herrischen Geste hielt die Blondierte den kleinen Jagdpanzerfahrer an, ließ ihre Freundinnen passieren und grüßte dann zackig: »Sieg Heil, Kamerad!«

Irritiert schaute der Junge sie an und tippte sich dann ebenfalls gegen die Stirn. Lachend sprang die junge Frau ihren Freundinnen hinterher, die bereits lautstark auf Winkler und einen seiner breitschultrigen Kameraden einredeten. Ein hagerer Kerl, Typ Kläffer, auf dessen T-Shirt groß »C18« über einem SS-Totenkopf prangte, drängte sich aggressiv dazwischen und schubste zwei der Frauen aus dem Zelt. Doch statt zurückzustecken, gingen die beiden schreiend auf ihn los, wobei die eine ihm ihre langen Acrylnägel durchs Gesicht zog. Die Umstehenden grölten vor Lachen.

»Schön, dass Sie gekommen sind.« Lächelnd trat Mechthild Roth von hinten neben Hannah und ergänzte mit Blick zum Pavillon: »Für Außenstehende muss das hier schon komisch aussehen, die Nazis und die Vietnamesen, aber das läuft wie beim Hochadel: Strategiehochzeiten. Eine Bande heiratet die andere.«

Gerade drückte die blondierte Asiatin Winkler ihr quengelndes Kind in den Arm.

»Heißt das …?« Hannah sah die Försterin fragend an.

»Jap, die mit den Babys sind mit dem Verbeulten und dem Chef verheiratet. Der Chef ist der Hübsche in der Kutte. M. C., Manuel Claus. Ein ganz großer Gönner und Volksfreund.«

Claus, ein Zwei-Meter-Mann mit Glatze und Boxernase, zog die schmale Asiatin im Batikkleid an sich und küsste sie ausgiebig.

»Wollen Sie jetzt Ihre Wurst?«, fragte die Försterin.

Der Grillstand lag schräg gegenüber vom MC Pavillon, sodass Hannah das Treiben dort weiter gut beobachten konnte.

»Jutta, gibst du der Frau Kommissarin bitte ihre Wurst?«

»Aber gerne.« Jutta, Roths Partnerin, strahlte Hannah an. Ihre Locken steckten heute unter einer Kochmütze mit der Aufschrift »Wildfleisch aus dem Erzgebirge – natürlicher geht nicht«. »Wollen Sie Zwetschgen-Chutney dazu? Ist auch selbst gemacht. Und vielleicht ein Bier?«

»Chutney ja, Bier nein, ich bin leider noch im Dienst.«

»Scheißjob.« Grinsend verdrehte Roths Partnerin die Augen und reichte Hannah die Bratwurst auf einem Porzellanteller mit Metallbesteck. »Bitte schön: regional, bio und nachhaltig. Guten Hunger!«

Hannah hatte sich gerade das letzte Stück Bratwurst in den Mund geschoben, als sich zwei Teenager neben sie an den Tresen drängten und Würste und Bier bestellten. Hannah hörte, dass sie miteinander Tschechisch sprachen. Sie schätzte sie auf höchstens vierzehn, sagte aber nichts, als Jutta ihnen zwei Becher Bier hinstellte. Aus dem Augenwinkel bemerkte sie, wie Winklers blondierte Frau mit dem Baby auf dem Arm den Pavillon verließ, und folgte ihr zum Toilettenwagen.

Aus der Nähe betrachtet hatte das Kind keinerlei Ähnlichkeit mit seinem Vater. Fröhlich glucksend streckte es Hannah seine speckigen Buddha-Ärmchen entgegen.

»Du bist ja gut gelaunt.«

»Das ist Thor immer! Willste ihn mal halten?«

»Danke, aber ich hab ganz fettige Finger.« Abwehrend hob Hannah ihre Hände, wobei ihre Jacke aufklappte und ihr Schulterholster entblößte. Augenblicklich riss Winklers Frau das Baby wieder an sich und zischte: »Scheißbulle!«

»Ich bin vom BKA. Ihr Mann behauptet, vorgestern im Wald von Vietcongs angegriffen worden zu sein, dann ist das Labor hinter ihm explodiert. Sie vermissen nicht zufällig einen oder zwei Ihrer Verwandten?«

»Ich red nicht mit Bullen!«

»Tanz mal ganz schnell ab!« Mit gehobener Faust kam Winkler auf Hannah zugestürmt.

»Warum? Weil der kleine Thor sonst sehen muss, wie Papa wieder aufm Arsch landet?«

Schnaubend packte Winkler die freie Hand seiner Frau und zog sie mit sich zum Pavillon.

Als Hannah zurück zum Grill kam, standen die tschechischen Jugendlichen noch am Tresen. Inzwischen hatten sie ihre Becher geleert und telefonierten. Mit einem hochzufriedenen Grinsen beendete der kleinere sein Gespräch und bestellte zwei weitere Biere. Erst jetzt sah Hannah Oberst Zeman. Der tschechische Ermittler hockte auf den Stufen am hinteren Rand der Achterbahn und stierte mit hochrotem, glänzendem Kopf zu ihr herüber.

Unvermittelt wurde es unter dem Pavillon vom MC unruhig. Der Anführer, Manuel Claus, brüllte unverständliche Befehle, worauf alle Männer bis auf Winkler und den Kläffer-Typ mit dem Combat-18-Hemd zu ihren Motorrädern rannten und davonrasten. Kurz darauf ertönten mehrere Polizeisirenen und ein Einsatzwagen rauschte um den Festplatz herum auf den Grill zu. Hannah bemerkte, wie sich die tschechischen Jugendlichen einen ungläubigen Blick zuwarfen. Der kleinere ließ seinen Becher fallen und rannte los, doch der Einsatzwagen schnitt ihm den Weg ab. Die Polizisten warfen die Jungen zu Boden und legten ihnen Handschellen an. Hannah blickte sich nach Zeman um, doch der Oberst war nicht mehr zu sehen. Stattdessen bemerkte sie Winkler, der breitbeinig vorm MC-Pavillon stand und die Festnahme beobachtete, während die Asiatinnen und der Kläffer die Elektroautos in einen Anhänger packten. Unsanft zogen die Polizisten ihre Gefangenen auf die Beine, der größere blutete heftig aus einer Platzwunde über dem rechten Auge, und verfrachteten sie in den Einsatzwagen.

Als sie weg waren, wählte Hannah Knaups Nummer.

»PM Knaup.« Der Polizeimeister brüllte fast, so laut war es um ihn herum.

»Was ist denn bei Ihnen los?«, fragte Hannah.

»Das Vereinshaus vom Motorradclub brennt, und es gibt zwei Schwerverletzte. Sieht aus, als ob sie überfallen wurden, aber mit uns redet keiner.«

Hannah schaute sich um. Im Osten stieg eine dunkle Rauchsäule auf. »Wissen Sie etwas über die Festnahme von zwei Jugendlichen auf dem Maifest?«

»Da kam gerade was über Funk. Sollen mit Crystal gedealt haben.« Hinter Knaup jaulte eine Sirene auf. »Entschuldigung, aber –«

»Nur noch eine Frage«, bat Hannah. »Wann wurde der letzte tschechische Dealer in Aue festgenommen?«

»Ewig nicht, aber vergangene Woche haben Kollegen einen Kleintransporter hopsgenommen. Die hatten mit Zigaretten gerechnet, fanden aber achtzehn Kilo Crystal. Entschuldigung, ich muss wirklich. Tschüss.«

»Jetzt doch ein Bier?«, fragte die Försterin und lehnte sich neben Hannah an den Tresen.

»Gerne.«

»Jutta?« Mechthild Roth legte den Kopf in den Nacken. »Machst du uns drei Große?«

Es dämmerte, als Hannah den überfüllten Parkplatz am Simmel-Center überquerte. Kurz vor der Kreuzung am Marktplatz rauschte ein Feuerwehrwagen mit Blaulicht, aber ohne Sirene an ihr vorbei und bog nach rechts ab. Hannah blickte ihm hinterher. Am Horizont stieg noch immer eine Rauchsäule auf, allerdings war sie nicht mehr ganz so dunkel. Da sie nichts weiter zu tun und auch noch keine Lust hatte, ins Hotel zu gehen, folgte Hannah dem Löschfahrzeug zum Gelände des Motorradclubs.

Das verwilderte Grundstück lag am Rand des Gewerbegebiets, durch das Hannah am Morgen gejoggt war. Der umlaufende, zwei Meter hohe Maschendrahtzaun war mit NATO-Draht verstärkt. Eine Festung, und doch hatte man sie angegriffen. Vor der noch qualmenden Fabrikhalle in der Mitte des Geländes parkten drei Feuerwehr- und zwei Streifenwagen. Hannah lief auf die Brandruine zu. Das Dach und die vordere Wand waren eingestürzt, aber an der Seite zur Straße hing noch das gleiche Banner wie über dem Pavillon auf dem Maifest: »MC Aue – Wir fahren zur Hölle und zurück«. Vier Polizisten und zwei Feuerwehrmänner standen rauchend neben ihren Fahrzeugen und unterhielten sich über das morgige Relegationsspiel des FC Erzgebirge Aue. Von den Mitgliedern des MC war keiner zu sehen. Weiter hinten auf dem Gelände entdeckte Hannah eine kleinere, unversehrte Baracke, die offensichtlich zum Wohnhaus umgebaut worden war. Davor parkten etliche Harleys.

Da klingelte ihr Handy, und Novák platzte ohne seine sonstige förmliche Begrüßung aufgeregt heraus: »Sind Sie auf dem Maifest?«

»Nicht mehr.« Hannah drehte sich um und lief zurück zum Zufahrtstor.

»Oberst Zeman ist stinksauer, weil Ihre Kollegen in seine Observation reingepfuscht haben.«

»Wen hat er denn observiert?«

»Černys Neffen«, erwiderte Novák. »Er soll direkt neben ihnen gestanden haben, als er festgenommen wurde.«

»Ach wirklich. Was wird ihm denn vorgeworfen? Etwa Drogenhandel?« Hannah lachte trocken.

»Ja, aber Černy würde seinen Neffen nie dealen lassen.«

Hannah blickte hinüber zu den rauchenden Resten der Fabrikhalle. »Kurz vor der Festnahme der Jugendlichen wurde hier der Motorradclub überfallen. Hat Zeman Ihnen das auch erzählt?«

Der Leutnant schwieg kurz, dann entgegnete er: »Nein, aber das ist sicher kein Zufall.«

»Das glaube ich auch«, entgegnete Hannah. »Ich glaube inzwischen eher, dass das alles zu unserem Fall gehört.«

»Die beiden bleiben hier«, blaffte Oberkommissar Pauer Hannah an und hämmerte, ohne sie anzusehen, weiter auf die Tastatur seines Computers ein. Hannah war vom Gelände des Motorradclubs direkt zum Revier gelaufen, um zu erfahren, was es mit der Festnahme der Jugendlichen auf sich hat.

»Aber das sind Minderjährige«, wandte sie ein.

»Das wissen wir nicht. Sie haben keine Papiere, und reden tun sie auch nicht. Und Zeit, Sozialarbeiter zu spielen, haben wir gerade auch keine.«

Hannah stützte sich mit beiden Händen vor Pauer auf dem Schreibtisch ab und fixierte den stämmigen Kommissar. »Sie finden es so gar nicht seltsam, was hier mit einem Mal so alles passiert?«

Pauer hielt inne und blickte zu ihr auf. »Doch, sehr, und irgendwie hat das mit Ihnen angefangen.«

»Nein, es hat mit Uhlig angefangen.«

Sie starrten sich einen Moment an, dann trommelte der Kommissar weiter auf seine Tastatur ein.

»Liegt wenigstens der KTU-Bericht zur Hausdurchsuchung bei Uhlig inzwischen vor?«, fragte Hannah und richtete sich wieder auf. Widerwillig deutete Pauer mit dem Kinn auf den Papierhaufen links vor sich.

»Kopierer steht im Sekretariat. Und übrigens, der vergammelte Fuchs, den Sie meinem Mitarbeiter auf den Tisch geknallt haben, ist tatsächlicher der, der Dennis' Hand herumgeschleppt hat.«

»Und?«

»Nichts und, mehr als etwas Haut von Uhlig zwischen seinen Zähnen hat die KTU nicht gefunden.«

Hannah blätterte den Papierstapel durch und fand unter dem Bericht zur Hausdurchsuchung auch den zur Explosion des Stollens. Sie machte sich von beiden Kopien, bevor sie sie zurück auf Pauers Stapel klatschte. »Hat denn wenigstens der verletzte Vietnamese inzwischen einen Namen?«

»Nee, aber morgen verpflanzen sie ihm Haut vom Arsch aufs Gesicht. Wenn Sie mich jetzt meine Arbeit machen lassen würden!«

16

Zurück in ihrem Hotelzimmer nahm Hannah die Papierunterlage vom Schreibtisch mit aufs Bett und begann, zwischen Hotelwappen und Drei-Jahres-Kalender eine Fallskizze anzulegen. Unter »Dennis Uhlig« im Zentrum schrieb sie »Polizei«, rechts von ihm gruppierte sie die Mitglieder des MC Aue, links die der tschechischen Mafia mit allen Namen und Funktionen, die ihr bisher bekannt waren. Am oberen Rand des Blattes notierte sie »Uhligs Eltern«, »Ex-Stasi- + LKA-Mitarbeiter Heiner Grimme«, »Nachbar Thorben Carstens« und »Spielothek-Besitzer Theo Wollert«, am unteren »Freundin?«.

Während Hannah anschließend die Berichte der KTU überflog, klingelte wieder ihr Handy. Auf dem Display stand »Inka mobil«. Nach dem gestrigen Streit verspürte Hannah überhaupt keine Lust, schon wieder mit ihrer Mutter zu sprechen, und ignorierte das Klingeln.

Der KTU-Bericht zur Hausdurchsuchung lieferte nicht viel Neues. Neben langen schwarzen Haaren im Bett und Bad waren Fingerabdrücke von fünf Personen sichergestellt worden, darunter die von Uhlig, seiner Mutter und Heiner Grimme. Die anderen zwei fehlten in der Datenbank. Die interessanteste Information war, dass das elektronische Schließsystem am Samstag nach Uhligs Verschwinden noch zwei Zutritte mit unterschiedlichen Schlüsselnummern verzeichnet hatte, einer um sechzehn Uhr achtundvierzig, der andere kurz vor Mitternacht. Carstens Aussage zu Letzterem stimmte also. Vielleicht hatte er ja auch den nachmittäglichen Besuch beobachtet. Hannah nahm sich vor, ihn noch einmal zu befragen.

Der zweite Bericht bestätigte, dass im Stollen ein Labor zur Herstellung von Crystal Meth gestanden hatte. Die nicht komplett zerstörten Laborutensilien, Chemikalien, Metalltische, die beiden Betten und der Spind waren gestern abgeholt und eingelagert worden, den vollkommen verbrannten Rest hatte man beim Bauhof entsorgt. Nach ersten Untersuchungen stand fest, dass die Explosion durch eine unkontrollierte chemische Reaktion ausgelöst worden war, nicht durch eine beabsichtigte Sprengung. Neben dem Blut des verletzten Vietnamesen war an einem zerbrochenen Erlenmeyerkolben das eines Unbekannten sichergestellt worden, jedoch konnte die KTU nicht mit Sicherheit sagen, wie lange es dort schon klebte. Zudem gab es Unmengen von Fingerabdrücken, von denen bisher nur Winklers und die des Vietnamesen zugeordnet werden konnten. Zu den zwei Patronenhülsen gab es keine weiteren Erkenntnisse, die Projektile waren nirgends aufgetaucht.

Woher kam die Waffe? Weder bei dem Vietnamesen noch bei Winkler hatten sie eine gefunden. War noch jemand im Stollen gewesen? Dafür sprach auch, dass auf dem Waldweg frische Reifenspuren eines Kleinlasters entdeckt worden waren. Und was war mit dem zweiten Vietnamesen, von dem Winkler gefaselt hatte? War das Blut am Kolben von ihm? Gab es ihn überhaupt? Wenn ja, hatte er mit im Labor gearbeitet, immerhin gab es auch ein zweites Bett, oder hatte er das Labor überfallen? Hannah griff nach der Mindmap und fügte unter den Mitgliedern des Motorradclubs noch »Vietnamesen« hinzu, dazu die Frage: »Eigenständige Mafia oder Partner des MC?«

Wieder klingelte ihr Handy und zeigte die Nummer ihrer Mutter an. Genervt nahm Hannah den Anruf entgegen.

»Mama, was ist denn? Ich arbeite noch.«

»Entschuldige.« Die tiefe, raue Stimme war so leise, dass Hannah sie fast nicht hören konnte.

»Papa, bist du das? Ist alles in Ordnung? – Papa?«

»Entschuldige, Hannah.« Man hörte, dass ihrem Vater das Reden noch sehr schwerfiel. Er klang, als hätte er etwas Fremdes im Mund.

»Ist schon okay, Papa. Wie geht's dir?«

»Wo bist du?«

»Im Erzgebirge, arbeiten. Das hatte ich dir doch gesagt. Ist bei dir alles in Ordnung?«

»Entschuldige, Hannah«, wiederholte er.

»Du musst dich für nichts entschuldigen. Ist Mama bei dir?«
Sie hörte ihren Vater schwer atmen, dann flüsterte er: »Entschuldige, dass ich nicht da war. Entschuldige.«
»Wo denn, Papa? Was meinst du?«
Es knackte in der Leitung, ihr Vater hatte aufgelegt. Hannah versuchte zurückzurufen, aber es nahm niemand mehr ab.

17 Freitag

Es war kurz nach drei, als Hannahs Handy klingelte.

»Leutnant?«

»Sie müssen sofort kommen«, keuchte Novák. »Das ›Tausendschönchen‹ brennt, und wir haben einen Toten.«

Benommen rieb sich Hannah über die Augen.

»Wen denn?«

»Manuel Claus, der Chef des MC. Er hatte wohl mit seinen Leuten das ›Tausendschönchen‹ überfallen.«

Als Hannah eine halbe Stunde später vor dem Etablissement parkte, war das Feuer noch immer nicht ganz unter Kontrolle. Zwischen den Polizei- und Löschfahrzeugen türmten sich Berge aus Decken, Kissen, Kleidung und anderen Dingen, die offensichtlich in größter Eile aus dem Haus gerettet worden waren. In den Haufen hockten oder lagen leicht bekleidete Frauen, einige schliefen, andere starrten stumm vor sich hin.

Beim Aussteigen verschlug der beißende Brandgeruch Hannah den Atem, doch nach einem Moment hatte sie sich wieder unter Kontrolle. Novák löste sich aus einer Gruppe uniformierter Beamter und eilte auf sie zu. Trotz der frühen Stunde war der Tscheche wieder perfekt gestylt. Über einem diesmal schwarzen Anzug trug er einen wadenlangen kamelfarbenen Mantel und wirkte eher, als sei er auf einem Pokerabend statt bei einer Mordermittlung.

»Danke, dass Sie so schnell kommen konnten, Frau Hauptkommissarin. Claus liegt da drüben.« Der Leutnant deutete in Richtung eines Polizisten, der neben einer weißen Plane stand.

»Haben Sie auch Pauer informiert?«, fragte Hannah. Verunsichert schaute Novák sie an. »Nein. Ich dachte, Sie sind zuständig.«

»Das ist auch erst mal korrekt«, entgegnete Hannah. »Dann zeigen Sie mal, was dem schönen Claus passiert ist.«

Eine imposante Rothaarige, auf deren Schulter ein grauer

Papagei hockte, flirtete mit dem Beamten, der die weiße Abdeckplane bewachte. Novák grüßte den Polizisten auf Tschechisch und bat ihn dann auf Deutsch, die Plane anzuheben. Die Leiche von Manuel Claus war stark entstellt, etwas musste ihn mit größter Wucht im Gesicht getroffen haben. Als hätte sie bloß auf diese Gelegenheit gewartet, beugte sich die Rothaarige über den Toten, spuckte auf den blutigen Klumpen, der einmal Claus' Gesicht gewesen war, und zischte: *»Zkurvysyn!« Hurensohn!*

Überrumpelt von ihrer Aktion versuchte der Wachmann, sie wegzuziehen, doch da plusterte sich ihr Papagei drohend auf und kreischte schrill: *»Zkurvysyn! Zkurvysyn!«* Die umsitzenden Frauen brachen in johlendes Gelächter aus und applaudierten, als die Rothaarige zu ihnen zurückstolzierte und auf einem der Deckenberge in ihrer Mitte Platz nahm.

Novák führte Hannah zu einer Gruppe Uniformierter, die etwas abseits des Feuers stand. »Feldwebel Svoboda, das ist Kriminalhauptkommissarin Stein vom BKA. Kriminalhauptkommissarin Stein, das ist der Einsatzleiter Feldwebel Svoboda.«

Der junge Polizist grüßte Hannah militärisch. »D' Ehre!«

Von dieser seltsam altertümlichen bayrischen Begrüßung aus dem Konzept gebracht, musste Hannah unwillkürlich lächeln. »Freut mich auch. Können Sie mir erklären, was hier passiert ist? Sieht ja nach einem ganz schönen Schlamassel aus.«

»Das können Sie laut sagen!« Svoboda lachte herzhaft. Erst jetzt bemerkte Hannah Oberst Zeman, der rotköpfige Sonderermittler stand neben dem Feldwebel und warf ihr vernichtende Blicke zu.

»Also, um kurz nach eins informierte Oberst Zeman uns über den Angriff auf das Bordell«, hob der Einsatzleiter an. »Als wir kurz darauf eintrafen, stand schon das ganze Haus in Flammen. Dann fielen Schüsse, und wir sahen fünf Personen auf Motorrädern flüchten. Sie hatten gerade versucht, den Toten, Manuel Claus, mitzunehmen, wobei sie von den Garagen aus beschossen wurden.«

Svoboda deutete zu dem lang gestreckten Flachbau vor dem

Wald. Im vordersten Abteil, das kein Garagentor, sondern eine normale Tür und ein schmales Fenster hatte, brannte Licht. Vor der Tür stand ein Berg von einem Mann Wache.

»Oberst Zeman hat beobachtet, wie die Motorradfahrer Molotowcocktails aufs Haus warfen und daraufhin angegriffen wurden. Claus stürzte wohl, als er in voller Fahrt von etwas im Gesicht getroffen wurde. Leider konnte Oberst Zeman das von seinem Standort aus aber nicht genau sehen.«

»Haben Sie Černy schon verhört?«, fragte Hannah.

»Was denken Sie, was wir da machen? Nase bohren?«, blaffte Zeman sie unvermittelt an. Hannah ignorierte ihn und fragte demonstrativ an den Einsatzleiter gewandt: »Was haben Ihre Befragungen denn ergeben?«

»Černy behauptet, er hätte den Angriff erst bemerkt, als das Haus brannte und Claus tot am Boden lag. Er selbst wär mit seinen Männern in der Garage gewesen und hätte Musik gehört. Als sie dann sahen, was los war, schossen sie auf die Angreifer, die daraufhin ohne ihren toten Chef flüchteten. Die Pistolen, aus denen geschossen wurde, hat Černy uns ausgehändigt.«

»Und Sie glauben ihm, dass er mit Claus' Tod nichts zu tun hat?«

»Als ich Černy verhört hab, kamen plötzlich seine …«, Svoboda zögerte kurz, »seine Damen angerannt und schrien, sie hätten das Schwein erschlagen.«

»Wie meinen Sie das?«, bohrte Hannah nach.

»Jede von ihnen behauptet, Claus umgebracht zu haben.«

»Und die Tatwaffe?«

Der Einsatzleiter zuckte mit den Schultern.

»Wir suchen danach«, kam Zeman ihm mit einer Antwort zuvor. »Mischen Sie sich nicht ein.«

Jetzt hatte Hannah genug von seiner herablassenden Art. Drohend drehte sie sich dem rotköpfigen Oberst zu.

»Hier ist ein deutscher Staatsbürger offensichtlich durch Fremdeinwirkung zu Tode gekommen. Das ist genauso mein Zuständigkeitsbereich, wie wenn ein deutscher Polizist nach dem Besuch eines tschechischen Bordells, das zu einem Drogenhändlerring gehört, verschwindet und kurz darauf ein grenzüberschreitender Drogenkrieg ausbricht. Langsam sollte auch Ihnen klar sein, dass die Vorfälle der vergangenen Tage zusammenhängen.«

»Ich sehe klar, Sie wissen noch nicht, wo der Kollege ist«, entgegnete der Oberst gehässig. Einen Moment starrte Hannah Zeman an, dann wendete sie sich an Novák. »Bekommt man hier einen Kaffee?«

Im Kofferraum eines Polizeibusses standen mehrere Kaffeekannen, Milch und Kekse bereit. Novák schenkte Hannah eine Tasse ein und reichte sie ihr. »Ich möchte mich für Oberst Zeman entschuldigen. Er ist frustriert, weil seine –«

»Hören Sie bitte auf, Zeman immer zu entschuldigen«, würgte Hannah ihn ab. »Außerdem ist es mir nur recht, dass er Černy nicht festnimmt, so kann ich mich besser mit ihm unterhalten.« Sie goss eine zweite Tasse Kaffee ein und verschwand damit zwischen den Einsatzwagen.

Der muskelbepackte Wächter stand noch immer vor der Tür der vordersten Garage. Lächelnd streckte Hannah ihm einen der dampfenden Becher entgegen. »Kaffee?«

»Zmiz«, knurrte der Mann. *Verschwinde!*

»Ich möchte gerne Ihren Chef sprechen.«

Drohend kniff der Koloss seine von Natur aus kleinen Augen noch mehr zusammen. *»Zmiz!«*

Unbeirrt lächelnd schlüpfte Hannah blitzschnell an ihm vorbei, öffnete die Tür und betrat die Garage. In dem kargen Raum saßen vier Männer um einen Tisch und spielten Karten. Drei von ihnen waren Muskelpakete wie der vor der Tür, nur älter. Der vierte Mann war schmal und trug eine schulterlange schlohweiße Mähne zu einem silbernen Anzug. Als der Wächter hinter Hannah in den Raum stürmte und sie bei der Jacke packte, sah der Weißhaarige auf.

»Lass sie los«, befahl er dem Riesen auf Tschechisch und wandte sich dann in bestem Oxford-Englisch an Hannah. »Wie kann ich Ihnen behilflich sein?«

Hannah kannte Lukas Černy aus den Akten, doch auf den

Fotos hatte der Anführer des tschechischen Mafiaclans noch schwarze Haare gehabt.

»Es tut mir aufrichtig leid um Ihr schönes … Etablissement. Ich bin auf der Suche nach Polizeimeister Dennis Uhlig. Er ist seit letztem Freitag verschwunden«, antwortete Hannah auf Englisch.

Bedächtig strich Černy mit der linken Hand durch seine weiße Mähne. »Davon habe ich gehört – und von der fehlenden Hand.« Als ob sie ihn würgen wolle, packte er sich mit seiner Rechten an den Hals und tat, als ob er sie mit der Linken abreißen müsse. Seine Männer grölten vor Lachen.

»Was wollte Uhlig letzten Donnerstag hier?«, fragte Hannah unbeeindruckt.

»Was will ein Mann an einem Ort voll wunderschöner Frauen?« Feixend drehte sich Černy zu seinen Männern und machte eine rüde Geste. Diesmal rutschten die drei fast von ihren Stühlen.

»Haben Sie eine Idee, wo Uhlig sein könnte?«

»Nein, tut mir leid.«

»Oder die Frau, die mit ihm gegangen ist?«

»Ich weiß nicht, wovon Sie reden. Bitte gehen Sie jetzt, wir haben nach diesem Chaos da draußen etliche Dinge zu regeln.« Galant deutete er an, Hannah den Arm um die Schultern zu legen, und komplimentierte sie so, ohne sie zu berühren, nach draußen. »Gute Nacht, Frau Stein.«

Hannah spürte seinen alkoholschweren Atem feucht und warm im Gesicht. Sie drehte sich um und lief zurück zu den Einsatzwagen. In der Zwischenzeit waren mehrere Mitarbeiter der Kriminaltechnik eingetroffen und machten sich an Claus' Leichnam zu schaffen. In ihren weißen Schutzanzügen wirkten sie in der von den Scheinwerfern der Einsatzwagen unnatürlich erhellten Dunkelheit wie Astronauten.

18

Die Sonne ging gerade auf, als Hannah hinter dem »Heiland« parkte. Die letzte halbe Stunde hatte sie nur der eisige Fahrtwind wach gehalten. Schlaftrunken schleppte sie sich auf ihr Zimmer, warf ihre nach Rauch stinkenden Kleider ins Bad, schloss die Tür und fiel aufs Bett. Hätte sie nicht etwas Hartes unter ihrem Kopf gespürt, sie wäre sofort eingeschlafen. Irritiert griff Hannah unters Kissen und zog ein Notebook mit einem FC-Erzgebirge-Aufkleber auf dem Deckel hervor. Mit einem Schlag war sie wach. Jemand war in ihr Zimmer eingebrochen! Hannah sprang aus dem Bett und prüfte, ob etwas gestohlen worden war. Doch ihr Tablet lag unangetastet im Zimmersafe, und auch sonst schien nichts zu fehlen.

Sie streifte ein Paar Plastikhandschuhe über und klappte den silbern glänzenden Laptop auf, wobei ein Zettel herausrutschte. Auf ihm stand in Arial-Schrift: »Uneverw@lkal0n«. Hannah startete den PC und tippte das Passwort ein. Auf dem Bildschirm erschien ein Foto von Dennis Uhlig im veilchenfarbenen FCE-Trikot. Auf dem Desktop gab es nur ein einziges Icon namens »trcng«, anscheinend die Verknüpfung zu einem Programm. Das bot die Standortabfrage von vier Sendern an.

Hannah klickte auf den mit der Nummer 001, und es erschien eine interaktive Karte des Erzgebirges. Langsam bewegte sich ein rot pulsierender Punkt über die Landstraße von Aue in Richtung Bad Schlema. Hannah öffnete die Dateien der anderen Sender. Der mit 002 bezeichnete verharrte in der Ringstraße in Schneeberg, 003 auf dem Gelände des Motorradclubs und 004 in der Nähe von Uhligs Haus am Eichert. Unter dem Reiter »Ablage« fand sie für jeden Sender einen eigenen Ordner mit GIF-Dateien der letzten zwei Monate. Sie öffnete die erste Aufzeichnung aus dem Ordner 001. Die Animation zeigte die Bewegungen des Senders vom 3. März im Zeitraffer mit Timecode. Bis acht Uhr fünfundfünfzig stand der Punkt in der Waldsiedlung in Lößnitz, dann wanderte er zwischen verschiedenen Orten in Lößnitz, Aue und Bad Schlema hin und her, bevor er die Nacht über wieder in der Waldsiedlung verharrte. Hannah klickte sich weiter durch die Aufzeichnungen und spürte, wie die Müdigkeit zurückkam.

»Zimmerservice!«

Jemand klopfte laut an ihre Tür. Hannah schreckte hoch. Zehn Uhr acht. Verdammt! »Ich brauch nichts, danke«, rief sie mit vor Müdigkeit brüchiger Stimme.

Der Bildschirm des Laptops auf dem Bett neben ihr war schwarz. Als sie die Leertaste drückte, erschien die interaktive Landkarte. Am rechten oberen Bildrand blinkte hektisch das Batteriezeichen. Schnell schloss Hannah das Trackingprogramm und durchsuchte die Festplatte nach weiteren relevanten Informationen. Neben veralteten Spielplänen der Zweiten Fußballbundesliga fand sie Unmengen an Fotos von Spielen des FCE. Auf einigen war Uhlig zu sehen, meist mit seinem Kollegen Knaup.

Dazwischen – Uhlig hatte anscheinend den Dateinamen an die einfach durchnummerierten Namen der Fotodateien angepasst, womöglich, um sie zu verstecken – stieß Hannah auf den Scan einer Landkarte. In hoher Auflösung zeigte sie das Gebiet zwischen Aue und Johanngeorgenstadt. An der Stelle des explodierten Stollens prangte ein dickes X, ein weiteres im Wald etwas südlicher. Beim Heranzoomen erkannte Hannah, dass neben beiden Markierungen das Symbol für ein Bergwerk abgedruckt war.

Rasch notierte sie die Koordinaten der zweiten Markierung auf der Rückseite des Zettels mit dem Passwort für Uhligs Computer. Im selben Moment ging der Laptop mit einem dumpfen Geräusch endgültig aus.

Regentropfen hämmerten wie Hagel gegen die Fensterscheibe, als Hannah nach dem Duschen aus dem Bad trat. Missmutig kramte sie ihren alten gelben Friesennerz aus dem Koffer, streifte ihn über ihre Bomberjacke und steckte den Zettel mit

Uhligs Passwort und den Koordinaten in die Innentasche des Regenmantels. Sie war schon fast am Aufzug, als sie noch einmal umdrehte, um den Laptop zu ihrem Tablet in den Zimmersafe zu legen.

19

Obwohl die Scheibenwischer des BMW verbissen gegen die Wassermassen kämpften, konnte Hannah keine zehn Meter der Landstraße vor sich sehen. Es war, als führe sie durch einen nicht enden wollenden dröhnenden Wasserfall. Endlich verkündete das Navi, sie solle rechts abbiegen. Hannah folgte der Ansage und schwenkte in einen Waldweg ein, der kurz darauf abrupt endete. Der Zugang zum Stollen lag noch einen guten Kilometer weiter rechts, den Rest musste sie wohl zu Fuß gehen.

Als sie ihr Handy zu dem Zettel mit dem Passwort in ihren Regenmantel stecken wollte, bemerkte sie einen verpassten Anruf sowie eine Kurznachricht ihrer Schwester. An der Nachricht hing ein Foto von ihrem Vater in einem wuchtigen Krankenbett in Hannahs Wohnzimmer. Jemand hatte ihr Sofa zur Seite geräumt und das Bett so vors Fenster gestellt, dass ihr Vater in den kleinen Vorgarten des Mehrfamilienhauses blicken konnte.

»Papa ist jetzt bei dir. Hat so weit alles gut geklappt. Ruf an, ich bin noch bis Schulschluss hier. GLG«

Hannah sah auf das Display, es war kurz nach zwölf, und sie hatte keinen Empfang. Sie würde später anrufen. Sie streifte die mönchskuttenartige Kapuze ihres Regenmantels über und machte sich auf den Weg.

Wie in Tschechien war auch hier der Wald von krummen Gräben durchfurcht, die Glückssuchende vor Jahrhunderten auf der Jagd nach Bodenschätzen ausgeschachtet hatten. Hannah lief vorsichtig. Durch den Regen war der Boden glitschig, und die übergroße Kapuze schränkte ihr zusätzlich die Sicht ein. Auf halber Strecke zum Stollen meinte sie, neben dem Trommeln der Tropfen auf ihrem Mantel das Geräusch mehrerer Motoren zu hören. Sie blieb stehen und lauschte. Eindeutig Dieselmotoren. Im Unterholz hinter ihr krachte es. Hannah fuhr herum und sah, wie sich zwischen den noch kahlen Ästen etwas bewegte, etwas Großes. Das Bild des wahnsinnig gewordenen Spürhunds zuckte ihr durch den Kopf. Instinktiv griff sie nach ihrer Dienstwaffe, als etwas Faustgroßes aus dem Gehölz schoss und sie mit voller Wucht an der Brust traf. Hannah wurde rückwärts geschleudert, verlor den Halt und stürzte in eine der Gruben. Ihre letzte Wahrnehmung war ein dumpfer Schlag auf den Hinterkopf.

Dröhnender Schmerz holte sie aus der Bewusstlosigkeit. Nicht nur an der Brust, auch im und am Kopf. Mühsam öffnete sie ihre Augen. Es dauerte einen Moment, bis sie die Baumwipfel über sich scharf sehen konnte und erkannte, dass sie in einer der Gruben lag. Hannah wollte aufspringen, doch ein stechender Kopfschmerz zwang sie direkt wieder zu Boden. Stöhnend betastete sie ihren Hinterkopf. Eine Stelle war klebriger als der Rest. Sie starrte auf ihre blutigen Finger. Langsam kroch sie auf allen vieren zur Grubenwand und zog sich an einzelnen hervorstehenden Wurzeln auf die Beine. Draußen war niemand zu sehen, weder Mensch noch Tier.

Der Aufstieg aus der Grube war mühsam und schmerzhaft. Ihre nasse, verschlammte Hose hing Hannah wie Blei an den Beinen. Die Glock so fest es ging in den klammen Fingern, schleppte sie sich weiter. Langsam wurde der Regen weniger, und die schroffe Flanke eines Berges kam in Sicht. In das von Moos überwucherte Gestein war eine Stahltür eingelassen. Der unbefestigte Platz davor war wie der Zufahrtsweg erst vor Kurzem von zahllosen Fahrzeugen benutzt worden. Schon wieder hatte ihr Navi diesen Weg nicht angezeigt. Sobald sie zurück in Wiesbaden war, würde sie das System gegen ein besseres austauschen lassen. Als sie sicher war, dass außer ihr niemand mehr da war, watete sie über den matschigen Platz zum rostigen Tor. Es war mit einem schweren Vorhängeschloss gesichert. Fluchend wählte Hannah Doris Nummer.

»Kriminalhauptkommissarin Stein, wie geht es Ihnen?«, flötete die Sekretärin.

»Hallo, Dori, ich brauche die Spurensicherung für die Durchsuchung eines Stollens, meine Koordinaten schicke ich gleich.«

»Ja, aber … Ist wieder was explodiert?«

»Noch nicht.« Ohne eine Antwort abzuwarten, legte Hannah auf und sandte der Sekretärin ihre Standortdaten. Dann war die Luft raus. Ihr ganzer Körper schmerzte, zudem war sie nass bis auf die Haut. Erschöpft ging Hannah vor dem verschlossenen Tor in die Knie und starrte in den dunklen Wald, der gefühllos zurückglotzte. Manchmal wünschte sie sich doch einen Partner.

Wieder nahm sie ihr Smartphone zur Hand.

»Hannah, was ist los?« Ihr Chef klang müde.

»Heute früh ist jemand in mein Zimmer eingebrochen und hat mir Uhligs Laptop unters Kopfkissen gelegt, samt Passwort.«

»Und?«

»Da war ein Trackingprogramm drauf. Anscheinend hat Uhlig vier Fahrzeuge überwacht, vielleicht vom Motorradclub. Zumindest stand ein Sender heute Nacht auf deren Gelände. Und dann habe ich noch den Scan einer Landkarte gefunden, darauf sind der explodierte Stollen und eine weitere Stelle markiert. An der stehe ich gerade. Es ist wieder ein Stollen.«

»Und, was ist drin?«

»Ich komm nicht rein.« Hannah schloss die Augen und lehnte ihren Kopf gegen den kalten Stahl des Tors.

»Ich hab übrigens einen anderen Fall mit einem auf unerklärbare Weise entfernten Körperteil gefunden«, erklärte Bert. »1995 entdeckte ein Bauer in Clausthal im Harz einen jungen Mann auf seinem Feld, dem der rechte Daumen fehlte. Der Bauer wollte ihn ins Krankenhaus bringen, doch der Mann schlug nur wie wahnsinnig um sich und flüchtete in den Wald. Ein paar Tage später hat man ihn ertrunken aus dem Prinzenteich südlich von Clausthal gefischt. Bei der Obduktion kam heraus, dass die Amputation des Daumens ganz ohne Blutverlust geschehen war, was sich die Ärzte damals auch nicht erklären konnten.«

»Interessant«, erwiderte Hannah unbeteiligt. Ihr war viel zu kalt und nass und tat zu viel weh, als dass sie sich im Moment für irgendetwas interessieren konnte.

»Dir geht's nicht gut, Hannah, oder?«

»Wie kommst du denn darauf? Mir geht's blendend! Ich hab 'ne Platzwunde am Kopf und hocke durchnässt und frierend vor einem verschlossenen Berg und warte auf die extrem langsamen Kollegen der hiesigen SpuSi. Was könnte es Besseres geben?«

»Kennst du den Witz mit dem Hund, der sich beim KDD bewirbt?«, fragte Bert, und Hannah musste lachen.

»Bitte nicht, den hast du schon hundertmal erzählt!« Sie konnte ihren Chef am anderen Ende der Leitung glucksen hören, dann wurde er wieder ernst. »Du glaubst also, in dem Stollen ist noch ein Labor?«

»Ja, und ich glaube, Uhlig hat Černy Informationen zur Lage dieser Labore verkauft.« Hannah stand auf. Ihre Füße waren taub vor Kälte und schmerzten, als sie vor dem verschlossenen Stollen auf und ab lief, um sich aufzuwärmen.

»Kannst du das beweisen?«, hakte ihr Chef nach.

»Noch nicht.«

Bert stöhnte. »Warum entwickeln sich deine Fälle eigentlich immer zu einem Durcheinander aus tausend Fäden, die sich mehr und mehr verheddern?«

Empört blieb Hannah stehen. »Das fragst *du mich*?«

»Na, meine Fälle waren immer ganz geradlinig!«

»Ach, und wie war das in Pfungstadt?«, konterte Hannah. »Oder die Mordserie im Emsland?«

»Okay, okay. Touché. Soll ich dir Johannes zur Unterstützung schi–«

»Du weißt, dass das nicht gut gehen würde. Warum kannst du nicht einfach mit dem Rauchen aufhören und ein paar Kilo abspecken? Ich vermiss dich hier draußen manchmal echt ganz schön.«

»Da werd ich jetzt aber rot.«

»Das lass mal lieber! Nicht dass du wie mein Vater einen Schlaganfall erleidest. Wenn du mir helfen willst, frag bei der Internen nach, ob gegen Kollegen vom Auer Revier ermittelt wird oder wurde.«

»Mach ich, das geht aber erst wieder Montag. Schließlich ist heute Freitag und nach zwölf, da sind die Kollegen schon alle im Wochenende.« Nach einer kurzen Pause fügte Bert hinzu: »Pass auf dich auf, Hannah.«

»Du auch auf dich.«

»Wir können den Zugang nicht ohne konkreten Verdacht aufbrechen, der Stollen ist Eigentum der Wismut GmbH.« Der bärtige Beamte gähnte hinter vorgehaltener Hand. »'tschuldigung.«

»In diesem Stollen befindet sich mit höchster Wahrscheinlichkeit ein illegales Drogenlabor. Das ist Verdacht genug.« Hannah war kurz davor auszurasten. Nachdem sie über eine Stunde gewartet hatte, waren zwei Streifenpolizisten erschienen, die ihr ausrichteten, Pauer lasse grüßen, aber das Spurensicherungsteam sei derzeit leider voll ausgelastet.

»Vielleicht erlaubt uns ja die Wismut, den Stollen zu öffnen«, warf der jüngere Polizist zaghaft ein. Bevor der Bärtige etwas dazu sagen konnte, erwiderte Hannah: »Großartige Idee, Kollege …?«

Der Mann errötete. »Köhler, Polizeimeisteranwärter Köhler.«

»Sehr schön, Kollege Köhler. Dann rufen Sie bitte die Wismut an und bitten um Erlaubnis, den Stollen zu betreten.«

Beflissen zückte Köhler sein Handy.

»Da geht doch jetzt eh keiner ran! Die machen bestimmt grad Mittag, die Glücklichen«, nörgelte sein Partner. Als er merkte, dass Köhler nicht reagierte, trottete er missmutig um den matschigen Vorplatz herum zu seinem Streifenwagen und goss sich einen Kaffee aus einer geblümten Thermoskanne ein. Kurz darauf kam Köhler mit einem betretenen Gesichtsausdruck zu Hannah zurück.

»Ich hab's in der Zentrale der Wismut und bei der Verwaltung versucht, geht leider keiner ran. Vielleicht fahren wir ers–«

Hannah zuckte zusammen, und Köhler verstummte. »Haben Sie das auch gehört?«, flüsterte sie und lauschte demonstrativ.

»Was denn?«

»Schreie. Aus dem Stollen!« Hannah zog ihre Dienstwaffe und zielte auf das Vorhängeschloss.

»Aber –« Der junge Polizist wurde kreidebleich. »Sie können das doch nicht aufschießen! Wenn ein Querschläger … Das ist lebensgefährlich!«

Hannah sah ihn mit großen Augen an. »Ach, wirklich? Hätten Sie vielleicht ein geeigneteres Werkzeug dabei?«

»Ich …«

»Hier ist Gefahr im Verzug! Brechen Sie die verdammte Tür auf, das ist ein Befehl!«

Gehorsam eilte Köhler zum Wagen und kam mit einem Werkzeugkasten zurück. Als er unentschlossen vor dem rostigen Tor stehen blieb, packte Hannah den kleinen Metallkasten und drosch damit auf das Vorhängeschloss ein. Beim vierten Schlag brach der verrostete Haken des Tors ab. Hannah entfernte das Schloss und warf es neben sich. »Machen Sie mir mal Licht.«

Im Schein von Köhlers Taschenlampe entsicherte sie ihre Pistole und zog mit der Linken die schwere Tür auf. Aus dem Dunkel schlug ihnen ein Schwall nasskalter Luft entgegen. Sonst war der Stollen leer.

»Da hat sich die Gefahr aber schnell verzogen.«

Spöttisch grinsend lugte Köhlers bärtiger Kollege über Hannahs Schulter. Seinen Kommentar ignorierend, ging sie in die Knie und untersuchte den grob behauenen Steinboden. Die zahllosen schlammigen Schuhabdrücke darauf waren noch feucht.

20

Nachdem die Streifenpolizisten sie an ihrem Wagen abgesetzt hatten, war Hannah zum Hotel gefahren, hatte ihre aufgeweichten Sachen in die Badewanne geworfen und sich in den Wellnessbereich begeben. Zum Glück wollte außer ihr niemand saunen.

Unter der Dusche wusch sich Hannah vorsichtig das getrocknete Blut der Platzwunde aus den Haaren und beobachtete, wie es als roter Kringel im Abfluss verschwand. Die Wunde selbst fühlte sich klein an, kein Grund, zum Arzt zu gehen. Ähnlich der dunkelrote Fleck über ihrer Brust. Hannah schloss die Augen, legte die Arme um ihre Schultern und ließ das warme Wasser an sich herabströmen. Auf beiden Seiten berührten ihre Fingerspitzen wulstige Brandnarben, die sich unregelmäßig von ihrem Nacken bis hinunter zur Taille zogen.

Nach zwei Schwitzkuren und drei Stunden Schlaf fühlte sich Hannah etwas besser, obwohl ihr Kopf noch immer schmerzte. Jetzt hatte sie Hunger. Beim Gedanken an den vietnamesischen Schweinebauchschmortopf vom »Gia Toc« knurrte ihr Magen.

Auf dem Weg von der Sauna zu den Aufzügen kam Hannah in der Lobby die Empfangschefin entgegen.

»Frau Stein, da sind Sie ja! Leider ist Ihre Buchung heute abgelaufen und ich –«

»Besprechen Sie das bitte mit Frau Elterlein, die Buchung läuft über sie.«

»Aber Frau Elterlein hat mir bestätigt, dass Sie ausziehen. Leider konnte Sie nur niemand erreichen.«

Die automatische Tür der Eingangshalle glitt auf, und mit einer Gruppe Geschäftsmänner wehte ein Schwall kalter Luft herein. Hannah zog ihren dünnen Bademantel fester um sich.

»Ich werde heute nicht mehr umziehen. Dann setzen Sie mir eben diese Extranacht auf die Rechnung.«

Verärgert fuhr sie in den ersten Stock, zog die Schlüsselkarte durchs Lesegerät und öffnete ihre Zimmertür.

Der Raum war ein einziges Chaos. Der Inhalt ihres Koffers lag auf dem Boden verstreut, der Zimmersafe war leer, ihr Tablet und Uhligs Rechner waren weg. Irgendwo klingelte leise ihr Handy. Es klang ungewohnt hohl. Hannah riss die Tür zum Bad auf und durchwühlte ihre schlammigen Klamotten, die sie zuvor achtlos in die Wanne geworfen hatte. Das Telefon lag zuunterst, neben ihrer Dienstwaffe. So gründlich hatte der Einbrecher doch nicht gesucht.

Auf dem Display leuchtete »Novák«. Hannah klemmte sich das Handy zwischen Ohr und Schulter. »Leutnant.«

»Wie gut, Sie zu hören!« Novák klang erleichtert. »Ist bei Ihnen alles in Ordnung? Ich versuche seit Stunden, Sie zu erreichen. Ich habe unglaubliche Neuigkeiten! Unsere KTU hat –«

»Wollen Sie mit mir essen gehen?«, unterbrach Hannah ihn.

»Immer gerne.«

»Dann lassen Sie uns das beim Essen besprechen. In einer Stunde im ›Gia Toc‹? Das ist der vietnamesische Imbiss am Postplatz in Aue.«

»Ich kenne das ›Gi–‹«

»Dann bis gleich.« Hannah steckte das Handy in die Tasche ihres Bademantels und starrte auf das sie umgebende Chaos. Hatten die Einbrecher es nur auf Uhligs Rechner abgesehen? Wenn ja, woher wussten sie, dass sie den Laptop hatte? Außer ihr konnte das nur der anonyme Überbringer wissen. Oder wurde sie überwacht? Vielleicht war aber auch der Überbringer und der Einbrecher dieselbe Person und der Rechner nur eine Art Leihgabe gewesen? Aber warum sollte er dann jetzt ihr Zimmer verwüsten? Zitternd griff Hannah nach dem Türrahmen, sie musste dringend etwas essen. Vorsichtig, um möglichst wenig weitere Spuren zu zerstören, fischte sie frische Kleidungsstücke aus dem Durcheinander, nahm ihre Bomberjacke und die Glock aus der Badewanne und verließ das Zimmer.

Nachdem sie sich in der Saunaumkleide umgezogen hatte, setzte Hannah sich an die Bar und bestellte ein alkoholfreies Bier und Erdnüsse. Wenige Minuten später kam Doreen Elterlein mit Uhligs Streifenpartner PM Knaup im Schlepptau hereingestürmt.

»Mein Gott, Frau Stein!« Ganz aufgelöst schoss Zieglers Sekretärin auf sie zu. »Geht's Ihnen gut?«

»Nicht wirklich. Ich hoffe, meine neue Bleibe ist sicherer als diese«, erwiderte Hannah trocken und wendete sich dem rotbärtigen Polizeimeister zu. »Soweit ich sehen konnte, wurde nur mein Dienst-Tablet gestohlen. Wenn die SpuSi fertig ist, lassen Sie meine Sachen bitte in die neue Unterkunft bringen. Und machen Sie Kopien der Videoaufnahmen von der Lobby und dem Gang zu meinem Zimmer, ich möchte alles von drei Uhr früh bis jetzt sichten.«

Als Knaup nickte, stand Hannah auf und steuerte auf den Ausgang zu.

»Sie können den Wagen hier stehen lassen, es sind keine zweihundert Meter zur Pension Schipanski«, flötete Dori und hastete hinter Hannah her. Verlegen fügte sie hinzu: »Mit Parkplätzen ist es da leider schlecht, dafür sind die Zimmer schön geräumig.«

Den weiteren Weg war sie ungewohnt still, was Hannah nur recht war. Ihre neue Unterkunft lag in einem großen Altbau am Hang in Richtung Bad Schlema. Die betagte Pensionsbetreiberin Frau Schipanski begrüßte Dori und Hannah herzlich, während sich ihr Dackel knurrend hinter ihren Beinen versteckte. Die tiefe, blubbernde Stimme der zierlichen Frau verblüffte Hannah. Es klang, als ob jeder Ton wie eine Blase durch verschleimte Bronchien aufsteigen müsste. »Haben Sie gar kein Gepäck?«

»Das wird noch geliefert.«

»Verstehe, dann kommen Sie mal mit in Ihre gute Stube.«

Langsam stieg die alte Frau vor ihnen die Treppe hinauf. Hannahs Zimmer lag im ersten Stock und wirkte, als ob es kurz nach der Wende mit möglichst vielen neuen Möbeln vollgestopft worden wäre. Das extragroße Sofa und das Bett teilten den gleichen grell gemusterten Bezug, Schrank und Couchtisch waren schwarz gelackt und die Kochnische eher eine komplett ausgestattete Einbauküche.

»Gefällt's Ihnen?« Lächelnd drückte Frau Schipanski Hannah einen Schlüsselbund in die Hand. »Der Lange ist für die Eingangstür.«

»Wunderbar, vielen Dank. Dann ist unten immer abgeschlossen?«

»Natürlich! Wir wollen ja nicht, dass hier jeder ein und aus geht«, sagte die Vermieterin empört. »Sicherheit ist uns sehr wichtig. Dafür haben wir ja auch Walter. Nicht, Walter?« Sie strahlte den Dackel an, der endlich aufhörte, Hannah anzuknurren, und stattdessen erwartungsvoll mit dem Schwanz wedelte.

»Dann kann ich ja beruhigt sein.«

Hannah verabschiedete sich von ihrer Vermieterin und Dori und machte sich auf den Weg zum »Gia Toc«.

21

Der Imbiss war rappelvoll. Novák wartete bereits am Tisch vor dem Durchgang zur Küche. In seinem Anzug wirkte er hier noch deplatzierter als sonst. Als Hannah sich zu ihm setzte, zog sie ihr Handy aus der Tasche, stellte es auf Flugmodus und signalisierte dem Leutnant, das Gleiche zu tun.

»Denken Sie, Sie werden abgehört?«, flüsterte er erstaunt. Hannah zuckte die Schultern.

»Für meinen Geschmack gibt es im Moment zu viele Zufälle.«

Nachdem Novák ebenfalls die Datenverbindungen seines Handys abgeschaltet und es in seine Jacke gesteckt hatte, fragte er: »Was war denn eigentlich bei Ihnen los? Sie wirken etwas …« Er zögerte, wohl unschlüssig, welches Wort er wählen sollte.

»Angeschlagen?«, half Hannah ihm aus und strich mit einem schiefen Grinsen über die Platzwunde an ihrem Hinterkopf. »Ja, war ein bisschen viel heute.«

»Hallo.«

Lächelnd trat die jugendliche Kellnerin, die Hannah schon beim ersten Besuch bedient hatte, an den Tisch. Nur schlecht kaschierte dickes Make-up einen blauen Fleck unter ihrem rechten Auge.

»Alles in Ordnung, Ly?«, fragte Hannah. Rasch wendete das Mädchen sein Gesicht ab.

»Nur ein Küchenunfall. Was kann ich für Sie tun?«

»Ich hätte gern den Schweinebauch. Und Sie, Leutnant?«

»Danke, ich habe bereits bestellt.«

Als Ly in der Küche verschwunden war, berichtete Hannah dem Leutnant in Kurzform, was seit dem Brand des »Tausendschönchens« passiert war.

»Ich nehme an«, beendete sie ihre Ausführung, »Uhlig hat die vier Peilsender an Motorrädern des MC befestigt. Zumindest befand sich ein Sender heute früh um sechs auf deren Clubgelände. Wenn das gesprengte Crystal-Labor und das leer geräumte, das ich heute entdeckt habe, dem MC gehörten – und nach allem, was in den letzten Tagen passiert ist, können wir mit größter Sicherheit davon ausgehen –, dann muss Uhlig mit Hilfe der Sender die Lage der Labore herausgefunden haben und ist auf die gefährliche Idee verfallen, diese Information an Černy zu verkaufen. Der war gar nicht begeistert zu erfahren, dass der MC sich jetzt selbst versorgt, statt den Stoff bei ihm zu kaufen.«

»Aber natürlich! Deshalb haben Černys Leute das Labor im Stollen gesprengt und das Clubhaus angegriffen!« Novák strahlte. Anerkennend fügte er hinzu: »Und ich dachte, ich hätte die Neuigkeiten!«

Ein alter Mann in einer verschmierten Schürze trat wortlos an ihren Tisch, stellte zwei dampfende Teller ab und verschwand wieder in der Küche. Hungrig griff Hannah nach ihren Essstäbchen und schob sich ein großes Stück des appetitlich glänzenden Schweinebauchs in den Mund.

»Ich bin mir bloß nicht sicher, ob Černy das Labor wirklich sprengen wollte oder ob es bloß ein Unfall war«, sagte sie kauend. »Zumindest wird der MC seinen Plan, sich selbst zu versorgen, nicht aufgeben. Dafür ist es viel zu einfach, Crystal herzustellen. Wahrscheinlich suchen sie gerade einen neuen Standort.«

»Oder sie hatten von vornherein mehrere Labore, und Uhlig wusste darüber Bescheid! Vielleicht waren noch weitere Dateien auf seinem Rechner.«

»Und deshalb hat man ihn mir gestohlen! Verdammt, Sie haben wahrscheinlich recht!« Zum zigsten Mal seit dem Einbruch verfluchte sich Hannah, nicht direkt eine Kopie der Festplatte erstellt zu haben. »Auf jeden Fall sollten wir Uhligs Laptop und unsere Überlegungen erst mal für uns behalten. – Gibt es schon Neuigkeiten zum Mord an Claus?«

»Nein«, sagte Novák. »Nachdem Sie gefahren sind, hat sich nichts weiter ergeben. Aber ich habe den Bericht unserer KTU zur Grube bekommen.« Seine Augen leuchteten. »Das Handy, das Sie gefunden haben, gehört tatsächlich Uhlig und verfügt, wie es sich anhört, über dasselbe Trackingprogramm wie sein Laptop. Nur dass die Daten auf dem Handy ausschließlich zum Chip in Uhligs Hand gehören, der neben seiner Position auch seine Vitaldaten übertragen hat – und die brechen Freitag um null Uhr zweiundvierzig ab! Samstag um sechs Uhr acht bewegt sich schließlich der Chip in Richtung deutscher Grenze, bis das Signal zu weit vom Handy entfernt ist und abreißt. Ergo …«

Erwartungsvoll schaute der Leutnant Hannah an, die ihm den Gefallen tat und seine Schlussfolgerung vervollständigte: »Uhligs Hand wurde in der tschechischen Grube ablatiert.«

»Richtig! Jetzt kennen wir auch endlich den exakten zeitlichen Ablauf! Donnerstag um dreiundzwanzig Uhr sechsundfünfzig verlässt Uhlig in Begleitung einer Frau das ›Tausendschönchen‹. Auf der Fahrt nach Aue kollidieren sie mit dem Baumstumpf und können nicht weiter. Warum auch immer, vielleicht auf der Suche nach Hilfe, klettert Uhlig in die alte Grube, wo ihm um null Uhr zweiundvierzig die rechte Hand ablatiert wird. Gute fünfzehn Stunden später taucht er ohne seine Hand in Aue auf, randaliert und verschwindet anschließend spurlos im Wald. Samstag um sechs Uhr acht findet der Fuchs die Hand und macht sich mit ihr auf den Weg Richtung Grenze, wo ihn die Geocacher überraschen und er die Hand fallen lässt. Ein wunderbar bündiger Zeitablauf – aber vollkommen grotesk.«

Hannah pulte mit der Zunge ein Stückchen Schweinebauch aus dem winzigen Spalt zwischen ihren Schneidezähnen und überging Nováks Bemerkung. »Wurde denn Blut im Stollen gefunden?«

»Äh … ja, ein paar Tropfen am Boden der Kammer. Es stammt von Uhlig. Auf den Steinen konnte die Kriminaltechnik auch dieselben Schwefelverbindungen nachweisen wie an der Schnittfläche seines Handgelenks.«

»Und was schließen Ihre Techniker daraus?«

»Nichts, sie wissen nicht, was sie damit anfangen sollen. Aber sie haben auf Uhligs Handy seltsame Fotos gefunden, die er Freitag zwischen null Uhr neununddreißig und null Uhr einundvierzig aufgenommen hat. Also unmittelbar bevor ihm die Hand ablatiert wurde! Ich habe sie für Sie kopiert.«

Eifrig zog der Leutnant sein Handy aus der Tasche.

»Was ist denn auf den Fotos?«

»Der Durchbruch zu der Kammer, in der Sie Uhligs Telefon gefunden haben. Und er verändert sich.«

»Wie meinen Sie das?«

Novák wich ihrem Blick aus. »Das müssen Sie selbst sehen.«

Die Fotos zeigten alle das Loch in der Felswand. Ein goldener Lichtschein strömte aus der dahinterliegenden Kammer in den Vorraum. Zuerst konnte Hannah keinen Unterschied zwischen den Aufnahmen feststellen, dann erkannte sie, dass sich der Durchbruch auf jedem Bild leicht vergrößerte. Hannah konzentrierte sich auf die Veränderung von zwei markanten Steinbrocken an den Seiten. Sie schienen zu schmelzen, bis sie auf dem letzten Foto ganz verschwunden waren. Das Loch war nun fast ein Drittel größer als das, durch das sie gestern gekrochen war.

»Finden Sie das nicht verrückt?«

»Nein, genau deshalb bin ich hier«, sagte Hannah.

»Dann hatten Sie schon öfter mit so etwas zu tun?«

»Nicht genau mit so was, aber mit Dingen, die nicht ins Raster unserer Realität passen. Was hat Ihre KTU denn sonst noch herausgefunden?«

»Außer Uhligs wurden keine weiteren Fingerabdrücke in der Grube sichergestellt. Bei den Fußspuren am Eingang handelt es sich, wie Sie schon vermutet haben, um Nike Air Max, Größe 44, mit einem deutlichen Abrieb an den Innenseiten der Sohlen. Ich denke, wir können davon ausgehen, dass diese Spuren von Uhlig stammen. Die Zigaretten, die Sie neben dem Baumstumpf gefunden haben, sind Eve 120, der Lippenstift daran Color Riche Coral Showroom von L'Oréal. Beides Massenware, die man überall kaufen kann.«

»Keine anderen Fußspuren oder sonstige Hinweise auf den oder die Täter?«

Novák schüttelte den Kopf. »Leider nein.«

Hannah legte ihre Essstäbchen auf den fast leeren Teller. Sie war pappsatt. »Wollen Sie noch einen Nachtisch?«, fragte sie den Leutnant.

»Nein, aber gerne eine Verdauungszigarette.«

Sie verließen gerade den Imbiss, als ein schlammbespritzter dunkelgrüner Lada auf der Straße hielt und Mechthild Roth ausstieg. Die Försterin strahlte, als sie Hannah sah.

»Frau Kommissarin, haben Sie mein Schwein probiert?«

»Wenn der Schmortopf von ihm stammt: sehr köstlich!«

»Das freut mich!«

Roth nahm einen Stapel Eimer vom Rücksitz des Geländewagens und verschwand damit im Hintereingang des Imbisses. Novák zündete sich eine Zigarette an.

»War das Frau Roth?«

Hannah nickte. Von der Spielothek auf der anderen Seite des Postplatzes wehten Technobeats zu ihnen herüber. Vor der Tür standen Jugendliche in Grüppchen zusammen, tranken in Tüten versteckten Alkohol und wärmten sich für den Abend auf.

Scheppernd schwang die Hintertür des Imbisses wieder auf, und Roth zwängte sich mit zwei randvollen Futtereimern hindurch. Galant sprang Novák ihr zur Seite und hielt die Tür auf. »Ein wahrer Gentleman!« Die Försterin stellte die Eimer vor ihrem Lada ab und streckte Novák die Hand entgegen. »Mechthild Roth, Revierförsterin und Schweinehirtin. Man hat Ihnen sicher schon öfter gesagt, dass Sie Clark Gable verdammt ähnlich sehen?«

»Nur ein paarmal. Leutnant Jakub Novák. Ich bin quasi vom tschechischen BKA und unterstütze Hauptkommissarin Stein bei der Suche nach Dennis Uhlig.«

In einem der Futtereimer bemerkte Hannah zwischen Gemüse, Nudeln und Reis einen ganzen Schweinefuß. »Sind Ihre Schweine Kannibalen?«, fragte sie irritiert.

»Was glauben Sie denn?« Roth lachte. »Da bleibt nix übrig.«

Sie zog ein Päckchen Zigaretten aus ihrem Parka und wollte sich eine anstecken, doch Novák kam ihr zuvor.

»*Děkují*«, bedankte sich die Försterin auf Tschechisch und blies den Rauch genüsslich durch die Nase aus. Lächelnd steckte Novák sein Feuerzeug wieder ein.

»Ich hörte, Sie haben den diebischen Fuchs erlegt?«

»Ja, den bösen Meister Reineke mit den glühenden Augen, wenn man der Geschichte der Geocacher Glauben schenkt. War er denn der Richtige?«

Hannah nickte. »Die Kriminaltechniker haben Reste von Uhligs Haut zwischen seinen Zähnen gefunden. – Wo Sie gerade sonderbare Geschichten erwähnen, kennen Sie Geschichten von verschwundenen Bergleuten? Grimme hat mir eine erzählt, die Uhligs Fall stark ähnelt, und angedeutet, dass es noch weitere geben soll.«

»Klar, das sind die Gruselgeschichten, mit denen man hier aufwächst.« Die Försterin lächelte geheimnisvoll. »Wir Sachsen lieben blutrünstige Storys und sind sehr gut darin, sie wunderbar auszuschmücken.« Sie machte eine Kunstpause und fuhr dann mit noch tieferer Stimme als gewöhnlich fort: »Aber nicht nur Bergleute verschwinden in unserem Dunkelwald, es kann jeden treffen – am ehesten die Untreuen. Besonders Ende der achtziger Jahre wurden viele Menschen vermisst.«

Sie machte erneut eine bedeutungsschwangere Pause. Hannah bemerkte drei Gestalten in gelben Warnwesten, die um die Ecke des Imbisses zu ihnen herüberspähten.

»Die meisten«, fuhr Roth in ihrer gewohnten Stimmlage fort, »tauchten Anfang der Neunziger mit dicken Westautos wieder auf, verscherbelten ihre Häuser und verschwanden für immer.«

»Ich gehe davon aus, dass denen keine Körperteile fehlten?«, fragte Hannah.

Die Försterin lachte schallend. »Nein, spontan fällt mir niemand ein, dem was Entscheidendes gefehlt hätte. Aber wenn Sie mehr Geschichten wollen, meine Eltern haben Unmengen an Chroniken, lokalen Sagen und Märchen gesammelt. Kommen Sie doch noch mal vorbei und stöbern Sie ein bisschen.«

»Wir möchten dich auch mal wieder besuchen, Cumba!« Der

Junge mit dem zu kleinen Kopf, der Hannah auf dem Maifest um einen Euro erleichtert hatte, sprang mit seinen zwei Begleiterinnen hinter der Ecke hervor. »Dürfen wir?«, fragten sie im Chor.

»Klar, ich freu mich, wenn ihr vorbeikommt.«

Der Junge strahlte die Försterin an. »Gebongt!« Er drückte auf eine imaginäre Taste, und seine Freundinnen sagten »Bing« und kicherten.

»Kennt ihr euch schon?« Roth blickte zu Hannah. »Die drei wohnen im Kinderheim am Gabelsberg und sind hier bei uns –«

»Wir wissen schon, wer die sind!«, unterbrachen die Mädchen die Försterin. »Das ist Frau Kriminalhauptkommissarin Hannah Stein vom Bundeskriminalamt BKA und das«, sie deuteten auf Novák, »Herr Leutnant Jakub Novák vom Nationalen Zentrum gegen organisierte Kriminalität NCOZ SKPV aus Tschechien.«

Novák klatschte anerkennend. »Bravo, und wie heißt ihr?«

Das Strahlen verschwand aus den Gesichtern der Mädchen, und sie versteckten sich verängstigt hinter ihrem Freund.

»Manno, jetzt sagt schon.« Er schob die beiden wieder nach vorne, doch sie weigerten sich, zu reden.

»Dann eben nicht!« Er zeigte erst auf sich, dann auf seine Freundinnen. »Ich bin Lenni, und das sind Nele und Marie.« Er setzte einen flehenden Hundeblick auf und fragte: »Habt ihr drei Euro für uns?«

»Du bist echt ein Schnorrer!« Hannah lachte.

»Besser, als sich seine Sachen klauen lassen«, konterte der Junge.

»Woher weißt du von dem Diebstahl?«, fragte Hannah überrascht. Schelmisch grinsend blickte Lenni zu den Mädchen, die jetzt wieder strahlten. Zusammen skandierten sie: »X; X; X, wir wissen nix. Geh in den Wald, mach keinen Halt, seh keinen Baum, dort ist der Raum.«

Fragend schaute Hannah die Försterin an, doch die zuckte nur mit den Schultern.

»Und dafür wollt ihr drei Euro?«, erkundigte sich Novák

amüsiert, worauf die Kinder wie aus einem Mund antworteten: »Die haben wir verdient!«

Der Leutnant gab jedem einen Euro, und die drei rannten in Bocksprüngen über den Platz davon. Roth öffnete die Heckklappe ihres Ladas und hievte die beiden randvollen Futtereimer hinein. Dann wandte sie sich an Hannah und Novák.

»Jutta wartet im Leuchtturm auf mich, Feierabendbier. Haben Sie Lust mitzukommen?«

Novák schüttelte den Kopf. »Danke, aber ich muss zurück nach Tschechien. War ein langer Tag.«

»Da muss ich leider zustimmen«, sagte Hannah. »Ein andermal komme ich aber gerne mit.«

Sie verabschiedeten sich, und Hannah lief den Hang hinauf zu ihrer neuen Unterkunft. In ihrem Magen rumorte der Schweinebauch. Eigentlich wäre ein Bier oder noch besser ein Schnaps schon gut gewesen. Auf der gegenüberliegenden Straßenseite bemerkte sie die Leuchtreklame eines Irish Pubs, auf grünem Grund stand dort »Shenanigans«. Hannah überquerte die Straße und öffnete die Tür. Qualm, Lärm und Irish Folk schwappten ihr entgegen. Die rustikale Kneipe war zum Brechen voll, und Hannah musste sich an den Tresen vorkämpfen. Das Veilchenblau des FC Erzgebirge Aue dominierte den Raum. Ein Banner des Fußballvereins hing über der Theke, eine Fahne an der Wand und dazwischen unzählige Fotos, teils in Rahmen, teils ohne. Zudem trugen die meisten Gäste Fanartikel in Lila. Am Tresen wurde so lautstark über das aktuelle Spiel der Mannschaft debattiert, dass Hannah Mühe hatte, bei der blondierten Bedienung ein Pils zu bestellen.

»Nu, nach dem verkackten Spiel gegen Darmstadt und dem ganzen Trubel wundert's mich nicht, dass die Jungs heute so schwach gespielt haben«, knurrte der dünne Mann rechts von Hannah und kippte seinen Schnaps in einem Zug runter.

»Relegation gehört abgeschafft«, schimpfte sein Nachbar. »Ich sag dir, wenn wir absteigen, lauf ich Amok! Im April waren wir noch auf Platz acht, und jetzt das, gegen Karlsruhe!«

»Absteigen? Was redest du für 'n Scheiß!«, grölte ein Mann

mit lila Fanschal und Polo-Cap mit zwei gekreuzten Hämmern vom anderen Ende des Tresens. »Der Ball ist noch immer rund, da kann sich alles ganz schnell ändern. Wir haben hart für den Wiederaufstieg in die Zweite Liga gekämpft, da gehen wir nie mehr raus!« Er hob die Faust und skandierte: »Zwei gekreuzte Hämmer«, die anderen am Tresen fielen ein, »und ein großes W!«

Unvermittelt drängte sich Uhligs Nachbar Thorben Carstens zwischen Hannah und den dünnen Fußballfan an den Tresen.

»Na, wie läuft's mit der Suche nach Dennis?«, fragte er grinsend. Seine halblangen Haare klebten ihm fettig am Kopf, und er sah noch wirrer und im Ganzen schlechter aus als zwei Tage zuvor.

»Sie läuft«, erwiderte Hannah. »Haben Sie eigentlich bereits Samstagnachmittag jemanden gesehen, der oder die in Uhligs Haus gegangen ist?«

»Samstagnachmittag?« Nachdenklich kratzte sich Carstens an einer wunden Stelle an seiner Stirn, dann lachte er. »Ich glaub, da hab ich das letzte Mal geschlafen. – Darf ich Sie auf 'n Lauterbacher einladen?«

»Nein, danke. Aber ist das ein Magenbitter?«

»Nee, viel besser!« Carstens rief der Kellnerin zu: »Kathleen, mach mal zwei Waldbenzin auf Kosten vom BKA!«

Die Blicke aller Männer am Tresen richteten sich auf Hannah, und die Gespräche verstummten. Hannah war klar, ablehnen ging jetzt nicht mehr, da musste sie durch. Sie ergriff eines der Schnapsgläser, das Kathleen ihnen zuschob, und trank den giftgrünen Inhalt auf ex. Er schmeckte wie ein toxischer Saunaaufguss und brannte bis runter in den Magen. Hannah hustete, und alle Umsitzenden lachten und unterhielten sich dann lautstark weiter über Fußball.

»Anfängerreaktion! Sie müssen sich eintrinken«, freute sich Carstens und entblößte seine zerstörten Schneidezähne.

»Das wird nicht passieren«, widersprach Hannah.

»Nu, das kommt drauf an, wie lange Sie noch hierbleiben! Kathleen, lass mal die Luft aus den Gläsern!«

22 Samstag

Sechs Uhr. Ohne die Augen zu öffnen, schaltete Hannah den Alarm ihres Weckers aus. Nicht nur die Platzwunde an ihrem Kopf schmerzte, ihr tat jeder Zentimeter ihres Körpers weh, und das kam definitiv nicht von dem einen Schnaps. Ein Spruch, den sie tausendmal an einer der WC-Türen ihres Sportstudios gelesen hatte, waberte durch ihren Kopf: »Wenn du morgens aufwachst und dir tut nix weh, bist du tot.«

Sie hatte wieder von ihrem Bruder geträumt. Diesmal hatte er ausgesehen wie der achtjährige Junge, der er vor dreißig Jahren gewesen war. Gemeinsam waren sie durch einen dunklen Wald vor etwas davongerannt. Hannah konnte sich aber nicht erinnern, wovor oder vor wem. Je angestrengter sie es versuchte, desto mehr löste sich der Traum in nichts auf. Stattdessen fiel ihr siedend heiß ein, dass sie vergessen hatte, ihre Eltern zurückzurufen. Jetzt schliefen sie sicher noch – ihr Vater in seinem Krankenbett in ihrem Wohnzimmer und ihre Mutter in ihrem Bett. Oder sie hatte sich aufs Sofa gelegt, um näher bei Henri zu sein.

Unzählige Male hatte sich Hannah in den letzten Tagen gefragt, wie ihr Leben und das ihrer Familie eigentlich weitergehen sollte. Keiner von ihnen hatte damit gerechnet, dass das Thema Alter, Krankheit und Immobilität so schnell akut werden würde. Aus Erzählungen von Freunden kannte sie die möglichen Problematiken nur zu gut, aber ihre eigenen Eltern? Vielleicht wäre es eine Lösung, mit ihnen die Wohnung zu tauschen, bis ihr Vater wieder sicher auf den Beinen war. Die große Altbauwohnung im Frankfurter Nordend, in der ihre Eltern seit Leas Geburt lebten, war wunderschön, abgesehen von den vielen Erinnerungen, die Hannah bei jedem Besuch ansprangen und dann anhänglich waren wie Kletten.

Sie musste aufhören, sich Gedanken über ihre Eltern zu machen, und zusehen, dass sie selbst wieder auf die Beine kam.

Stöhnend rollte sie sich zur Bettkante und tastete auf dem Boden nach der Packung mit den Schmerztabletten.

Als Hannah eine Stunde später aufwachte, hatten sich die Schmerzen verzogen. Bevor sie erneut ins Grübeln über ihre Eltern verfallen konnte, stand sie mit einem Ruck auf und trat ans Fenster. Von ihrem neuen Zimmer in der Pension Schipanski konnte sie über die Dächer von Aue bis zu den bewaldeten Hügeln auf der anderen Seite sehen. Hannah griff nach ihrem Handy, das auf der Fensterbank lag und blinkte. Sie hatte eine automatisierte Nachricht aus dem Materiallager des BKA bekommen, die ihr mitteilte, dass ihr angefordertes Tablet heute per Kurier zwischen zehn und elf angeliefert würde. Gut, da konnte sie vorher noch einkaufen gehen, Frühstück war in der Pension ja leider nicht mehr inklusive. Da die hiesigen Kollegen ihre Sachen aus dem »Heiland« noch nicht geliefert hatten, musste Hannah nach dem Duschen die vom Vortag anziehen. Sofort umhüllte sie wieder ein Duftmix aus Imbiss und Kneipe.

Nach einem Blümchenkaffee in der Bäckerei des Simmel-Einkaufscenters erstand Hannah im benachbarten Supermarkt Instantkaffee und Joghurt. An der Kasse sprangen ihr die Schlagzeilen zweier überregionaler Zeitungen ins Auge: »Drogenkrieg im Erzgebirge: Hat die Polizei noch die Kontrolle?«, und »Bum! Crystal, Tod und Explosion«. Sie legte die Blätter zu ihrem Einkauf aufs Band und zahlte.

Während Hannah über den verwaisten Parkplatz des Centers lief, wählte sie die Mobilnummer ihrer Mutter. Nach dem fünften Klingeln hob sie ab.

»Hannah, Liebes«, schrie sie in den Hörer, »ich kann leider grad nicht telefonieren, ich bin einkaufen. Ich ruf dich später zurück, ja?«

»Heißt das, Papa ist allein bei mir zu Hause?«

»Ja, natürlich.«

»Aber du kannst dir doch Lebensmittel liefern –«

»Hannah, ich hör dich ganz schlecht. Ich ruf zurück.« Damit legte ihre Mutter auf.

Die Frau war wirklich unglaublich! Genervt wählte Hannah die Nummer ihrer Schwester.

»Mama hat mich gerade weggedrückt. Kannst du mir sagen, wie es Papa geht?«

»Ziemlich unverändert, außer dass er jetzt bei dir im Wohnzimmer liegt und Mama und ich uns allein um ihn kümmern müssen.« Lea kaute, während sie sprach. »Wann kommst du zurück?«

Hannah war am Marktplatz angekommen und bog nach links in Richtung ihrer Pension ab. »Das weiß ich noch nicht, der Fall ist echt zäh. Papa hat mich Donnerstagnacht angerufen und sich immer wieder entschuldigt. Ganz seltsam. Macht er das bei dir und Mama auch?«

»Nein, aber Donnerstag hat er viel geweint und war ganz außer sich. Ich glaube, der Schlaganfall hat die ganze Sache mit dem Anschlag auf Großvater noch einmal nach oben gespült. Er redet immer wieder von ihm und Oskar.« Sie schwieg einen Moment. »Ich glaube, Papa weiß mehr, als er damals zugegeben hat.«

»Das glaube ich auch«, murmelte Hannah.

»Bitte beeil dich mit dem Finden dieses verschwundenen Polizisten, ich halte das hier ohne dich nicht mehr lange aus.«

»Ich geb mein Bestes. Grüß die Jungs.« Hannah beendete das Gespräch und steckte ihr Handy in die Jackentasche.

Zurück im Pensionszimmer fand sie ihre restlichen Sachen aus dem »Heiland« auf dem Bett liegend. So viel zur versprochenen Sicherheit. Auch wenn sich Hannah über den laxen Umgang mit ihrem Zimmerschlüssel ärgerte, freute sie sich, endlich frische Sachen anziehen zu können. Nachdem sie sich umgezogen und einen Beutel für die Reinigung zusammengepackt hatte, setzte sie sich mit einer Tasse Instantkaffee und einem Becher Joghurt auf das grell gemusterte Sofa und überflog die reißerischen Zeitungsartikel. Beide bezogen ihre Informationen von einer Quelle aus dem Auer Revier, enthielten aber keine neuen Rechercheergebnisse. Hannah sah aus dem Fenster. Eine graue Wolkendecke zog sich über die Stadt.

Wie hing Uhlig in diesem Bandenkrieg mit drin? Und wer hatte ihr seinen Laptop zugespielt? Erst im Gespräch mit Novák war ihr klar geworden, dass die Person damit rechnete, dass Hannah die Daten nicht offiziell in die Ermittlungen einbringen konnte, weil sie gar nicht über sie verfügte. Vielleicht hatte Černy ihr den Rechner ins Zimmer geschmuggelt. Wer sonst hätte Interesse, die Labore des MC auffliegen zu lassen? Aber warum hatte er ihr den Laptop nicht direkt in die Hand gedrückt, warum die Heimlichkeit? Genauso gut könnte Černy ihr den Rechner aber auch gestohlen haben – oder die MC-Mitglieder. Vielleicht war ihr Hotelzimmer tatsächlich überwacht worden. Hannah griff nach ihrem Handy und rief Uhligs Partner Knaup an. Als er abhob, dröhnte ihr Kindergeschrei entgegen.

»Stein hier. Haben Sie eine Minute?«

Der Polizeimeister brummte etwas Unverständliches, dann fiel eine Tür ins Schloss und es war still. »Schaffen Sie sich bloß keine Kinder an.«

»Habe ich nicht vor. Wie lief es gestern Abend?«

»Die Kameras im Hotel sind leider nur noch Deko«, erklärte Knaup. »Sie wollen auf IP umstellen, aber der Haustechniker … Das übliche Blabla.«

»Haben Sie mein Zimmer auf Überwachungstechnik gecheckt?«, fragte Hannah.

»Glauben Sie, Sie werden überwacht? Das geht doch heute leichter über jedes Handy als extra –«

»Haben Sie?«

»Nein.« Jetzt klang Knaup genervt. »Und die Fingerabdrücke, die wir an Ihrer Tür und im Zimmer sichergestellt haben, werden noch ausgewertet. Sonst noch was? Ich bin nämlich heute nicht im Dienst.«

»Nein, danke für Ihre Zeit und noch viel Spaß mit Ihren Kindern.«

Knaup lachte matt, und Hannah legte auf.

Kurz vor zehn stand Frau Schipanski mit einem rundum verschweißten Paket vor Hannahs Zimmertür. »Morschn«, drang es aus den Bronchien der betagten Pensionsbetreiberin. »Das kam gerade per Express für Sie an.«

»Vielen Dank, darauf hatte ich schon gewartet.«

Hannah nahm das Paket entgegen und wollte die Tür schließen, als die alte Dame sich resolut an ihr vorbei ins Zimmer schob.

»Ich mag's ja, wenn die Polizei hier wohnt, fühlt man sich gleich sicherer!« Frau Schipanski lachte herzhaft, was einen schrecklichen Hustenanfall zur Folge hatte. »Staublunge, wie mein Mann«, keuchte sie und ließ sich aufs Sofa fallen.

»Möchten Sie ein Wasser?«

»Nein, nein, wird gleich wieder. Kommt vom Rauchen.« Der Atem der zierlichen Frau rasselte bei jedem Zug. »Dori hat erzählt, Sie sind wegen dem Dennis hier? So eine schlimme Sache. Wir sind ja gut befreundet mit den Eltern, mein Mann hat früher mit dem Hans im Bandonionverein Carlsfeld gespielt. Das Kind war deren ganzes Glück.« Sie hustete erneut heftig. »Bei der Suche letzte Woche ist die arme Rita dann vor lauter Sorge zusammengeklappt.«

»Sie waren bei der Suchaktion am Floßgraben dabei?«, fragte Hannah verwundert.

»Nicht direkt. Ich habe auf dem Revier Kaffee ausgeschenkt, war ja grässliches Wetter. Aber mein Mann und Walter sind mitgelaufen.«

»Ihr Dackel?«

»Ja.« Die Wirtin klang stolz. »Ihre Kollegen hatten ja keine professionellen Spürhunde bekommen, da haben wir alle unsere eigenen mitgebracht. Das war richtig nett, wie ein großes gemeinsames Gassigehen.«

»Wie weit ist Ihr Mann denn mitgelaufen?«

»Als es ins Unterholz ging, ist er umgedreht. Ich glaub, viel weiter sind nur Kommissar Pauer und die Roth mit ihren Jagdhunden gegangen. Die hatte auch ein Gewehr dabei, wegen der Wildschweine, die sind zurzeit nicht zu unterschätzen.«

»Das habe ich schon gehört. Wie komme ich denn von hier zu der Stelle am Floßgraben, von der aus die Suche gestartet ist?«

»Nu, da gehen Sie aus dem Haus raus rechts und dann die Gellertstraße runter bis zum Park für die Opfer des Faschismus. Hinter dem Mahnmal führt eine Treppe hoch zum Graben.«

»Wunderbar«, bedankte sich Hannah bei ihrer Vermieterin. »Ich müsste dann jetzt auch leider los.«

»Ja, ja, natürlich! Arbeit vor Vergnügen.« Schwerfällig erhob sich Frau Schipanski vom Sofa. Da fiel Hannah ihr Wäschesack ein.

»Entschuldigen Sie, ich hätte doch noch eine Frage. Gibt es hier im Ort eine Reinigung?«

»Ja, die Anett, aber die hat heute zu. Wenn Sie wollen, wasch ich Ihre Sachen. Pro Maschine fünf Euro.«

»Sie sind sehr dreckig.«

»Dann zehn.«

23

Auf dem Weg zum Floßgraben rief Hannah Oberkommissar Pauer an und erkundigte sich nach dem genauen Ablauf der Suchaktion in der letzten Woche.

»Und was hatten Sie sich ohne Spürhunde von der Suche erhofft?«, hakte sie nach seiner knappen Erläuterung nach.

»Warum? Roths Jagdhunde waren doch dabei, die sind aufs Aufspüren abgerichtet«, brummte der bullige Kommissar unwirsch.

»Haben die denn etwas gefunden?«

»Ja, sie hatten eine Fährte, die verlor sich aber im Unterholz. Das steht auch so im Bericht, können Sie nachlesen.« Damit legte Pauer auf.

Hannah war am Floßgraben angekommen. Der Wasserlauf war mehr Bächlein als Graben und die Stelle, an der Uhlig über das Wasser gesprungen sein musste, unschwer zu erkennen. Der morastige Boden auf der gegenüberliegenden Seite sah aus, als ob eine ganze Tierherde den steilen Hang hinaufgetrampelt wäre. Wenn Uhlig Spuren hinterlassen hatte, waren sie zumindest hier durch die Suchaktion gründlich zerstört worden.

Hannah sprang über den Graben und lief zwischen den dicken Buchenstämmen bergan. Nach hundert Metern ging der lose Baumbestand in immer enger stehende Fichten über. Vereinzelt zeugten noch Kondompackungen und verbeulte Bierdosen von der klassischen Nutzung eines stadtnahen Waldes, doch je dichter und dunkler das struppige Unterholz wurde, umso mehr verschwanden diese Zeichen menschlicher Anwesenheit und mit ihnen auch die letzten Spuren des Suchtrupps.

Hannah fiel eine Fichte auf, an deren linker Seite die unteren Äste bis auf einen Meter sechzig abgeknickt zu Boden hingen. Die Bäume dahinter sahen ähnlich ramponiert aus. Etwas oder jemand war hier ohne Rücksicht auf Verletzungen durchgerannt. An einem Zweigstumpf baumelte ein grüner Stofffetzen.

Er war aus dicker, grob gewebter Baumwolle, wie Uhligs Parka. Hannah riss ihn ab und folgte der schmalen Schneise tiefer in den Wald. Zwischen den dicht an dicht stehenden Nadelbäumen war der Boden viel feuchter als zuvor, bei jedem Schritt drückte die kalte Nässe durch das dünne Gewebe ihrer Turnschuhe.

Plötzlich bemerkte sie in der weichen Erde einen bekannten Abdruck. Nike Air Max, Größe 44, innen stark abgelaufen. Uhligs Schuhe. Hannah folgte der Spur, bis sie auf einen breiteren Waldweg traf. Froh, dem dunklen Unterholz entkommen zu sein, blieb sie stehen und wischte sich den Morast von den Schuhen. Ein greller Schrei, gefolgt von einem anschwellenden Brausen, ließ sie aufblicken. Aus dem grauen Himmel schoss etwas Großes auf sie zu. Instinktiv zog Hannah ihre Dienstwaffe und warf sich rücklings zu Boden. So nah, dass seine Krallen die Pistole streiften, fegte der riesige Raubvogel über sie hinweg, wobei der Luftzug seiner Schwingen ihr für einen Augenblick den Atem nahm.

Roths Warnung vor dem seltsamen Verhalten der Wildtiere schoss ihr durch den Kopf. Die Glock fest in beiden Händen, rappelte sie sich auf und folgte den immer undeutlicher werdenden Schuhabdrücken den Weg bergan. Erst nach einer Weile realisierte Hannah, dass es um sie herum vollkommen still geworden war. Kein Knacken mehr, kein Windhauch, nur das Geräusch ihrer eigenen Schritte. Eine solche Stille kannte sie nur aus den Vogesen. Wie oft hatte sie mit ihren Geschwistern und ihrem Papo vor seinem Wohnwagen gesessen und diesem Nichts gelauscht. Bis Oskar jedes Mal Angst bekam. Dann hatte Papo ihm seine Arme um die Schultern gelegt, den Takt seines Herzens geklopft und in seinem besonderen Singsang geflüstert: *»N'aie pas traash. Écoute bien! Keine Angst, hör mir zu: Dein Herz ist zurück, wo es hingehört.«*

Als ob jemand die Berieselungsanlage eines Gewächshauses angestellt hätte, setzte ein ultrafeiner, aber dichter Nieselregen ein. Nicht schon wieder, dachte Hannah, musste aber lächeln. Als Kinder hätten sie zu diesem Regen *Brishno* oder *Zersel* gesagt. Damit ihre Mutter sie nicht verstehen konnte, hatten sie die Bruchstücke Romanes, die Papo ihnen beibrachte, mit erfundenen Worten gemischt und ihre eigene Sprache entwickelt. Ewig hatte sie nicht mehr daran gedacht. Vermutlich seit der Nacht, in der ihr Großvater und ihr Zwillingsbruder ermordet worden waren.

An einer Gabelung ging der Waldweg in zwei Schotterpisten über, auf denen die Abdrücke der Nikes nicht mehr zu erkennen waren. Es war unsinnig, ohne Hunde und im Dauerregen weiterzusuchen. Mit klammen Fingern zog Hannah ihr Handy aus der Jacke, um das Navi den schnellsten Weg nach Aue finden zu lassen, als seltsam klappernde, zornige Laute durch den Regen drangen. Die Glock im Anschlag, folgte sie den Geräuschen auf einen Trampelpfad durchs Unterholz. Hier im morastigen Boden waren die Abdrücke der Nikes wieder klarer zu erkennen. Nach wenigen Metern endete der Pfad jäh vor einem provisorisch geflickten Wildzaun. Dahinter kauerten dunkle Gestalten. Erneut erklang der merkwürdige Laut, dann schnellte eines der Wesen auf Hannah zu. Ächzend bog sich der morsche Zaun unter dem Aufprall des schweren Schweins, hielt aber stand.

»Bitte entschuldigen Sie meine Schweine, die sind im Moment ganz durch den Wind!« Zerknirscht lief Roth Hannah voraus in die Küche des Forsthauses. Der Raum allein war fast so groß wie Hannahs ganze Frankfurter Wohnung, und die großzügigen Arbeitsplatten und der sechsflammige Gasherd ließen erahnen, für wie viele Gäste hier früher zu Zeiten des »Roten Jägers« gekocht worden war. Hannah war nass bis auf die Unterwäsche. Mit klammen Fingern streifte sie ihre tropfnasse Bomberjacke ab.

»Könnte ich die irgendwo aufhängen?«

»Geben Sie her.« Die Försterin nahm die Jacke und hängte sie über einen Stuhl vor die Heizung. »Wollen Sie was Trockenes zum Anziehen? In unserer Bredouillenbox findet sich sicher was, das Ihnen passt.« Die groß gewachsene Frau klappte die bunt bemalte Holztruhe neben der Küchentür auf und wühlte darin herum. »Das sind alles Spenden ehemaliger Notfälle, die bei uns untergekommen sind.« Lächelnd streckte sie Hannah einen hellgrünen Wollpulli mit roten Blumen entgegen. »Passt das?«

»Blumen würde ich noch überleben, aber leider keine Wolle.«

»Dann schauen Sie doch am besten mal selbst.«

Einladend deutete Roth auf die Kleiderkiste.

»Ein Paar Nike Airs sind nicht zufällig dabei?«, fragte Hannah.

»Wieso, wollen Sie gleich wieder losrennen? Ich würde Ihnen sonst auf den Schreck gerne noch einen Tee anbieten.«

»Tee klingt großartig. Danke.«

Roth drehte sich um und setzte einen Kessel Wasser auf.

»Wer sind denn sonst Ihre Notfälle für diese ›Bredouillenbox‹?«, erkundigte sich Hannah, während sie in der Truhe kramte.

»Jede Frau, die Hilfe braucht. Ob ihr Freund, Zuhälter oder sonst wer sie schlägt, missbraucht oder anders misshandelt, ihre Eltern sie terrorisieren oder sie sich einfach nur im Regen verlaufen hat.«

Nach wenigen Minuten pfiff der Kessel schrill, und die Försterin goss das sprudelnde Wasser in die bereitstehende Teekanne.

»Wenn Sie sich umgezogen haben, kommen Sie einfach rüber in die Bibliothek. Im Flur erste Tür links. Dann zeig ich Ihnen auch gleich die Sammlung meiner Eltern, die wollten Sie doch sehen?«

»Sehr gerne.«

Roth stellte die Kanne mit zwei Bechern auf ein Tablett und verschwand im Flur. Hannah zog ihre durchweichten Kleider aus und hängte sie über den Heizkörper vor dem Fenster. Das Metall war angenehm warm. Hannah presste ihre verfrorenen Hände dagegen und blickte in den Hof. Es hatte aufgehört zu regnen, inzwischen schien sogar die Sonne etwas durch die Wolken. Im Gehege war von den Schweinen weit und breit keines zu sehen.

In einem grauen Jogginganzug mit roten Fleecesocken betrat Hannah die Bibliothek, die früher der Gastraum gewesen sein musste. Statt Esstischen und Stühlen standen in der Mitte des großen Zimmers jetzt drei abgewetzte Ledersofas um einen Couchtisch aus Wurzelholz. Die Wände waren von prall gefüllten Bücherregalen bedeckt, die selbst die ehemalige geschnitzte Eingangstür fast ganz verbargen. Einzig die rückseitige Fensterfront war regal- und buchfrei. Über den zwei Panoramascheiben, die den Blick auf ein Stück verwilderte Wiese und den Wald dahinter erlaubten, hingen Jagdtrophäen vom Zwölfender bis zum ausgestopften Kopf eines Braunbären. Den Platz zwischen den Fenstern füllte das gewaltige Ölgemälde eines dichten, struppigen Waldes in pastos aufgetragenen Braun- und Grautönen. In der Bildmitte, hinter den Stämmen, leuchtete es hell.

»Ist das von Anselm Kiefer?«, fragte Hannah und trat näher heran.

»Das hätte meine Mutter gefreut!« Lachend lehnte sich Roth auf dem Sofa vor und goss Tee in die beiden Tassen. »Sie wollte immer, dass er zu Besuch kommt und unsere Wälder malt. Sie war überzeugt, erst hier würde er begreifen, was Wald und Heimat wirklich bedeuten.«

»Das hat also Ihre Mutter gemalt?«

»Ja, obwohl sie im Tal der Ahnungslosen studiert hat, kannte sie die Werke von Kiefer, Baselitz und anderen zeitgenössischen Westkünstlern in- und auswendig.«

Hannah betrachtete das Gemälde noch einmal genauer. Ganz zart, nur in die Farbe geritzt, verliefen abfallende Linien von den Seiten zur Mitte des Bildes, wo sie sich an einer zentralen, dickeren Gerade trafen.

»Dieser eingekerbte kopfstehende Tannenbaum erinnert tatsächlich an Baselitz.«

»Stimmt. Nur ist es kein Baum, sondern das Stollensystem unter Johanngeorgenstadt. Alles, was meine Mutter im Erzgebirge gemalt hat, beschäftigt sich mit der Region.« Die Försterin stand auf und reichte Hannah eine der dampfenden Teetassen. »Von 1985 bis 1995 schrieb sie zusammen mit meinem Vater auch Jahrbücher zu den Geschehnissen im Westerzgebirge.« Sie zog einen großen gebundenen Band aus einem der Regale, klappte ihn auf und streckte Hannah das schwere Buch entgegen. »Das waren meine Eltern.«

Roth tippte auf das Foto eines freundlich lächelnden grauhaarigen Paares unter der Überschrift »Chronik Westerzgebirge 1991«. Die Frau und der Mann hatten beide weiße Haut.

»Entschuldigen Sie die Frage, aber wurden Sie adoptiert?«, fragte Hannah.

»Warum, sieht man das etwa?« Roth schmunzelte und nahm einen Schluck von ihrem Tee. »Meine Mutter hatte während ihres Studiums in Dresden ein paar Frauen aus Mosambik kennengelernt, die als Vertragsarbeiterinnen in einer Schuhfabrik arbeiteten. Vertragsarbeiterinnen waren bei uns in der DDR, was bei Ihnen Gastarbeiterinnen waren.«

»Ich kenne den Begriff«, warf Hannah ein.

»Nun, als eine von ihnen, Maria, von einem deutschen Kollegen schwanger wurde – und privater Kontakt zu Einheimischen war strengstens verboten –, erklärte sich meine Mutter bereit, das Kind zu nehmen«, fuhr die Försterin fort. »Da die offiziellen Stellen ja nicht mitbekommen durften, dass Maria schwanger war, kaschierten sie ihre Schwangerschaft, und zur Geburt war sie dann ein paar Tage ›krank‹. Stattdessen tat meine Mutter, als wäre sie schwanger. Damals war an der Kunsthochschule alles ein bisschen wild, deshalb fragte dann auch beim Amt keiner weiter nach, als meine Mutter behauptete, sie hätte mich alleine zu Hause zur Welt gebracht und der Vater wäre ihr namentlich leider nicht bekannt. So kam ich zu meiner Mutter. Meine leibliche Mutter habe ich nie bewusst kennengelernt. Sie ist ein Jahr nach meiner Geburt gestorben.«

»Und Ihr Vater?«, erkundigte sich Hannah weiter.

»Den Mann, den ich Vater nenne, lernte meine Mutter kennen, als sie ein paar Monate nach meiner Geburt ins Erzgebirge kam. Freunde von ihr hatten in Eibenstock eine Art Ferienhaus. Mein Vater war damals hier der Revierförster, und sie verliebten sich Hals über Kopf ineinander.« Roth setzte ihre leere Teetasse ab und wendete sich zum Gehen. »Wenn Sie weitere Fragen haben, ich bin dann mal draußen bei meinen Schweinen.«

»Eine Frage hätte ich direkt noch: Gibt es hier noch Adler?«

»Schon lange nicht mehr. Warum?«

»Ich glaube, ich wurde im Wald von einem angegriffen.«

Die Försterin legte den Kopf schief und musterte Hannah. »Nun, die Tiere verhalten sich seltsam, das habe ich Ihnen ja bereits erzählt. Vielleicht war es ein Bussard?«

»Vielleicht, dann aber ein verdammt großer.«

Roth zuckte die Schultern und verließ die Bibliothek.

Hannah war in der Chronik von 1991 bis November gekommen, als Novák anrief.

»Leutnant.«

»Frau Hauptkommissarin. Ich wollte mich erkundigen, ob Sie schon wissen, wer bei Ihnen eingebrochen hat?«

»Leider nein, die Kameras im Hotel sind Attrappen und die Fingerabdrücke noch nicht ausgewertet.«

Es folgte ein seltsames Schweigen, dann platzte Novák heraus: »Mir wurde der Mordfall Manuel Claus zugeteilt. Das heißt, ich kann Sie leider nicht mehr so intensiv unterstützen, es sei denn, wir finden einen Weg, unsere Ermittlungen zu verbinden.«

Hannah stand auf und trat an das rechte der beiden Panoramafenster. Unter dem vorspringenden Dach lehnten zusammengeklappte Gartenstühle und ein großer Sonnenschirm an der Hauswand. Es regnete wieder.

»Wer bearbeitet denn auf deutscher Seite den Fall?«, fragte sie den Leutnant.

»Pauer.«

»Verstehe. Sagen Sie mir Bescheid, wenn Sie die Mitglieder des MC verhören?«

»Die verhören wir ab sechzehn Uhr auf dem Revier in Aue.«

»Gut, ich versuche dazuzukommen. Bis später.«

Hannah wollte schon auflegen, als sich Novák umständlich räusperte.

»Was Sie gestern erzählt haben … das mit dem Raster und

der Realität. Denken Sie, Uhligs Fall hat tatsächlich etwas mit überirdischen Kräften zu tun?«

»Selbstverständlich.« Hannah musste lächeln. »So wie Tag und Nacht, Winter und Sommer, Ebbe und Flut. Aber den Rest verantworten wir Menschen meist selbst.«

Ihr Blick fiel auf einen gut gefüllten Aschenbecher, der auf dem äußeren Fensterbrett stand. Unter den braunen Zigarettenstummeln stachen die weißen Filter mit den korallenroten Lippenstiftspuren deutlich heraus.

»Leutnant, ich muss weiter. Wir sprechen später.« Ohne Novák noch einmal zu Wort kommen zu lassen, beendete sie das Telefonat, öffnete das Fenster und holte den Aschenbecher herein.

24

In der Diele des alten Forsthauses war es dunkel, aber im ersten Stock brannte Licht. Irgendwo schleuderte eine Waschmaschine. Hannah stieg die knarrende Holztreppe ins Obergeschoss hinauf. Von den drei Türen, die von dem schmalen Flur abgingen, war eine nur angelehnt. In dem gemütlich eingerichteten Zimmer lag eine Frau mit langen schwarzen Haaren auf dem Bett. Sie trug einen pinkfarbenen Frotteebademantel und hatte Hannah den Rücken zugedreht. Als Hannah sie sacht an der Schulter berührte, fuhr sie so heftig herum, dass ihre Kopfhörer aus den Ohren fielen.

»Entschuldige, ich wollte dich nicht erschrecken!«, sagte Hannah und lächelte die junge Frau an. Nach ihrer Einschätzung war sie Vietnamesin und Anfang zwanzig. Ihre schwer getuschten Wimpern erinnerten an die von Babypuppen, und ihr korallenroter Lippenstift war am rechten Mundwinkel leicht verschmiert. »Hast du vielleicht eine Zigarette für mich?«

Mit einem Schlag entspannte sich die Miene der jungen Frau.

»Ja, klar. Bist du neu hier?«

Sie rollte vom Bett und zog ein Päckchen Eve 120 aus ihrer Handtasche, die auf dem Ohrensessel unter der Dachschräge lag. Kichernd öffnete sie das Dachfenster und winkte Hannah zu sich.

»Eigentlich dürfen wir hier nicht rauchen, aber Jutta macht das auch.« Ihre Stimme klang sehr weich und hüpfte ungewöhnlich über die einzelnen Worte. Auffordernd streckte sie Hannah die Zigarettenschachtel entgegen. In der Falte zwischen ihrem Daumen und dem Zeigefinger leuchtete eine feine, leicht gerötete Narbe.

»Danke dir.« Hannah zog eine der langen weißen Zigaretten aus der Box und fragte in beiläufigem Ton: »Weißt du, wo Dennis gerade steckt?«

Die Augen der jungen Vietnamesin weiteten sich vor Schreck,

und sie wich einen Schritt zurück. »Ich hab Dennis seit letzter Woche nicht gesehen. Seit –« Sie verstummte, kniff ihren korallenroten Mund fest zusammen und sah hinunter auf ihre nackten rot lackierten Zehen.

»Ich weiß, dass er dich Donnerstagnacht im ›Tausendschönchen‹ abgeholt hat.« Hannah rollte die dünne Zigarette zwischen ihren Fingern hin und her. »Was ist passiert, nachdem ihr in den Baumstumpf gekracht seid?«

Schweigend starrte die junge Frau weiter auf ihre Füße.

»Bian, du kannst Frau Stein ruhig erzählen, was passiert ist.« In tropfender Wachsjacke und vermatschten Stiefeln stand Mechthild Roth im Türrahmen. »Sie ist okay, sie arbeitet nicht für die Polizei hier, sie kommt vom BKA.«

Die Försterin warf ihre Jacke auf den Dielenboden, schlüpfte aus den Gummistiefeln und ließ sich in den zweiten Sessel neben dem Schreibtisch fallen.

»Du warst also Donnerstagnacht mit Dennis in Tschechien?«

Bian, weiter auf ihre Füße starrend, antwortete zurückhaltend: »Ja. Er hat mich abgeholt. Wir wollten –« Sie verstummte wieder.

»Du musst schon alles erzählen«, ermahnte Roth sie.

Bian schaute zu Hannah auf. In ihrem Blick lag Verzweiflung, aber Tränen waren keine zu sehen.

»Dennis hat mich freigekauft. Meine Familie schuldete Černy viel Geld, das musste ich abarbeiten. Dennis wollte das nicht. Er wollte mit mir weg, nach Südafrika und da ein Hostel aufmachen.« Bei dem Gedanken glitt ein Leuchten über ihr Gesicht.

»Und wie hat Dennis dich freigekauft?«, hakte Hannah nach.

»Er wusste was, das Černy fünfzehntausend Euro wert war. Mir hat er nur gesagt, dass es mit Drogen zu tun hat.« Mit zitternden Fingern zündete sich Bian eine Zigarette an.

»Hat euch auf dem Rückweg jemand verfolgt?«

»Ich glaub nicht.« Bian blies den Rauch zum Fenster hinaus.

»Und nach dem Unfall, was ist dann passiert?«

»Dennis war megawütend.« Die junge Frau nahm einen langen Zug von ihrer dünnen Zigarette. »Wir hatten ja nur noch neun Stunden bis zum Flug und mussten noch unser Zeug bei ihm abholen. Wie die Irren haben wir versucht, den Wagen von dem Stumpf runterzubekommen. Und dann war da dieses Licht zwischen den Bäumen.«

»Wie, was für ein Licht?«, fragte Hannah.

»Wie von einer Laterne, so ganz gelb und tanzend. Dennis meinte, es wären Waldarbeiter, und ist hingerannt.«

»Und weiter?«

»Er kam nicht zurück, und das Licht war auch weg. Ich hatte solche Angst! Ich hab mich im Auto eingeschlossen und gebetet, dass Dennis zurückkommt. Bis Sonnenaufgang hab ich gewartet, dann hab ich Cumba angerufen, und sie hat mich abgeholt.« Bian drückte ihre halb gerauchte Zigarette am Fensterrahmen aus und warf den Stummel aufs Dach.

»Warum haben Sie mir das nicht erzählt?«, fragte Hannah an die Försterin gewandt. »Sie wissen, dass Sie sich strafbar machen, wenn Sie Informationen zum Fall zurückhalten?«

»Warum? Uhlig ist doch danach noch in Aue aufgetaucht«, entgegnete Roth.

»Schon, aber seine Hand hat er in der Nacht von Donnerstag auf Freitag im tschechischen Wald gelassen.«

»Wie? Was ist mit Dennis' Hand?« Erschrocken starrte Bian Hannah an.

»Sie wurde abgetrennt. Spaziergänger fanden sie Samstagfrüh in der Nähe der Grenze.«

»Aber … wer hat das denn gemacht?« Hektisch steckte sich Bian eine weitere Zigarette an. »Černy war voll nett zu ihm, und es hat uns auch niemand verfolgt!«

»Das wissen wir noch nicht. – Du hast das Haus hier seit Freitag nicht mehr verlassen?«

»Nein. Außer Samstagnacht, da habe ich meinen Koffer geholt.«

»Der Chip in deiner Hand dient als Schlüssel zu Dennis' Haus, oder?«

Bian nickte und nahm einen langen Zug von ihrer Zigarette.

»Hast du seinen Laptop gesehen, als du im Haus warst?«

»Seinen Laptop? Nein, der ist eh meist im Keller, da war ich nicht. Seine anderen Sachen waren aber alle noch da, er hatte nicht mal fertig gepackt.« Die junge Vietnamesin blickte wieder auf ihre Füße. Ihre Stimme zitterte, als sie flüsterte: »Glauben Sie, Dennis lebt noch?«

»Liebst du ihn?«

Bian schwieg einen Moment, dann antwortete sie: »Es gibt nicht viele gute Menschen, Dennis ist ein guter Mensch.«

»Ja, ja, der gute Mensch von Sezuan!« Schnaufend stand die Försterin auf. »Ich fahr jetzt in die Stadt, soll ich Sie mitnehmen, Frau Kommissarin?«

Im Lada roch es intensiv nach vietnamesischem Essen. Hannah zupfte an ihrer Jeans herum. Sie hatte sich umgezogen, obwohl ihre Sachen noch nicht ganz getrocknet waren.

»Bian gehört nicht zum ›Gia Toc‹, oder?«

»Nein, die Phans würden nie eine von sich verkaufen! Bians Familie heißt Nguyễns. Ihre Verwandten wohnen in Johanngeorgenstadt und betreiben drei Läden auf der tschechischen Seite. Bian kam vor zehn Jahren nach Deutschland. Letztes Jahr wollten ihre beiden jüngeren Brüder auch nach Europa, und da hat sich die Familie bei den *Reisekosten* übernommen.« Die ironische Betonung des vorletzten Wortes war nicht zu überhören.

Schlamm spritzte rechts und links am Lada hoch, als sie über den unbefestigten Weg zur Landstraße rumpelten.

»Und woher kennen Sie Bian?«, fragte Hannah.

»Ich habe sie vor acht Jahren im Wald gefunden, im Winter. Sie war mal wieder von zu Hause abgehauen. Die haben sie nie gut behandelt.«

»Kann sie denn jetzt erst mal bei Ihnen bleiben?«

»Das ist ganz Bians Entscheidung«, erklärte Roth. »Schlau wäre es aber nicht. Sie hat ja keinen Beweis dafür, dass Dennis die Schulden ihrer Familie bei Černy beglichen hat.«

»Da haben Sie recht.«

Die Försterin bog auf die Landstraße ab und beschleunigte.

»Könnten Sie mich beim ›Gia Toc‹ absetzen?«, fragte Hannah.

»Klar, da fahr ich eh vorbei.«

»Das Licht im Wald, das Bian beschrieben hat, haben Sie eine Ahnung, was das gewesen sein könnte?«

»Nein, hab ich mich auch schon gefragt. Aber es gibt viele Spinner, die nachts in die alten Stollen klettern, obwohl das lebensgefährlich ist. Vielleicht hat Uhlig einen von denen gesehen?«

Am Ortseingang von Aue schaltete Roth einen Gang runter.

»Was meinten Sie eigentlich mit dem ›guten Mensch von Sezuan‹ in Bezug auf Uhlig?«, fragte Hannah sie.

»Nichts, ich mag nur Brecht, und wenn wer von *guten Menschen* redet, platzt mir das so raus.«

»Für mich klang es eher, als mögen Sie Uhlig nicht sonderlich. Ist mal was zwischen Ihnen vorgefallen?«

»Was heißt ›vorgefallen‹?« Roth bremste an einer roten Ampel. »Uhlig ist nicht anders als die meisten Männer, und ich bin schwarz und lesbisch. Schon eins von beiden ist hier ein Problem. Wenn ich nicht hier aufgewachsen wäre, könnte ich hier gar nicht leben.«

»Und was hat Uhlig konkret gemacht?«, bohrte Hannah nach.

»Vieles, als Jugendlicher war er echt schlimm. Eine seiner Freundinnen ist mal zu mir gekommen, weil er sie geschlagen hat. Da ist er völlig ausgerastet und hat auf dem Hof randaliert, bis ich ihm klargemacht habe, dass das nicht geht. Seit er bei der Polizei ist, ist er etwas netter geworden.«

»Verstehe. Sie trauen sich ganz schön was, auch mit Ihrem Frauenhaus.«

Die Ampel sprang auf Grün, und Roth fuhr weiter. »Eine muss es ja tun.«

»Wann haben Sie Uhlig eigentlich das letzte Mal gesehen?«

Amüsiert blickte die Försterin Hannah an. »Wird das jetzt ein Verhör?«

»Reine Polizistenmacke«, entschuldigte sich Hannah.

»Ich glaube, ich habe Dennis zuletzt an Ostern gesehen, da machen wir immer ein Grillfest auf dem Hof. Er und sein Vater essen gerne Wild.«

Vor dem Landratsamt bog Roth links ab, sodass sie oberhalb des Festplatzes entlangfuhren. Wacker versuchten die bunten Lichter des Maifests das Grau des Tages zu überstrahlen, doch nur wenige Eltern stapften mit ihrem mürrischen Nachwuchs über den aufgeweichten Platz.

»Grillen Sie heute nicht mehr?«, fragte Hannah.

»Doch, doch, aber Jutta schmeißt das allein, ich helf nur später beim Abbau.«

Roth fuhr auf den menschenleeren Postplatz und hielt vor dem »Gia Toc«.

»Haben Sie eine Idee, was die Kinder gestern mit ihrem Reim sagen wollten?«, erkundigte sich Hannah noch, bevor sie ausstieg. »›Geh in den Wald, mach keinen Halt, seh keinen Baum, dort ist der Raum‹?«

Roth schüttelte den Kopf. »Nein, aber die drei sind wie Glückskekse, sie ergeben selten Sinn.«

25

Der Imbiss war leer, nur Ly saß am Tresen und machte Hausaufgaben. Der blaue Fleck unter ihrem Auge war noch gut zu sehen.

»Hallo, Ly, ich hätte gerne die Pho Ga«, sagte Hannah und stellte sich neben sie an den Tresen.

Die kindliche Kellnerin nickte lächelnd und wollte schon in die Küche verschwinden, als Hannah sie sanft am Arm festhielt und flüsternd fragte: »Weißt du vielleicht, wo deine Freundin Bian ist?«

Mit großen Augen starrte Ly sie an, sagte aber nichts.

»Wer hat dich geschlagen?«, bohrte Hannah weiter nach.

Blitzschnell veränderte sich etwas im Ausdruck des Mädchens. »Das war Bians bekloppter Bruder, aber dem hab ich nix –«

Erschrocken hielt sie inne, schüttelte Hannahs Griff ab und rannte in die Küche. Hannah folgte ihr. Der alte Mann, der sie am Abend zuvor bedient hatte, stand mit einer großen Tranchierschere an der Arbeitsplatte und zerlegte ein Huhn. Freundlich lächelte er Hannah zu, während Ly auf Vietnamesisch auf ihn einredete.

»Ihre Enkelin ist Zeugin in einem Vermisstenfall«, unterbrach Hannah ihren Wortschwall.

Das Mädchen verstummte und schaute Hannah wieder mit großen Augen an.

Immer noch lächelnd entgegnete der Mann in gebrochenem Deutsch: »Essen gleich fertig, bitte warten.«

»Ich muss Ihre Enkelin mit aufs Revier nehmen.«

Der Mann ließ vom Huhn ab und trat mit der Tranchierschere auf Hannah zu. »Essen gleich fertig!«

Intuitiv griff Hannah nach ihrem Holster.

»Granpa!« Ly packte die Hand ihres Großvaters und blickte Hannah vorwurfsvoll an. »Er versteht Sie nicht. Kommen Sie!«

Sie lief vor Hannah zurück in die Imbissstube. »Bian hat mir nicht verraten, wo sie ist. Sie hat nur angerufen, um zu hören, ob ich Dennis gesehen habe. Sie haben sich manchmal hier getroffen.« Sie deutete in Richtung Küche.

»Warst du letzte Woche hier, als Dennis randaliert hat?«

Ly nickte und biss sich auf die Lippe. »Er … war ganz irre. Er hat mir Angst gemacht.«

»Hat er mit dir geredet?«

»Ja, er wollte wissen, wo Bian ist. Immer wieder hat er so gebrüllt: ›Wo Bian? Wo? Wo!‹, und wie ein Affe gegen die Scheibe getrommelt.«

In der Küche hörte man Lys Opa auf Vietnamesisch fluchen.

»Danke, Ly, du hast mir sehr geholfen. Deiner Freundin geht es übrigens gut, ich hab sie vorhin getroffen.«

Lys Augen leuchteten auf. »Echt? Sagen Sie ihr, ihre Brüder suchen sie. Wenn es ihr woanders gut geht, soll sie bloß nicht wiederkommen!«

In dem Moment trat Lys Großvater mit Hannahs Suppe aus der Küche.

Nach dem Essen entschied Hannah, nicht mehr zur Befragung der MC-Mitglieder aufs Revier zu gehen, und fuhr stattdessen nach Potůčky. In dem kleinen Grenzort war so viel los, dass sie ihren Wagen auf dem Parkplatz auf der deutschen Seite abstellen musste. Fröhliche Menschentrauben mit Taschen voller Zigaretten und gefälschter Markenklamotten strömten ihr entgegen. Ein Mann biss herzhaft von einer knüppeldicken Wurst ab, als wäre sie eine schlanke Wiener, während seine Frau ein schreiendes Kind mit schokoverschmiertem Gesicht auf dem Arm trug.

Hinter dem ehemaligen Schlagbaum hing eine Gruppe angetrunkener Jugendlicher auf der Rasenfläche inmitten des Kreisverkehrs herum. Gebieterisch hob ein Junge eine blutige Gummihand, wie man sie an Halloween kaufen kann, in die Höhe und rief: »Die Hand befiehlt: Mehr Bier!«

Unter großem Gejohle ließ er die Gummiattrappe kreisen,

bis sie auf einen schmächtigen Jungen mit ausgeprägter Gesichtsakne zeigte.

»Ingo-Stingo! Los, noch mal zehn Bier!«

Ohne Widerworte machte sich der Auserwählte auf den Weg in den nächsten Kiosk. Hannah folgte ihm. Hinter einer Wand aus Zigarettenpäckchen stand ein Getränkekühlschrank. Linkisch versuchte Ingo, sich zehn Bierflaschen so in die Arme zu packen, dass keine runterfiel. Hannah nahm einen Einkaufskorb vom Stapel und stellte ihn dem Jungen vor die Füße.

»Was gibt's denn zu feiern?«

»Äh … Geocache.« Umständlich packte Ingo die Flaschen in den Korb.

»Und was hat das mit der Gummihand zu tun?«

Verwundert, als ob Hannah von einem anderen Planeten käme, schaute er sie an. »Na, die war der Cache! ›Die blutige Hand‹, ist ganz neu bei Geocache. Wir waren den ganzen Vormittag im Wald, echt Hammer.«

Er drehte sich um und schleppte den Korb zur Kasse. Neben dem Tresen bemerkte Hannah einen Berg von Gummihänden. Sie nahm eine, überrascht, wie schwer sie war.

Ingo grinste. »Wollen Sie auch den Cache machen?«

»Nein, ich bring die meinem Hund zum Spielen mit.«

Irritiert glotzte der Junge sie an und verschwand dann eilig mit seinem Bierkorb Richtung Ausgang.

»Wie viel kostet die Hand?«, fragte Hannah den Verkäufer, der ihr seine ausgestreckte Hand entgegenhielt: »Pět.«

Hannah gab ihm einen Fünf-Euro-Schein und steckte die Gummihand in ihre Jackentasche.

»Wissen Sie zufällig, wo die Nguyễns ihre Läden haben?«

Der Mann nickte und deutete nach rechts, die Straße hinauf.

Auf dem Gehweg war so viel Betrieb, dass Hannah auf die Straße ausweichen musste. Vor jedem Laden stauten sich die Einkaufslustigen und begutachteten die ausgestellten bunten Waren. Heute wirkte die Grenzstadt auf Hannah wie eine überdrehte kapitalistische Version des Schlaraffenlands für den kleinen Geldbeutel.

Die Stände der Nguyễns boten alle das Gleiche an: Zigaretten, gefälschte Markenklamotten, T-Shirts von Nazibands, Handtaschen, Springmesser, Parfüms und Spielzeug. Hannah betrat den mittleren Laden und schaute sich um. Nachdem er sie eine Weile beobachtet hatte, trat ein junger Vietnamese mit einem breiten Lächeln auf sie zu.

»Ich weiß, was du suchst. Sehr gute Qualität. Nur vierzig Euro.«

»Kann ich mal sehen?«

»Klaro.« Freimütig griff er in die Jackentasche der nächsten Schaufensterpuppe, zog ein Tütchen heraus und schüttete sich etwas von dem weißen kristallinen Inhalt auf die Handfläche. »Am besten rauchen.«

»Eigentlich suche ich kein Crystal, sondern Bian. Kannst du mir da auch helfen?«

Das Dauerlächeln verschwand aus dem Gesicht des jungen Mannes. Rasch versuchte er, das Tütchen in seiner Hosentasche verschwinden zu lassen, aber Hannah war schneller. Sie packte seine Hand und bog seinen kleinen Finger nach hinten. Stöhnend ließ er das Tütchen los, und Hannah fing es auf.

»Wo ist deine Schwester?«

Die Lippen des Mannes verzerrten sich, als Hannah den Druck auf seinen Finger erhöhte.

»Keine Ahnung«, presste er zwischen den Zähnen heraus.

»Und Dennis Uhlig, ihr Freund? Weißt du, wo der ist?«

Irritation mischte sich in seine verkrampften Züge.

»Du weißt gar nicht, wer Dennis Uhlig ist, ja? Er hat eure Schulden bei Černy bezahlt.«

Trotz des Schmerzes klappte Bians Bruder vor Erstaunen der Mund auf.

»Klärt das mit Černy und lasst eure Schwester in Ruhe!« Hannah leerte das Crystal-Tütchen vor seinen Füßen aus und zertrat die Kristalle zu Staub. Dann gab sie seinen Finger frei und verließ den Laden.

Auf der Rückfahrt nach Aue versuchte Hannah, Novák zu erreichen. Sie wollte hören, was die Befragung der MC-Mitglieder ergeben hatte, doch das Handy des Leutnants war ausgeschaltet. Hannah spürte, wie Frustration in ihr aufstieg. Trotz der vielen neuen Informationen war sie bei der Frage, wo Uhlig steckte, keinen Schritt weitergekommen.

26 Sonntag

Zur Abwechslung schien die Sonne. Kurz nach sieben joggte Hannah am Altmarkt vorbei hinauf zum Amtsgericht. Außer ihr war niemand unterwegs, nicht mal eine Katze. Am Ortsausgang bog sie links ins Gewerbegebiet ein und lief wie ferngesteuert Richtung Motorradclub. Als sie an dem zwei Meter hohen Maschendrahtzaun des Grundstücks ankam, bemerkte sie vor dem vom Brandanschlag unversehrt gebliebenen Wohnbungalow ein gutes Dutzend Harleys. Daneben, in der offenen Tür eines schwarzen Transporters, hockte ein Mann in Lederkutte.

Vorsichtig pirschte sich Hannah entlang des Zauns näher an das Haus heran. Von hier aus konnte sie erkennen, dass die Motorräder und der Lieferwagen Dresdner Kennzeichen trugen. Vorsichtig richtete sie sich etwas weiter auf und spähte durch ein Fenster ins Haus. Winkler saß mit etwa zehn Männern – Hannah konnte nicht den ganzen Raum sehen – um einen Tisch, sein Brillenhämatom hatte sich inzwischen grüngelb verfärbt. Obwohl Hannah nichts hören konnte, erkannte sie, dass der stiernackige, kahlköpfige Mann mit langem grauen Bart neben Winkler das Wort führte. Hannah kannte ihn aus den Akten. Es war Axel Vogt, Chef der offiziell nicht existierenden, aber sehr aktiven Dresdner Blood-and-Honour-Abteilung. Vorsichtig, um nicht bemerkt zu werden, schlich sie zurück zur Straße und wählte Nováks Nummer. Das Handy des Leutnants war noch immer ausgeschaltet. Fluchend versuchte sie es bei Pauer, erreichte aber nur seinen Anrufbeantworter.

Hannah trat gerade aus der Dusche, als Novák sie zurückrief.

»Leutnant, schön, dass –«

»In einer halben Stunde findet eine Durchsuchung auf dem Gelände des Motorradclubs statt. Pauer rief mich eben erst an«, platzte der Tscheche so aufgebracht heraus, dass er jede Höflichkeitsformel vergaß. Im Hintergrund konnte Hannah das Brummen des Mercedes und den hellen Klang eines Banjos hören. Novák war also bereits unterwegs.

»Ich bin so gut wie da«, sagte sie und legte auf.

Als die Einsatzwagen eintrafen, wartete Hannah bereits vor dem Clubgelände.

»Was machen Sie denn hier?«, blaffte Pauer sie an, bevor er an der Einfahrt klingelte. Der bullige Kriminalkommissar hatte den Fake-Pelzkragen seiner Jacke hochgeklappt und trug eine schwarze Wollmütze.

»Leutnant Novák hat mich über die anstehende Durchsuchung unterrichtet«, entgegnete Hannah spitz.

»Klar, der galante Vom-Winde-verweht-Leutnant!« Pauer schnaubte höhnisch. »Da informiert man extra kurzfristig, und dennoch leckt es überall.«

»Kollegen zu informieren würde ich nicht als Leck bezeichnen.«

Summend öffnete sich das Tor, und Pauer brüllte über Hannah hinweg: »Los geht's, Männer!«

Mario Winkler und seine Dresdner Kameraden erwarteten sie vor den Resten des abgebrannten Clubhauses. Grunzend überflog Winkler den Durchsuchungsbeschluss, bevor er ihn Pauer zerknüllt vor die Füße warf.

»Was soll der Scheiß? Was wollt ihr hier? Nehmt euch gefälligst Černy und Genossen vor, die haben schließlich Manuel erschlagen!«

»Jetzt mal keine Opferrolle rückwärts, Winkler. Ihr habt immerhin Černys Bordell abgefackelt.« Der Kommissar musterte die Dresdner, die mit unbewegten Mienen zurückstarrten. »Und wer sind deine neuen Freunde hier?«

»Geht dich 'n Scheiß an«, grunzte Winkler.

»Müller«, kommandierte Pauer, worauf ein graugesichtiger Beamter unterwürfig neben ihn trat. »Werfen Sie doch mal einen Blick auf die Papiere der Herren.«

»Ist ja gut«, lenkte Winkler ein. »Die Kameraden sind aus Dresden, Kondolenzbesuch.«

»Wie nett«, entgegnete Pauer. »Wir schauen uns dennoch ihre Ausweise an.«

In dem Moment raste ein dunkelgrüner Astra Kombi auf das Grundstück und bremste scharf neben dem Oberkommissar ab. Unerwartet behände sprang Ziegler, der übergewichtige Revierleiter, aus dem Wagen. Sein sonst schlaffes, faltiges Gesicht war vor Wut straff geschwollen.

»Ralf, was wird 'n das hier? Warum muss ich mein Jagdwochenende zur besten Zeit unterbrechen?«

»Entschuldigung, Chef, aber wir haben einen Mord zu klären.«

Ohne weiter auf Ziegler einzugehen, gab Pauer den Befehl, das Gelände zu durchsuchen, und verschwand selbst mit vier Beamten in der ausgebrannten Fabrikhalle.

»Eine Durchsuchung auf einen Sonntag legen, der Ralf hat auch echt mit keinem Schwein Mitleid!«, brummte Ziegler und ließ seinen Weimaraner Jagdhund aus dem Kofferraum springen. Außer Müller, der noch immer die Ausweise der Dresdner begutachtete, lachte niemand über seine Bemerkung. Hannah fiel auf, dass der Revierleiter eine Sauenschutzhose trug. Sie kannte diese spezielle Jagdkleidung von ihrem Großvater. Sie verfügte über eine stichfeste Verstärkung zwischen den Beinen und war extra für die Wildschweinjagd konzipiert.

»Sie jagen im Mai Schwarzkittel?«

Erfreut über Hannahs Kenntnisse hellte sich Zieglers Miene auf. »Ich sehe, Sie kennen sich mit der Jagd aus! Ja, seit die Schweine hier so eine Plage geworden sind, darf man sie ganzjährig schießen, außer die Keiler. – Ich schau mal, was dahinten los ist.«

Seinen Hund bei Fuß lief der Revierleiter zum Bungalow, vor dem Winkler und seine Frau lautstark mit zwei Polizisten diskutierten.

Für Hannahs Geschmack verlief die Durchsuchung des Geländes viel zu reibungslos. Die Dresdener Kameraden folgten den Einsatzkräften zwar auf Schritt und Tritt, um sicherzustellen, dass »alles mit rechten Dingen zugeht«, hinderten sie aber nicht weiter an ihrer Arbeit. Nach und nach trudelten auch die anderen MC-Mitglieder inklusive Claus' Witwe mit Baby ein und machten es sich mit Bier und Chips im Wohnzimmer des Bungalows bequem. Angesichts der guten Stimmung wunderte es Hannah nicht, dass weder Drogen noch Brandsätze oder Waffen auf dem Gelände gefunden wurden. Den einzigen Fund machten die Beamten in der an den Bungalow angrenzenden Schmiede. Hier stellten sie eine Axt, drei Schwerter sowie einen Haufen handgeschmiedeter Symbole wie Haken- und stilisierte Keltenkreuze sicher.

Nachdem die Spurensicherung ihre Untersuchungen abgeschlossen hatte, sah Hannah sich den rußgeschwärzten Raum genauer an. In der Mitte stand ein Schleifstein neben einem wuchtigen Amboss, und über der Feuerstelle hingen unzählige Zangen, Hammer und andere Gerätschaften an der Wand.

»Hier sind Sie!« Schwer atmend stürmte Novák in die Schmiede. »Was habe ich verpasst?«

»Nicht viel. Die Durchsuchung läuft noch, bisher wurde aber nichts Relevantes gefunden.«

»Und wer sind die Männer bei Winkler?«

»›Dresdner Kameraden‹, sprich der Dresdner Blood-and-Honour-Chef Axel Vogt mit seinen Leuten. Ich nehme an, die sind hier, um für Ruhe zu sorgen und das Geschäft zu sichern.« Hannah trat näher an den Leutnant heran und flüsterte: »Ich denke, jemand hat sie vor der Durchsuchung gewarnt. Das Gelände ist viel zu sauber.«

Novák zog die Augenbrauen hoch. »Oha!«

»Hat denn Ihre gestrige Befragung der Clubmitglieder etwas ergeben?«

Genervt winkte der Leutnant ab. »Die haben alle ein Alibi. Wenn man ihnen glaubt, war Claus allein in Tschechien unterwegs.«

»Also hat auch niemand gesehen, wer ihm den Schädel eingeschlagen hat?«

»Nein, sie –«

»Chef, wir haben was!« Der Ruf kam von hinter der

Schmiede. Hannah und Novák rannten um das Gebäude herum und sahen, wie vier Polizisten einen Motorradanhänger beiseiteschoben. Darunter kam eine braun lackierte Bodenklappe mit einem schweren Riegel zum Vorschein.

»Was treibt ihr da unten?« Pauer stand so dicht vor Winkler, dass die Speichelfetzen, die ihm beim Brüllen aus dem Mund flogen, im Gesicht des Kahlköpfigen kleben blieben. Der Boden des modrigen Kellerlochs, das die Beamten unter der Klappe gefunden hatten, war überzogen von geronnenem Blut.

»Nur ›ein bisschen foltern‹ oder auch mal mehr? Ja? Hattet ihr vielleicht auch Dennis da drin?«

Im Versuch, Pauer auszuweichen, presste sich Winkler an die Wand seiner Schmiede, doch der Kommissar ließ ihm keinen Platz.

»Wo ist Dennis?«

»Woher soll ich das wissen? Der Keller … das ist nur, wenn mal einer durchdreht … zum Ausnüchtern.«

»Ach ja? Und das Blut?« Pauer lachte höhnisch. »Die haben sich alle selbst verletzt, oder was?«

»Jetzt mal langsam, Ralf.« Väterlich legte Ziegler dem Kriminalkommissar die Hand auf die Schulter und zog ihn von Winkler weg. »Mario«, begann der Revierleiter in versöhnlichem Ton, »erklär uns doch mal, für was ihr den Raum da unten nutzt.«

Novák zupfte Hannah am Ärmel und bedeutete ihr, ein paar Schritte mit ihm zu gehen. Etwas abseits vom Geschehen blieb er stehen und sagte: »Auch wenn das jetzt nichts mit dem Folterraum da zu tun hat, denn wir wissen ja, wo Uhlig seine Hand verloren hat, aber erinnern Sie sich noch an die Ausführungen des Rechtsmediziners über das Ablatieren? Könnte Uhligs Hand nicht mit einem glühenden Schwert oder einer Axt abgetrennt worden sein?«

»Der Gedanke war mir vorhin in der Schmiede auch gekommen.« Hannah griff nach ihrem Handy und wählte Obenaufs Nummer.

»Ich bezweifle, dass Sie den Doktor sonntags erreichen«, warf Novák mit einem feinen Clark-Gable-Lächeln ein. »Wahrscheinlich ist er in der Kirche.«

Tatsächlich sprang bereits nach dem ersten Klingeln der Anrufbeantworter des Rechtsmediziners an.

»Oder auf dem Golfplatz«, erwiderte Hannah und legte auf.

Ein Einsatzwagen rollte an ihnen vorbei, und Hannah sah, wie Pauer Winkler unsanft hineinschob.

»Was wird 'n das?«, brüllte Vogt, der die Befragung seines Kameraden aus der Entfernung beobachtet hatte. Grob schubste der muskelbepackte Dresdner Blood-and-Honour-Chef die umstehenden Polizisten beiseite und stellte sich dem Transporter in den Weg. Beschwichtigend trat Ziegler auf ihn zu. Hannah konnte nicht hören, was sie sprachen, aber schließlich zog Vogt sich zurück und ließ den Streifenwagen passieren. Mit düsterer Miene stapfte Pauer auf sie zu, an seiner Stirn pulsierten zwei dicke Adern. »Die Show geht aufm Revier weiter. Kommen Sie mit, Leutnant?«

Winklers Befragung zog sich in die Länge. In Anwesenheit seines gut gekleideten Anwalts verweigerte er jede Aussage zum Kellerverlies und beharrte wie am Vortag darauf, in der Nacht des Überfalls auf das »Tausendschönchen« mit seiner Familie zu Hause gewesen zu sein und nichts von Brandsätzen, Drogen oder Waffen zu wissen.

Hannah, die das zähe Verhör auf einem Bildschirm im Nachbarzimmer verfolgt hatte, stand auf, um sich einen Kaffee aus dem Getränkeautomaten im ersten Stock zu holen. Schmatzend spuckte die Maschine schwarzes Wasser in einen braunen Plastikbecher, während Hannah auf den Parkplatz hinter dem Revier blickte. Drei Streifenwagen standen mit den Schnauzen zu einer kleinen, ungepflegten Grünfläche, eine einsame Amsel tippelte über den Asphalt.

Unvermittelt schwang die Tür zum Bereich mit den Arrestzellen auf, und zwei Polizisten verließen das Gebäude. Zwischen ihnen liefen zwei Jungen, deren Hände mit Handschellen auf dem Rücken gefesselt waren. Hannah erkannte den graugesichtigen Polizeimeister Müller, Černys Neffen und seinen Freund sofort wieder. Grob bugsierten die Beamten die Jugendlichen auf die Rückbank eines Streifenwagens und fuhren mit ihnen davon. Auf Nachfrage erfuhr Hannah von den Kollegen vom Arrest, dass die beiden Jungen nach Tschechien überstellt werden sollten.

Auf dem Weg zurück zum Verhörraum kam Novák ihr im Treppenhaus entgegen.

»Haben Sie Winkler gehen lassen?«, fragte Hannah überrascht.

Der Leutnant nickte. Sein Schnurrbart wirkte noch dünner als sonst, so wütend presste er die Lippen aufeinander.

»Ich müsste dringend rauchen. Begleiten Sie mich auf einen Spaziergang?«

27

Auf dem Weg Richtung Festwiese fasste Novák auf Hannahs Bitte hin das Verhör noch einmal zusammen. Außer den Blutspuren im Verlies und den verfassungsfeindlichen Schmiedearbeiten hatten sie nichts gegen den Motorradclub in der Hand, und da keine Fluchtgefahr bestand, mussten sie Winkler gehen lassen.

»Ist er denn der neue Chef des MC?«, fragte Hannah.

»Davon geht Pauer aus, auch wenn er vermutet, dass die Dresdner jetzt das Oberkommando übernehmen.«

Sie liefen am Rand der menschenleeren Festwiese entlang. Vom Maifest zeugten nur noch der aufgewühlte matschige Boden und der herumliegende Müll.

»Übrigens werden Černys Neffe und sein Freund gerade nach Tschechien überstellt«, bemerkte Hannah.

»Wirklich? Ich dachte, Pauer lässt die beiden schmoren, bis sie achtzehn sind.«

Hannah lächelte. »Manche Dinge gehen doch schneller, als man meint. Apropos, haben Sie schon Claus' Obduktionsbericht bekommen?«

Novák nickte und blies den Rauch seiner zweiten Zigarette langsam durch die Nase aus. »Habe ich gerade während des Verhörs bekommen. Anscheinend wurde Claus in voller Fahrt von einem Holzbalken im Gesicht getroffen, stürzte und brach sich dabei das Genick.«

Sie überquerten die Zwickauer Mulde. Das massive Stahlkonstrukt der Fußgängerbrücke wirkte wie für einen reißenden Bergbach gemacht, doch die Mulde plätscherte nur friedlich darunter entlang.

»Gestern in den Einzelbefragungen«, fuhr der Leutnant fort, »bestanden alle Frauen weiter darauf, ihn getötet zu haben. Sie erzählen alle die gleiche Geschichte, nur mit sich selbst als Täterin. Und da Claus' Kameraden schweigen und wir keine

Tatwaffe gefunden haben – der Balken ist wahrscheinlich im Feuer gelandet –, wird das wohl ein ungelöster Fall bleiben.«

»Wie bedauerlich.«

»In der Tat«, fügte der Leutnant hinzu und versteckte sein Lächeln leidlich hinter Rauchschwaden.

Sie liefen über den Parkplatz hinter dem Simmel-Center Richtung Markt.

»Hätten Sie etwas dagegen, wenn wir noch mal zum Gelände des Motorradclubs gehen?«, fragte Novák unvermittelt. »Ich würde mir doch gerne den Folterkeller genauer ansehen.«

»Gute Idee.«

Am Markt bogen sie nach rechts ab und liefen in Richtung Kirche, Hannahs Joggingstrecke. Auf dem weitläufigen Platz saßen ein paar Leute vor der Eisdiele und genossen den Sonnenschein, zwei Jungen spielten Fußball.

»Sind Sie denn bei der Suche nach Uhlig weitergekommen?«, fragte Novák und drückte seine Zigarette an einem Mülleimer aus.

»Ich habe seine Freundin gefunden.«

»Wirklich? Das ist ja großartig!« Begeistert blickte der Leutnant Hannah an. »Und?«

»Uhlig hat sie bei Černy freigekauft, wo sie die Schulden ihrer Familie für den Schmuggel ihrer Brüder nach Europa abarbeiten musste. Sie sagt, Uhlig hätte Černy als Gegenleistung Informationen über irgendwas mit Drogen gegeben. Nachdem sie auf den Baumstumpf geprallt waren, wäre Uhlig auf ein Licht im Wald zugelaufen und nicht wiedergekommen. Die beiden wollten nach Südafrika auswandern und ein Hostel eröffnen.«

»Wie romantisch«, seufzte der Leutnant mit leisem Spott.

»Sehr romantisch«, bestätigte Hannah trocken. »Ich denke nur langsam, aus dem Plan wird nichts mehr.«

Nachdem sie das Amtsgericht passiert hatten, überquerten sie die Schwarzenberger Straße und bogen links in Richtung des Gewerbegebiets an der Zwickauer Mulde ab. Hinter einem Wildtierzaun grasten drei Esel.

»Hallo, Frau Hauptkommissarin! Hallo, Herr Leutnant!«

Vor einer leeren Futterraufe hockten die drei Kinder aus dem Heim am Gabelsberg, Lenni, Nele und Marie, und winkten ihnen zu.

»Was macht ihr denn da?«, fragte Hannah.

»Streiken.« Lenni sprang auf und trat an den Zaun. »Herr Matuschek behauptet, es macht uns Spaß, den Mist hier wegzuputzen, macht's aber nicht.«

»Gehören die Esel zu eurem Heim?«, erkundigte sich Novák.

»Naa!« Lenni wackelte entschieden mit seinem kleinen Kopf. »Das hier ist der Zoo der Minis. Hier gibt's Miniponys, Minischweine, Minimungos ...«

»Die heißen Zwergmungos und Zwergschweine«, unterbrach Nele seine Aufzählung. »Selber Zwergmungo«, rief Lenni und streckte ihr die Zunge raus. Wütend sprang Nele auf und stürzte sich auf ihn.

Nováks Handy klingelte. Der Leutnant nahm ab, und Hannah konnte Pauers wütende Stimme am anderen Ende hören.

»Sagt mal«, mischte sie sich in das Gezanke der Kinder ein, »was wolltet ihr eigentlich kürzlich mit eurem Reim sagen? Welchen Raum im Wald meint ihr?«

»Na, den mit dem tanzenden Licht.«

»Und wo ist der?«

Nele, die mit ihrem schielenden Auge immer einen verklärten Eindruck machte, kam Lenni mit der Antwort zuvor: »Er wandert. Man kann ihn nicht suchen, nur finden. Das heißt, er findet dich, so wie in Grimmes Märchen.«

»Du meinst Grimms Märchen?«

»Nein, Grimmes«, sagte Nele.

»Habt ihr 'n Euro für uns?«, mischte sich Lenni ein. »Wir haben Durst.«

»Nein, aber ich würde euch eine Limo spendieren.«

Die Kinder sahen einander an, erwiderten im Chor: »Gebongt«, und galoppierten in wilden Bocksprüngen zum Tor an der anderen Seite des Geheges.

»Ich muss leider zurück aufs Revier«, erklärte Novák und steckte sein Handy ein. »Pauer will noch etwas besprechen.«

»Das tut mir leid für Sie.« Hannah grinste. »Halten Sie mich auf dem Laufenden.«

»Das werde ich«, entgegnete Novák und tippte sich zum Abschied galant grüßend an die Stirn.

Die Kinder warteten bereits vorm Kassenhäuschen des Zoos auf einer Bank. Hannah kaufte vier Zitronenlimonaden und setzte sich zu ihnen. Irgendwo hinter ihnen meckerte eine Ziege.

»Herr Grimme erzählt euch also manchmal Märchen?«, fragte sie. Durstig saugten die drei an ihren Strohhalmen und nickten einstimmig. »Und was bedeutet da der Raum mit dem Licht?«

»Er ist böse«, flüsterte Marie. »Er lockt die Menschen an wie das Licht die Motten. Tiere haben Angst vor ihm, aber die Angst macht sie selber böse.«

»Das sagt Grimme?«

Die Kinder nickten.

»Helft ihr ihm auch mit seinen Vögeln?«

»Schon lang nicht mehr«, erwiderte Lenni entschieden. »Die Kanarien sind süß, aber die anderen …« Er zog eine angewiderte Grimasse.

»Grimme ist böse«, platzte Nele heraus. »Die Kanarienvögel hat er nur, um sie den Großen zu füttern oder mit in den Berg zu nehmen.«

»Seid ihr schon mal mit ihm im Berg gewesen?«

»Sonntags holt er manchmal Kinder ausm Heim und zeigt ihnen die Vögel und dann den Berg«, erklärte Lenni.

»Und was zeigt er euch im Berg?«

»Na, die Gänge und Bohrer und wie die Männer da früher gearbeitet haben.«

»Die anderen haben Angst vor ihm«, wisperte Marie Hannah zu. »Sie sagen, er ist der Teufel vom Berg.«

»Das sagen hier einige«, erwiderte Hannah ebenfalls flüsternd. »Habt ihr denn auch Angst vor ihm?«

Ruckartig stand Lenni auf und zog die Mädchen mit sich von der Bank. »Wir müssen jetzt weiter streiken.«

Ohne sich zu verabschieden, rannten die drei davon in Richtung Eselsgehege.

28

»Glück auf!« In großen Buchstaben hing der alte Bergmannsgruß über ausrangierten Bergbaumaschinen vor dem Markus-Semmler-Besucherzentrum in Bad Schlema. Beim Eintreten empfing Hannah das fröhliche Zwitschern zweier Kanarienvögel, die in einem Käfig auf dem Tresen hockten, ansonsten war niemand zu sehen. Sie sah sich um. An den Wänden hingen Schaukästen mit verschiedenen Mineralien.

»Glück auf, Frau Stein!«

Mit einem breiten Lächeln, das eher wie eine gymnastische Anstrengung aussah, trat Grimme in einem abgetragenen blauen Overall aus einer Tür hinter Hannah. Durch das Blau des Plastikanzugs wirkte er noch braun gebrannter als bei ihrem letzten Treffen. »Was führt Sie denn hierher?«, fragte der ehemalige Stasi- und spätere LKA-Mitarbeiter und taxierte Hannah mit seinen hellblauen, stechenden Augen.

»Ich wollte mir zur Abwechslung mal einen Stollen ansehen, der noch nicht zum Drogenlabor umgebaut wurde.«

Grimme lachte trocken. »Freut mich, dass Sie sich für unsere Kultur interessieren. Ich hatte schon befürchtet, ich müsste heute alleine einfahren.«

Er trat zu den Kanarienvögeln an den Tresen und tippte etwas in die altertümliche Kasse ein. Mit einem Bimmeln sprang die Lade auf. »Das wären dann bitte dreizehn Euro.«

Hannah reichte ihm das Geld. »Machen Sie die Führungen hier ehrenamtlich?«

»Aber natürlich – ich kann nicht ohne die Berge. Nach der Wende und der Stilllegung der Gruben, das war schrecklich für mich. In unserer Umkleide«, er deutete auf die Tür, aus der er zuvor getreten war, »finden Sie Overalls und Gummistiefel. Den Rest bekommen Sie dann hier von mir.«

Nachdem Hannah einen blaugrünen Nylonoverall und schwarze Gummistiefel angezogen hatte, überreichte Grimme ihr noch einen weißen Helm mit Lampe sowie eine kleine Metallbox an einer Lederschnur.

»Das ist ein Sauerstoff-Selbstretter, ein Atemschutzgerät«, erklärte der ehemalige Bergmann und zeigte auf die Box. »Vielleicht erinnern Sie sich noch an unser letztes Gespräch? Da erwähnte ich ja bereits böse Wetter. Durch verschiedenste Umstände kann es in Grubenbauen zur Konzentration von nicht atembaren Gasen kommen. Deswegen muss man unter Tage dieses Gerät mit sich führen. Dann schafft man es wenigstens wieder nach oben.« Er griff nach dem Käfig mit den zwitschernden Kanarien und steuerte dem Ausgang zu.

»Erwarten uns denn böse Wetter, oder warum nehmen Sie die Vögel mit?«, fragte Hannah misstrauisch.

»Keine Angst, Frau Stein, die sind nur zur Unterhaltung.«

Sie liefen über die Straße zum Eingang von Schacht 15IIb. Der Aufzug in den Schacht war in einem turmartigen Holzverschlag untergebracht. Der schmale vergitterte Förderkorb vibrierte heftig, als Grimme auf einen Knopf drückte, sechs Glockenschläge ertönten und sie in vollkommener Dunkelheit in die Tiefe sanken. Unten angekommen zog er die Abdeckplane vor dem Gittergestell mit einem Ruck hoch, und augenblicklich schlug ihnen kalte, feuchte Luft entgegen.

»Willkommen auf der Markus-Semmler-Sohle, vierundfünfzig Meter unter der Erde«, sagte Grimme und öffnete die Gittertür des Förderschachts. Hannah fiel sofort auf, dass anders als in dem explodierten Stollen die Wände hier mit modernen Stahlträgern gesichert und mit Beton verspritzt waren. Zudem brannten an der Decke in regelmäßigen Abständen Sicherheitslampen.

»Der Markus-Semmler-Stollen«, begann Grimme und marschierte den Gang hinunter, »wurde im 16. Jahrhundert zur Entwässerung der Oberschlemaer und Schneeberger Bergwerke angelegt und ist das älteste ununterbrochen in Betrieb stehende Grubengebäude sowie mit einer Länge von über zweihundertzwanzig Kilometern auch das größte Stollensystem in ganz Deutschland. Als 1168 bei Freiberg Silber gefunden wurde, begann im Erzgebirge das erste Berggeschrey. Mit der Besiedlung der recht unwirtlichen Gegend –«

»Haben Sie auch hier gearbeitet?«, unterbrach Hannah ihn.

»Nicht direkt. Im 16. Jahrhundert –«

»Aber unter Tage?«

Sichtlich genervt drehte sich Grimme zu ihr um. »Ja, etliche Jahre. Aber das wissen Sie doch sicher aus meiner Akte. Im 16. Jahrhu–«

»Die Frühgeschichte interessiert mich nicht«, unterbrach Hannah ihn erneut. »Erzählen Sie lieber, warum die Leute Sie den ›Teufel vom Berg‹ nennen.«

»Dummes Gewäsch!« Grimme wendete sich ab und lief weiter in den Berg hinein. »Sie wissen doch, wie es in der Provinz ist! Neid, Missgunst … Wenn man nicht von hier stammt, wird man nie voll akzeptiert. Der Erzgebirgler an sich hat nichts gegen Ausländer, aber gegen Fremde, und fremd ist man schon, wenn man aus dem Nachbarort kommt. Gestern Nacht gab es einen Angriff auf das BSZ in Aue, da sind minderjährige Flüchtlinge untergebracht. Ihre Kollegen brauchten über eine Stunde, bis sie dort waren, obwohl das Heim keine zweihundert Meter vom Revier entfernt ist. Die Jugendlichen haben sich dann selbst geholfen und sind auf ihre Angreifer losgegangen.«

»Also sehen Sie sich als Opfer?«, fragte Hannah provozierend.

»Nein«, erwiderte Grimme ruhig und ohne sich umzudrehen. »Ich habe Ihnen nur erklärt, warum man mich hier nicht gerade liebt, trotz meines Engagements für die Region. Aber wem sag ich das? Sie kennen sich ja sicher mit Diskriminierung aus, als Sintiza.«

Sprachlos starrte Hannah Grimme an. Woher wusste dieser Typ, dass ihre Familie, genauer die ihres Vaters, Sinti waren? Das stand nicht mal in ihrer BKA-Akte. Unvermittelt blieb Grimme neben einer alten orangen Grubenbahn stehen.

»Da wären wir! Zur Feier des Tages fahren wir Bahn. Aber Vorsicht: Strecken Sie Ihren Kopf nicht zu weit raus!«

Er stellte den Käfig mit den tapfer zwitschernden Vögeln

auf den vorderen der beiden Holzsitze im ersten Waggon und bedeutete Hannah, auf dem anderen Platz zu nehmen. Er selbst schwang sich behände auf die kleine Lok und ließ den Motor an. Unter ohrenbetäubendem Lärm setzte sich der Zug in Bewegung. Verängstigt verstummten die Kanarienvögel und kauerten sich im Käfig aneinander. Hannah fühlte sich in dem winzigen Wagen ebenfalls wie in einem Käfig. Durch die schmalen Türöffnungen sah sie nur vorbeifliegendes Gestein und ab und an einen abzweigenden Gang, dann verschwand die Deckenbeleuchtung, und sie sah gar nichts mehr. Nach einer gefühlten Ewigkeit wurde es wieder heller, und der Zug hielt an.

In diesem Teil des Schachts waren die Wände nicht mehr von Stahl, sondern wie in dem explodierten Stollen lediglich durch Holzbalken gestützt und unverputzt. In größeren Abständen brannten Neonröhren an der Decke. Neben der nächsten wuchsen drei Farnstängel aus dem Gestein, die eine Spinne dazu genutzt hatte, ihr Netz zu spannen. Hannah schwankte leicht beim Aussteigen.

»Nu, ein bisschen flau?« Grinsend warf Grimme den Kanarien eine Handvoll Körner aus seiner Overalltasche in den Käfig. Mit einem Schlag wieder fröhlich piepend, machten sich die Vögel darüber her.

»Wunderbare Tiere, die nehmen einem nie was übel. Wie mein Adler. Mit ihr war ich gestern im Wald bei Erlabrunn unterwegs, als –«

»Ist der Adler gestern abgehauen?«, unterbrach Hannah ihn.

»Nein. Wie kommen Sie denn darauf? Wie auch immer, da, mitten im Wald, begegneten mir mehrere Transporter, die nicht gerade nach Forstbetrieb aussahen. Erst hab ich mir nichts weiter gedacht, aber später habe ich sie vor einer ehemaligen Wismut-Lagerhalle wiedergesehen, die von zwei Männern mit Sturmgewehren bewacht wurde.« Grimme machte eine Pause.

»Ihr Adler ist also gestern nicht abgehauen?«

»Nein! Warum denken Sie das denn?« Grimmes blaue Augen blitzten Hannah kalt an.

»Na gut. Haben Sie die beiden Wachen denn erkannt?«

»Nein, die waren nicht von hier.«

»Und jetzt soll ich Sie fragen, was Sie denken, was da im Wald bewacht wird?«

»Das Deuten überlasse ich natürlich Ihnen, ich bin ja Gott sei Dank pensioniert«, erklärte Grimme. »Aber wenn jetzt sogar schon bei uns jemand versucht, dieses verdammte Kristall herzustellen, ist man doch geradezu verpflichtet, die Augen offen zu halten. Also, falls Sie die Halle überprüfen wollen, ich stelle Ihnen gerne die Koordinaten zur Verfügung.« Er nahm den Vogelkäfig aus dem Waggon. »Aber gehen wir weiter. Ich möchte Ihnen schließlich noch was bieten für Ihr Geld.«

Sie liefen eine Weile schweigend nebeneinanderher, bis Grimme unvermittelt anhielt und mit seinem freien Arm zur Decke zeigte.

»Hier sehen Sie einen unserer besten Urangänge.«

»Heißt das, wir werden gerade verstrahlt?«, fragte Hannah.

»Nein, keine Angst, die Strahlung ist nicht mehr gefährlich. Dieser zweihundertachtzig Millionen Jahre alte Uran-Quarz-Calcit-Gang war mit fast zehn Metern einer der breitesten, den wir hier je hatten. Diese primäre Uranvererzung hat in Oberschlema die höchste –« Er verstummte. »Entschuldigung, ich lasse mich schon wieder mitreißen. Aber Sie interessieren sich ja gar nicht für unseren Bergbau. Was interessiert Sie denn noch hier unten?«

»Am meisten Geschichten wie die des verschwundenen Kumpels Kuno Rott. Sie erwähnten bei unserem letzten Treffen, es gäbe noch andere, ähnliche Fälle?«

»Ja.« Grimme überlegte einen Moment. »In allen verlor das Opfer ein Körperstück, bevor er oder sie endgültig verschwand. Aber diese anderen Geschichten kenne ich nur vom Hörensagen.«

»Das heißt, es sind Märchen?«

»Nein, das würde ich nicht sagen, obwohl ja auch Märchen meist einen wahren Kern haben.«

»So wie das vom leuchtenden Raum?«, bohrte Hannah nach.

»Was meinen Sie jetzt?«

»Ich habe gehört, Sie nehmen manchmal Kinder mit in den Berg und erzählen ihnen Märchen.«

»Das stimmt. Von den Kindern vom Gabelsberg kommen ab und an mal ein paar mit. Macht Spaß, den armen Geschöpfen was von unserer Kultur und Geschichte zu vermitteln, kümmert sich ja sonst keiner drum.«

»Und was ist nun der ›wahre Kern‹ an dem Märchen vom leuchtenden Raum?«

Grimme lächelte Hannah kalt an.

»Ich hätte nicht gedacht, dass Sie Interesse an Märchen haben. Nun«, er schaltete in einen übertriebenen Erzählonkel-Duktus um, »in allen Bergbauregionen der Welt werden Geschichten von Berggeistern erzählt. Manche nennen sie auch Bergmönche, Bergteufel, Bergmännchen oder Trolle. Einige sind den Menschen freundlich gesinnt, andere nicht. Bereits im ersten literarischen Werk zum Bergbau im Erzgebirge, dem ›Gericht Jupiters‹ von Paulus Navis, das Anfang des 16. Jahrhunderts entstand, sind auf einem Holzschnitt drei nackte kindliche Wesen ohne eindeutige Geschlechtsmerkmale abgebildet, die Schutzgeister des Bergbaus. An einer anderen Stelle erwähnt Navis aber auch die gefährlichen Untertagedämonen, die den Menschen Gewalt antun.«

»Und in Ihrem Märchen«, fragte Hannah nach, »ist das ein böser oder ein guter Geist, der das Licht in dem Raum anmacht?«

»Früher war er freundlich und hilfsbereit, doch leider enttäuschten ihn die Menschen zu oft. Nun spukt er als Licht durch die Wälder und lockt Menschen unter die Erde, wo er dann seinen Schabernack mit ihnen treibt wie die Katze mit der Maus.«

»Er ist also wie ein Irrlicht?«

»Das weiß ich nicht«, sagte Grimme wieder mit seiner normalen Stimme, »da ich noch nie eines gesehen habe. Ich bin aber auch noch nie einem Zwerg oder Riesen begegnet, von denen es hier ja auch etliche geben soll. Vielleicht bin ich zu pragmatisch veranlagt. – Möchten Sie noch weitergehen?«

Hannah schüttelte den Kopf. »Nein danke, aber gibt es hier eine Toilette?«

»Nur Dixis.« Grimme sah sich um und deutete dann auf einen Stollen, der einige Meter weiter nach links abging. »Gehen Sie den bis zum Ende und dann rechts.« Er griff nach der kleinen Lampe an Hannahs Helm und schaltete sie an. »So, jetzt sehen Sie auch was, dahinten gibt es nämlich keine Beleuchtung mehr.«

Hannah setzte vorsichtig einen Fuß vor den anderen. Die Grubenlampe spendete gerade genug Licht, dass sie einige Meter in den schmalen, grob gehauenen Gang vor sich sehen konnte. Der Stollen wand sich nach rechts und links, bis er ohne Abzweigung an einer riesigen Bohrmaschine endete. Die Maschine hatte das Gestein um sich herum zerlöchert wie einen Schweizer Käse. Durch die zahlreichen schmalen Spalten drang ein schwaches gelbliches Leuchten, das Hannah an Sterne an einem klaren Nachthimmel erinnerte. Unwillkürlich trat sie näher an die Wand heran. Das Gestein schien zu schwitzen. In kleinen Rinnsalen lief Wasser über die schwarz glänzende Oberfläche zu Boden.

War es die Bewegung des Wassers, oder bewegte sich der Stein? Etwas in Hannah drängte sie dazu, ihn zu berühren. Wie Motten das Licht, schoss es ihr unvermittelt durch den Kopf und sie zwang sich, von der Wand zurückzutreten. Dann drehte sie sich um und hastete den Gang zurück. Hinter einer Rechtskurve stand sie plötzlich vor einer Gabelung. War sie ihr vorher nicht aufgefallen, oder war da keine gewesen? Hektisch leuchtete Hannah mit der kleinen Lampe in die abzweigenden finsteren Gänge. Von rechts wehte ein warmer Hauch. Sie folgte ihm, lief immer schneller. Eine weitere Gabelung. Diesmal entschied sich Hannah für den linken Gang, doch auch er führte sie nicht zum Ausgangspunkt zurück, sondern schien sich nur immer tiefer in den Berg zu winden. Unversehens blieb Hannah stehen. Das Herz schlug ihr bis zum Hals. Verdammt, sie hatte sich verlaufen!

Mit einem Schlag wurde ihr bewusst, wie verloren sie war, wenn sie Grimme nicht wiederfand; wie viel Gestein zwischen ihr und der Oberfläche lag und wie schnell das hier tödlich enden konnte. Beruhigend legte sie ihre Hand auf die Brust. Bloß nicht *traashern*! Bloß keine Angst. Der Gedanke an ihren Großvater ließ sie lächeln. Mit einem Mal hörte sie vom Ende des Gangs einen Vogel zwitschern. Hannah rannte los und stand keine Minute später wieder vor Grimme. Sie war aus demselben Stollen gekommen, in den sie hineingegangen war.

»Alles in Ordnung, Frau Stein?«

»Nein«, keuchte Hannah wütend. »Dahinten ist keine Toilette. Sie haben mich in einen Irrgang geschickt!«

Für einen kurzen Moment schien der ehemalige Bergmann unter seiner Bräune zu erbleichen, dann hatte er sich wieder im Griff. »Nun, ich werde auch älter. Und wie man sagt, der Berg verändert den Geist. Dann fahren wir mal besser zurück über Tage, bevor wir noch beide verloren gehen.«

Am Förderkorb angekommen, öffnete Grimme das schwere Gitter und ließ Hannah einsteigen. »Denken Sie, Sie finden ab hier alleine raus? Ich müsste noch die Entwässerung kontrollieren.«

»Wenn Sie mich nicht wieder in die falsche Richtung schicken, ist das kein Problem.«

»Das mit der Toilette tut mir aufrichtig leid, Frau Kommissarin. Ich weiß nicht, wie ich mich so irren konnte.«

»Wie Sie sagten, der Berg verändert den Geist. Oder kann es sein, dass sich die Gänge verändern?«

»Nur wenn sie einstürzen.«

»Ach, wirklich? Sie können sich also nicht bewegen wie etwa … ein Darm?«

Grimme lachte. »Sie müssen wirklich dringend aufs Klo, was? Aber wenn Sie gerne einen analen Vergleich wollen, dann passt eher das Bild einer Analfistel auf ein Bergwerk. Der ganze Fels ist durchbohrt, immer tiefer wachsen die Gänge in die Berge, nur dass sie sich leider nicht von selbst graben.«

»Klingt, als kennen Sie sich mit Fisteln aus.«

»Gute Fahrt, Frau Stein.« Grimme schloss das Gitter und setzte den Förderkorb in Bewegung.

29

Hannah war schon auf dem Rückweg nach Aue, als ihr Handy eine SMS von Grimme anzeigte. Er hatte ihr die Koordinaten der ominösen Halle im Wald geschickt. Nach seiner Beschreibung hatte Hannah sofort vermutet, dass sich dort ein weiteres beziehungsweise neues Labor oder Lager des MC befinden musste. Sie hatte Grimme nur nicht die Genugtuung geben wollen, sich für seine Auskunft zu interessieren. Als sie gerade begonnen hatte, seine Nummer zu wählen, rief Novák an.

»Leutnant, ich wollte mich auch grad bei Ihnen melden.«

»Wo waren Sie denn die ganze Zeit? Černys Neffe und sein Freund sind verschwunden!« Nováks Stimme überschlug sich vor Aufregung. »Ich hatte Zeman informiert, dass sie nach Tschechien überstellt werden, bisher sind sie aber auf keinem Revier aufgetaucht, und in Aue weiß plötzlich auch keiner mehr, wo sie sind!«

»Und jetzt macht sich der Oberst Sorgen?« Hannah konnte sich einen ironischen Unterton nicht verkneifen.

»Nein, aber Černy. Er mobilisiert seine Leute.« Es folgte eine kurze Pause, dann ergänzte Novák: »Entweder wurden die beiden vom MC entführt oder –«

»Jemand vom Auer Revier steckt mit dem Motorradclub unter einer Decke«, vervollständigte Hannah seine Überlegung. »Verdammt!«

»Kann man wohl sagen«, knurrte der Leutnant. »Konnten Sie die Beamten erkennen, die die Jungen heute Mittag mitgenommen haben?«

»Der eine heißt Müller, der war auch bei der Durchsuchung beim MC dabei, den anderen kenne ich nicht. Und Sie und Zeman glauben, Černy rüstet zum Angriff gegen den MC?«

»Es deutet zumindest alles darauf hin. Laut Zeman sammelt Černy seine Leute in seinem Haus in Karlovy Vary.«

»Ich habe gerade einen Hinweis auf eine verdächtige Halle

in der Nähe von Erlabrunn bekommen«, erzählte Hannah. »Sie soll von bewaffneten Männern bewacht sein. Ich fahre da jetzt hin, vielleicht sind die Jungen ja dort. Halten Sie mich auf dem Laufenden, was bei Černy los ist.«

Hannah legte auf und nutzte die nächste Einfahrt zum Wenden. Gleichzeitig wählte sie die Handynummer von Mechthild Roth.

»Frau Kommissarin, wie geht's?«

»'n Abend, Frau Roth, ich müsste in den Wald und mir da was ansehen. Hätten Sie zufällig Zeit, mich zu begleiten?«

»Gerne. Wann denn?«

»Jetzt. Und es könnte spät werden.«

Die Tür zum Forsthaus war nur angelehnt. Als Hannah eintrat, strömte ihr der Duft asiatischen Essens entgegen.

»Kommen Sie rein, ich bin in der Küche.«

Die Försterin stand mit dem Rücken zu Hannah an der langen Arbeitsplatte und packte Tupperdosen in einen großen Korb. Ihre grau-schwarz gefleckten Jagdhunde lagen wie Sphingen zu ihren Füßen.

»Bian und Jutta haben heut Mittag zusammen gekocht, und da dachte ich, die Reste wären ein prima Proviant.«

Die alte Holztreppe zum ersten Stock stöhnte unter schnellen Schritten, im nächsten Moment stand Bian in der Küche.

»Haben Sie Dennis gefunden?«, fragte die junge Vietnamesin mit leuchtenden Augen. Sie sah aus, als ob sie ausgehen wollte; perfekt geschminkt, die Haare kunstvoll hochgesteckt, eine enge schwarze Trainingsjacke, dazu ein getigerter Minirock und goldene Air Max.

»Noch nicht. Dafür hab ich mit einem deiner Brüder gesprochen.«

Bian zuckte zusammen.

»Keine Angst, ich habe ihm nicht verraten, wo du bist«, sagte Hannah. »Nur, dass sie dich in Ruhe lassen sollen. Dennoch wäre es besser, wenn du zumindest für eine Weile von hier weggehen würdest.«

Bian schossen Tränen in die Augen. Rasch senkte sie den Blick und starrte auf ihre Füße.

»Schicke Sneaker, hat Dennis die dir geschenkt?«, fragte Hannah.

»Ja. Er liebt Air Max, hat selbst vier Paar.« Bians Stimme zitterte, als sie hinzufügte: »Die sind aber alle schon voll im Arsch.«

»Ach Bian …« Roth nahm sie liebevoll in den Arm, und die junge Frau begann herzzerreißend zu weinen. Nach einer Weile löste sie ihr Gesicht von der Schulter der Försterin und sah Hannah an. Ihr Make-up war komplett verschmiert.

»Ich flieg nicht mehr mit Dennis nach Südafrika, oder?«

Während Roth den Picknickkorb neben ihrer Gewehrtasche auf der Rückbank des Ladas verstaute, warteten ihre Hunde in der vergitterten Transportbox im Kofferraum bereits ungeduldig darauf, loszufahren. Hannah hatte die Koordinaten, die Grimme geschickt hatte, in ihre Navi-App kopiert. Das Programm zeigte einen Punkt im Wald zwischen Sosa und Erlabrunn an und behauptete, sie bräuchten vierundvierzig Minuten bis zum Ziel.

»Verraten Sie mir, was Sie im Wald ansehen wollen?«, fragte die Försterin und ließ den Motor an.

»Eine stillgelegte Lagerhalle, die angeblich von ein paar Männern mit Gewehren bewacht wird.«

»Ah, Sie denken, das könnte ein weiteres Crystal-Labor sein?«

»Erst mal gehe ich nur einem Hinweis nach. Aber ja, vielleicht ist es ein weiteres Labor.«

Geübt navigierte Roth an den Schlaglöchern auf ihrer Auffahrt vorbei.

»Und wo müssen wir hin?«

»Richtung Erlabrunn.«

Auf der Landstraße beschleunigte die Försterin.

»Wer hat Ihnen denn den Hinweis auf die Halle gegeben?«

»Heiner Grimme«, entgegnete Hannah. »Ich war vorhin mit ihm im Markus-Semmler-Stollen.«

»Und, hat das Spaß gemacht? Lenni erzählt immer, wie unheimlich es da unten ist.«

»Kein Wunder, fünfzig Meter Gestein über einem haben definitiv etwas Beunruhigendes.«

Am Marktplatz bog Roth nach rechts ab. Obwohl es noch lange nicht dämmerte, brannten bereits die Straßenlaternen.

»Was halten Sie denn von Grimme?«, fragte Hannah. »Glauben Sie auch, er ist der Teufel vom Berg?«

Die Försterin lachte. »Nein! Er ist einfach nur so ein schrecklicher Mensch. Was wollte er denn für die Info über die Halle haben?«

»Nichts, er sagte, er will nur helfen.«

Roth schnaubte verächtlich. »Wer's glaubt! Heiner Grimme verfolgt ausschließlich seine eigenen Interessen und tut nichts, was ihm nicht selbst etwas einbringt.«

Hannah wartete, dass die Försterin weiterredete, was sie aber nicht tat.

»Und was wäre das?«

»Na, was schon! Macht und Geld, da ist er nicht kreativer als andere. Grimme handelt mit Informationen. Wer weiß, warum er Sie jetzt auf diese Halle ansetzt.«

Als sie das Ortsausgangsschild von Aue passiert hatten, beschleunigte Mechthild Roth und sagte: »Die Abfahrt Richtung Erlabrunn kommt gleich. Wo genau müssen wir denn hin?«

»Die Halle liegt zwischen Eselsberg- und Kobaltflügel. Wir sollten aber nicht zu nah ranfahren. Wenn da jemand ist, brauchen sie nicht direkt mitbekommen, dass wir auch da sind.«

Die Försterin bremste scharf und bog links nach Bockau ab. Hinter dem kleinen Ort verschwand die Straße im Wald. Wie ein Achterbahnwagen schoss der Lada über die buckelige Strecke. Obwohl Hannah sie schon zweimal gefahren war, erkannte sie außer den steilen Hügeln nichts wieder.

»Irgendwo hinter so einem Hang hab ich angehalten, als der Stollen explodiert ist.«

»War da ein Parkplatz?«, erkundigte sich Roth.

»Nein.«

»Dann war das der Teufelsberg, da fahren die Kinder im Winter immer Schlitten. Da kommt er.«

Sie rauschten durch eine Mulde auf einen Hang zu, den man bei Schnee ohne Ketten niemals hinaufkommen würde. Hannah blickte den Hang hinauf.

»Übrigens führt Grimme eine Datei, in der jeder hier einen Eintrag hat«, brummte Roth. »Irgendwas, mit dem er einen unter Druck setzen kann.«

»Und was hat er gegen Sie in der Hand?«

»Keine Ahnung, bisher hat er mich in Ruhe gelassen. Da vorne geht der Kobaltflügel los, sollen wir hier schon parken?«

Hannah sah auf ihr Smartphone, laut Navi waren es noch acht Kilometer bis zur Halle. »Nein, lassen Sie uns noch etwas weiter fahren.«

Die Försterin bog in den hell geschotterten Waldweg ein. »Forstwirtschaftlicher Verkehr frei«. Der rot-weiße Schlagbaum hinter dem Schild stand offen.

»Soll das so sein?«, fragte Hannah.

»Eigentlich nicht, eigentlich hängt da ein Schloss.«

Aufmerksam folgten sie dem Weg, der sich wie ein weißes Band schnurgerade durch den Wald zog. Unvermittelt riss die Försterin das Steuer zur Seite, fuhr ein Stück tiefer in den Wald hinein und drehte den Motor ab.

»Da kommt wer.«

Hannah sah den entgegenkommenden Wagen erst jetzt, er war noch gute fünfhundert Meter von ihnen entfernt. Staubschleudernd raste der schwarze Transporter an ihnen vorbei, ohne dass sie erkennen konnte, wer darin saß.

»Dann gehen wir wohl ab hier mal besser zu Fuß«, konstatierte Roth trocken, stieg aus und ließ ihre Hunde aus der Transportbox.

Als wüssten sie den Weg, huschten die beiden Jagdhunde wie Schatten vor ihnen durch den Wald. Hannah hatte einen schnellen Schritt, doch mit der Försterin mitzuhalten fiel ihr nicht leicht. Das Gewehr über der Schulter und den schweren Picknickkorb locker in der Hand, marschierte sie mit einer

Geschwindigkeit durchs Unterholz, die Topathleten beim Fünfzig-Kilometer-Gehen alle Ehre machen würde.

»Sind Sie gerne im Wald?«, fragte Roth unvermittelt.

»Früher ja. Als Kind habe ich viel Zeit bei meinem Großvater verbracht. Er lebte mitten im Wald in einem alten Wohnwagen in den Nordvogesen.«

»In den Vogesen! Die sollen ja sehr schön sein – und einsam.«

»Genau das liebte mein Großvater.«

Im Gehen zog Hannah ihr Smartphone aus der Tasche, um sich zu vergewissern, dass sie in die richtige Richtung liefen. »Er wollte mir auch unbedingt beibringen, in jeder Situation in der Wildnis allein zurechtzukommen.«

»Wenn Sie sich hier ohne Ihr Handy nicht orientieren können, muss ich leider sagen, die Ausbildung Ihres Großvaters ist misslungen. Die Halle liegt da vorne.«

Lächelnd deutete die Försterin geradeaus, ihren Hunden hinterher. »Aber sonst kommen Sie in ›jeder Situation allein zurecht‹?«

»Wie man es nimmt«, erwiderte Hannah und grinste zurück. »Der Angriff des riesigen Raubvogels gestern hat mich auch etwas aus dem Konzept gebracht.«

Mit einem Mal blieben Roths Hunde stehen und witterten. Auf einen kaum hörbaren Pfiff sausten sie zur Försterin zurück und legten sich ihr zu Füßen. Hannah entsicherte ihre Pistole. Leise liefen sie weiter.

30

Die ehemalige Lagerhalle stand auf einer kleinen Lichtung. Als hätte sie sich tarnen wollen, waren ihr Dach und die Wände dick mit Moos überzogen. Versteckt im Unterholz, beobachteten Hannah und Roth die beiden Männer, die das Eingangstor bewachten. Sie trugen Lederkutten und hielten Sturmgewehre in den Händen. Hannah war sich sicher, dass sie nicht zum MC gehörten, wahrscheinlich waren es »Kameraden aus Dresden«. Neben der Halle parkten vier schwere Motorräder und ein dunkelgrüner Kombi, die Marken und Kennzeichen konnte Hannah von ihrem Versteck aus nicht erkennen.

»Und, was machen wir jetzt?«, wisperte Roth.

»Wir stürmen. Scherz. Wir warten und schauen, ob wir herausbekommen, was die hier treiben.«

»Warten können wir gut.« Liebevoll strich die Försterin ihren Hunden, die platt neben ihr auf dem Bauch lagen, über die Köpfe. »Möchten Sie was essen?«

»Wenn das leise geht, sehr gern.«

Darauf bedacht, keinen Laut zu machen, öffnete Roth den Picknickkorb und packte Plastikteller, Besteck und Tupperdosen aus.

»Es gibt gelbes Hirschcurry mit gebratenen Sojasprossen und süße Reisbällchen in Holundersirup.«

Es duftete köstlich. Interessiert hoben die Hunde ihre Nasen, legten sie aber auf einen Wink ihrer Besitzerin gleich wieder ab. Mit einem Auge bei den Wachen lud Hannah sich Curry und Reis auf den Teller.

»Mmh, wunderbar«, brummte sie nach dem ersten Bissen anerkennend. »Sie sollten Ihren Gasthof mit Jutta und Bian wiedereröffnen.«

»Unter dem Motto ›Wild Asian Fusion Cuisine‹? Ich fürchte, das ist fürs Erzgebirge noch zu exotisch.«

Der größere der beiden Wachmänner öffnete die in das Metalltor eingelassene Tür und verschwand in der Halle. Hannah konnte nur sehen, dass im Inneren Licht brannte.

»Haben Sie mit Ihrem Großvater auch gejagt?«, fragte die Försterin kauend.

»Manchmal.« Beim Gedanken an ihren Großvater musste Hannah wieder lächeln. »Er würde durchdrehen, wenn er wüsste, dass ich Polizistin geworden bin.«

»Warum das?«

»Er hasste alles, was mit Staat und Kontrolle zu tun hatte.«

Roth grinste und steckte sich ein vor Sirup tropfendes Reisbällchen in den Mund. »Meine Mutter wollte auch nicht, dass ich zur Volkspolizei gehe, obwohl das nach der Schule mein größter Wunsch war. Sie meinte, dann könnte ich ja gleich beim MfS anheuern.«

»Und, Sie haben sich gefügt?«

»Als Tochter einer Malerin mit Westkontakten und zweifelhafter politischer Einstellung hatte ich eh keine Chance. Und dann noch meine Hautfarbe! Da war nix zu machen. – Und Sie? Warum wollten Sie zur Polizei?«

»Wegen meines Großvaters. Als ich acht war, kamen er und mein Zwillingsbruder bei einem Brandanschlag ums Leben. Mein jetziger Chef ermittelte damals von deutscher –«

Mit einem Knall flog das Tor der Halle auf, und drei Männer stürmten heraus. Hannah erkannte sie sofort: Axel Vogt, Mario Winkler – und der Leiter des Auer Reviers, der Erste Polizeihauptkommissar Götz Ziegler. Bebend vor Wut brüllte der übergewichtige Revierleiter Vogt an, wobei Hannah nur »Jungen aufpassen« und »Krieg« verstand, dann stapfte Ziegler zu dem grünen Kombi, der neben der Halle parkte, und raste davon. Fluchend zogen sich Winkler und Vogt in die Halle zurück und verriegelten das Tor von innen.

»Das ist ja ein Ding«, murmelte Roth. »Der Polizeichef als Drogenhändler.«

Wortlos zog Hannah ihr Handy aus der Tasche und lief ein paar Schritte in den Wald, um ungestört telefonieren zu können.

»Ja?« Bert Wendel klang genervt. Durch das Knistern in der Leitung konnte Hannah Musik und Geschirrklappern hören.

»Wen kennen wir in Sachsen, der absolut vertrauenswürdig ist?«, überfiel Hannah ihren Chef ohne Einleitung.

»Machst du Witze?«

»Mensch, Bert! Du weißt, was ich meine! Der Revierleiter von Aue macht gemeinsame Sache mit den Crystal kochenden Nazirockern, und ich muss davon ausgehen, dass sie zusammen Černys Neffen gekidnappt haben. Ich brauch ein SEK, sonst gibt es hier bald noch mehr Tote.«

Ihr Chef brummte unzufrieden. Hannah hörte, wie er sich etwas in den Mund schob und darauf herumkaute.

»Na gut«, entgegnete er schließlich. »Ich ruf Ariane an. Einer ihrer Leute meldet sich dann bei dir. Sei nett zu ihnen!«

Als Hannah zu Roth zurückkam, schleckten deren Hunde gerade die Reste aus den Tupperdosen.

»Vielen Dank, dass Sie mich begleitet haben«, sagte Hannah. »Aber das hier könnte jetzt echt gefährlich werden. Bitte fahren Sie nach Hause und erzählen niemanden von unserem Ausflug.«

Empört sah die Försterin zu Hannah auf. »Ich lasse Sie doch jetzt nicht alleine! Wenn, kommen die gefährlichen Biester gleich in der Dämmerung raus, und das lass ich mir doch nicht entgehen!«

Hannahs Handy vibrierte und zeigte eine ihr unbekannte Mobilnummer an. »'tschuldigung, da muss ich ran.«

»Sie wissen schon, dass Sonntag ist?«, donnerte eine ihr unbekannte heisere Männerstimme durch den Lautsprecher.

»Ja, leider richten sich die Entführer hier in Sachsen nicht nach den Dienstzeiten.«

Der Anrufer grunzte. »Witzig. Nun, wir kommen gerade von einem Marathoneinsatz in Schwaben und bräuchten sicher fünf Stunden bis zu Ihnen. Haben Sie keine Leute, die die Geiselnahme bis dahin beenden können?«

»Es besteht der Verdacht, dass einige der Kollegen hier selbst mit drinhängen. Es wäre also wirklich unglaublich nett, wenn Sie sich auf den Weg machen würden. Ich schicke Ihnen direkt die Koordinaten und eine Anfahrtsbeschreibung. Wie war Ihr Name noch mal?«

»König«, knurrte der Mann.

»Großartig, dann bis gleich, Kollege König.« Hannah legte auf. Nett wie aus dem Lehrbuch, sie musste über sich selbst schmunzeln. Nachdem sie König die Daten geschickt hatte, rief sie Novák an und informierte ihn über die Halle, ihre Vermutung, dass die Jungen hier festgehalten wurden, und Zieglers Verwicklung in die Sache.

»Verstehe. Ich bin inzwischen bei Zeman in Karlovy Vary, wir beobachten Černys Haus. Seine Verwandten und fast alle seine Männer sind da. Wann erwarten Sie das SEK?«

»Ich hoffe, wir haben die Jungen vorm Morgengrauen befreit. – Novák, bitte denken Sie daran, dass keine Informationen an die Auer Kollegen gehen dürfen. Ich weiß nicht, wer außer Ziegler, Müller und dem anderen an der Entführung beteiligten Polizeimeister noch involviert ist.«

»Selbstredend. Und sobald sich hier etwas tut, melde ich mich bei Ihnen.«

Während Hannah telefoniert hatte, war die Dämmerung hereingebrochen, und die Wachmänner vor der Halle waren nur noch als dunkle Schemen zu erkennen. Hannah hockte sich neben Roth und flüsterte: »Es ist wirklich sehr nett, dass Sie mir beistehen wollen, aber wir haben es hier wahrscheinlich mit einer Entführung im Drogenmilieu zu tun. Sind Sie sicher, dass Sie nicht nach Hause wollen?«

»Sehe ich unsicher aus?« Die Försterin grinste Hannah an. »Aber eine Bedingung habe ich: Ich möchte, dass wir uns duzen. Ich bin Mechthild oder Cumba, wie du magst.«

Sie streckte Hannah die Hand entgegen. Hannah zögerte kurz, dann schlug sie ein. Wer wusste schon, wie die Nacht weiterging. Im Zweifel wäre es auf alle Fälle besser, eine erfahrene und befreundete Jägerin an ihrer Seite zu haben.

31 Montag

Seit Ziegler vor mehr als fünf Stunden davongefahren und Vogt mit Winkler in der Halle verschwunden war, hatte sich nichts weiter ereignet. Nur der Vollmond war aufgegangen und tauchte die Lichtung in ein unwirkliches weißes Licht. Gleichzeitig war es wieder eiskalt geworden. Irgendwann war Mechthild eingenickt, ihre bibbernden Hunde dösten eng aneinandergedrängt zu ihren Füßen. Um nicht ebenfalls einzuschlafen und sich gleichzeitig von der Kälte abzulenken, checkte Hannah wiederholt ihre Pistole. Sie nahm das Magazin raus, prüfte den Lauf, steckte es wieder rein und sah immer wieder nach, ob sie auch keine Nachricht von Novák oder dem SEK verpasst hatte.

»Mein Gewehr kannst du auch gerne mal kontrollieren«, brummte Roth unvermittelt und gähnte herzhaft. »Wann wollten deine Kollegen eigentlich hier sein?«

Hannah steckte die Glock in ihr Schulterhalfter und sah auf ihr Handy. Es war zwei Uhr fünfundfünfzig.

»Die sollten demnächst eintrudeln.«

Ruckartig, als ob er etwas verfolgen würde, bewegte der kleinere Jagdhund seine Beine im Schlaf und schnaufte schwer. Beruhigend strich Mechthild ihm über den Kopf.

»Was ich dich vorhin schon fragen wollte, warst du eigentlich bei dem Brandanschlag auf deinen Großvater dabei?«

Hannah nickte und sah unverwandt hinüber zur Halle.

»Mein Großvater hatte noch versucht, die Tür des Wohnwagens zu öffnen, aber sie war von außen versperrt. Ich wollte gerade durchs hintere Fenster klettern, als die Gasflasche unterm Herd explodierte. Ich hab noch meinen Bruder neben mir gesehen, dann wurde ich rausgeschleudert. Ab da weiß ich nichts mehr.«

»Und dann?«, fragte Mechthild entsetzt.

»Als ich wieder zu mir kam, war der Wohnwagen nur noch eine qualmende schwarze Masse, dafür brannte mein Rücken wie Feuer. Neben mir saß ein uralter Mann. Er hatte schulterlange graue Haare, einen buschigen Bart, und selbst aus seiner Nase, den Ohren und am Nacken unter dem Kragen seiner Jacke kamen graue Haare raus. Er lächelte mich freundlich an und sagte auf Französisch: ›Hallo, mein Hase. Ich bin Ysengrin, ein alter Freund deines Papos. Hat er euch mal von mir und meiner Familie erzählt?‹«

»Wie, das war ein Freund deines Großvaters?« Mechthild klang bestürzt.

»Das behauptete er, er wurde aber nie gefasst.«

»Wieso nicht? Du hattest ihn doch gesehen und sogar einen Namen!«

»Außer meinem jetzigen Chef hat mir niemand geglaubt, dass der Wolfsmann, wie ich ihn damals nannte, das Feuer gelegt hat. Ich war wegen der Verbrennungen an meinem Rücken lange im Krankenhaus und bekam starke Schmerzmittel. Meine Eltern dachten, Ysengrin wäre ein Teil meiner Opiumphantasien. Wie die französische Polizei gingen auch sie von einem rassistisch motivierten Anschlag aus.«

»Wie, rassistisch?«, fragte Mechthild irritiert.

»Mein Großvater war ein Manouche, ein französischer Zigeuner, wie sie politisch unkorrekt heißen. Die sind auch in Frankreich nicht gerade beliebt.«

Sie schwiegen. Irgendwo schrie ein Kauz. Plötzlich krachte es im Gebüsch jenseits der Lichtung, und eine Wildschweinrotte rannte auf die Halle zu. Aufgeschreckt rissen die beiden Wachmänner ihre Waffen hoch, doch als die Sauen nur mit ihren Frischlingen auf der freien Fläche vor der Halle umhertollten, ohne sich um sie zu scheren, entspannten sich die Männer wieder. Nach einer Weile hielten die Schweine jäh im Spiel inne und blickten Richtung Waldrand. Als wäre er aus dem Boden gewachsen, stand dort zwischen den Bäumen ein Hirsch mit einem gewaltigen Geweih und starrte die Rotte an. Dann senkte er langsam seinen Kopf und stürmte brüllend auf sie los. In Panik stoben die Schweine davon und verschwanden samt Hirsch im Dunkel des Waldes.

»Verdammt«, brummte die Försterin kopfschüttelnd. »Das meinte ich, als ich von verrückten Tieren sprach. Eigentlich greift Rotwild keine anderen Tiere an.«

»Gibt es denn Wahnsinn bei Tieren? BSE heißt ja auch Rinderwahnsinn.«

»Nur im sogenannten Volksmund. Es gibt Entzündungen des Gehirns, die zu anormalem Verhalten führen können, aber Wahnsinn wie beim Menschen, also Schizophrenie oder so was, ist mir nicht bekannt.«

Schweigend sahen sie den verschwundenen Tieren hinterher.

»Mein Chef hat jahrelang vergeblich weiter nach Ysengrin gesucht.« Hannah wendete ihren Blick zurück zur Halle. »In der Hoffnung, über meinen Großvater auf Informationen zu ihm zu stoßen, fand er heraus, dass auch zu meinem Großvater, obwohl er 1925 geboren worden war, bis zu seiner Heirat 1955 keinerlei Daten existierten. Als ich zum BKA kam, brauchte ich über ein Jahr, um einen früheren Eintrag zu finden. Der stammte vom Juni 1943 aus einem Internierungslager für Nichtsesshafte in Nordfrankreich, wohin mein Großvater von Belgien aus mit seiner ersten Frau, seinem Sohn, seinen Eltern und drei Geschwistern deportiert worden war. Auf derselben Liste stand ein Ysengrin Renard mit Familie. Ihre Namen fand ich später auf einer Deportationsliste nach Auschwitz wieder.«

»Verdammte deutsche Geschichte«, knurrte Mechthild, dann sah sie Hannah an. »Glaubst du, der Ysengrin von der Liste ist der, der deinen Großvater und Bruder ermordet hat?«

Hannah zuckte mit den Schultern.

»Ich habe vor drei Jahren beschlossen, nicht mehr nach ihm zu suchen. Vielleicht war Ysengrin eh nicht sein richtiger Name und er heißt Wolf oder Roux oder … Pierre.«

Schweigend warteten sie weiter.

Wolken schoben sich vor den Mond, sodass man die Umrisse der Halle nur noch erahnen konnte. Kurz vor vier vibrierte endlich Hannahs Handy. Sie überflog die SMS, dann flüsterte sie Mechthild zu: »Das SEK ist an deinem Lada. Ich hol sie ab.

Würdest du hierbleiben und mich informieren, falls sich was tut?«

»Klar. Wenn du dich traust, ohne mich durch den Wald zu rennen?«

Die Pistole fest in der Hand, stolperte Hannah mehr durch den stockfinsteren Wald, als dass sie lief. Endlich traf sie auf den hell geschotterten Forstweg, an dem sie den Lada zurückgelassen hatten. Sie eilte auf den Wagen zu und erstarrte. Jemand oder etwas war hier und beobachtete sie. Im Dickicht neben dem Lada zeichneten sich zwei große tiefschwarze Schemen ab. Hannah schaltete die Taschenlampe ihres Handys ein und leuchtete in die Richtung. Wie eine schwachbrüstige Neonreklame reflektierte der Schriftzug »Polizei« den fahlen Lichtstrahl.

»Licht aus«, keifte eine Stimme, und Hannah fühlte kalten Stahl an ihrer Schläfe. »Identifizieren Sie sich!«

»Hannah Stein, BKA. Und Sie?«

»Okay, Werner, sie ist unser Kontakt.«

Mit einem leisen Ratsch verschwand der Polizeischriftzug, eine Türverriegelung klackte, und direkt vor ihrem Gesicht schälte sich ein kräftiger Schädel mit strohigem Backenbart aus der Finsternis. Interessiert musterte sie ein schwarzes Augenpaar, während der Mundpartie eine weiße Linie entwuchs, die rhythmisch auf und ab wippte. Ein Zahnstocher. Mit einem Mal stoppte das Wippen, und der Mann richtete sich auf. Er musste über zwei Meter groß sein.

»Ich bin König, ich führe hier das Kommando. Wo sind die Geiseln?«

»In einer Halle knappe zwei Kilometer von hier.«

Während Hannah ihm die Lage erläuterte, spürte sie mehr, als dass sie sie es sah, wie sich weitere Mitglieder des Spezialeinsatzkommandos hinter dem Einsatzleiter formierten. Nach einer Weile erkannte sie elf schwarz vermummte Männer, alle hatten die Nachtsichtgeräte an ihren Helmen heruntergeklappt. Außer König konnte sie niemandem in die Augen sehen, und bei ihm zerstreuten die Bewegungen seines hölzernen Zahnstochers, auf dem er unablässig herumkaute, die Aufmerksamkeit.

»Nach Information meines tschechischen Kollegen«, beendete Hannah ihren Bericht, »sieht es so aus, als ob demnächst ein Treffen der Geiselnehmer mit Černy, dem Chef des tschechischen Drogen- und Menschenhändlerrings, stattfindet. Er und seine Männer warten wohl nur noch auf die Details.«

»Heißt das, die kommen hierher?«

»Das denke ich nicht, dafür sind zu wenige Wachen an der Halle.«

König bückte sich langsam, bis sein Gesicht wieder auf Höhe von Hannahs war. Der Zahnstocher zwischen seinen Lippen kreiselte drohend.

»Wann haben Sie Ihren Posten verlassen?«

»Als Sie geschrieben haben. Aber es ist noch jemand da. Sie hätte sich gemeldet, wenn –«

»›Sie‹? Rufen Sie sofort Ihren Mann in Tschechien an, wir müssen genau wissen, was Sache ist«, brüllte König, wobei der Zahnstocher wie ein Pfeil aus seinem Mund flog und Hannah nur knapp verfehlte. Wutschnaubend fuhr er zu seinen Männern herum, und auf eine Handbewegung, eine Art Rühren in Soße, aber mit dem Finger nach oben, setzte sich das Spezialkommando in Bewegung.

Im Laufschritt huschten sie durch den dichten Wald, König neben Hannah vorneweg. Immer wieder versuchte sie, Novák zu erreichen, aber das Handy des Leutnants war ausgeschaltet. Hannah spürte, dass sie das hohe Tempo des Trupps nicht den ganzen Weg durchhalten würde, und ließ sich zurückfallen. Wie schwarze Geister wischten die Männer vor ihr durchs Unterholz, während sich sachte ein hellerer Blauton ins Dunkel der Nacht mischte. Hundert Meter vor der Halle hielt das Kommando mit einem Ruck an und wartete auf Hannah.

»Wo ist Ihr Beobachtungspunkt?«, knurrte König. Hannah deutete nach rechts. Als sie sich näherten, schossen Roths Jagdhunde auf sie zu, platzierten sich rechts und links vor König und blickten erwartungsvoll zu ihm auf.

»Verräter«, grollte die Försterin, trat aus dem Halbdunkel und sah von ihren Hunden zu König auf.

»Sie sind der Erste, der die beiden so beeindruckt.« Lächelnd streckte sie dem Einsatzleiter ihre Hand entgegen. »Roth, ich bin die hiesige Revierförsterin.«

König ließ seine perfekt weißen Zähne aufblitzen und steckte sich einen neuen Zahnstocher in den Mundwinkel.

»Schöne Tiere haben Sie, aber am Gehorsam müssen Sie noch arbeiten. Vielleicht mal in ’ne Hundeschule gehen.« Mit Blick zur Halle fragte er: »Hat sich hier was getan?«

Mechthild sah zu Hannah. »Ich hab versucht, dich zu erreichen, aber ich hab hier keinen Empfang. Der Glatzkopf mit dem langen Bart ist vor etwa fünf Minuten weggefahren, aber nicht zur Straße, sondern Richtung Süden, nach Erlabrunn. Dafür ist der größere Wachmann reingegangen.« Sie blickte wieder zu König. »Die hatten wohl keine Lust mehr, auf Sie zu warten.«

König schaute die Försterin ausdruckslos an, dann grinste er und spuckte seinen Zahnstocher aus. Offenbar auf dieses Signal hin verteilten sich seine Männer lautlos zwischen den Bäumen.

Hannahs Handy vibrierte in ihrer Tasche. Es war Novák. Sie steckte sich ihr Headset ins Ohr und flüsterte: »Leutnant, wir stürmen gleich. Wo sind Sie?«

Die Verbindung war extrem schlecht, Nováks Stimme kam nur abgehackt bei ihr an. »Sie …nd falsch. Die Übergabe finde…«

»Haben Sie die Jungen gesehen?«

»Nein …eht so nah dran.«

»Wer ist bei Ihnen?«

»Zeman un…«

Hannah hörte Zemans unwirsche Stimme knackend im Hintergrund.

»Novák, was machen Sie –«

Ein lautes Knacken, dann war die Verbindung ganz weg. Hannah fluchte tonlos. Kurz überlegte sie, ob sie sich geirrt hatte. Egal, sie würde die Sache hier jetzt durchziehen, und wenn die Jungen nicht in der Halle sein sollten, dann war Novák mit seinen Kollegen am richtigen Ort, um die Geiselnahme zu beenden. Ihr Smartphone vibrierte erneut, Novák hatte ihr seine Koordinaten geschickt. Die Navi-App zeigte einen leuchtenden Punkt etwa drei Kilometer südlich von ihrem derzeitigen Standort an.

»Wie weit sind Sie?«, fragte Hannah König, der auf einem Bein kniend die Halle durch das Zielfernrohr seiner Maschinenpistole beobachtete.

»Wir verschaffen uns gerade noch Einblick.«

Mit seinem neuen Zahnstocher deutete er zum hinteren Ende des Gebäudes, wo Hannah eine Gestalt ausmachen konnte, die sich in der beginnenden Dämmerung an der Rückwand zu schaffen machte.

»Geben Sie Bescheid, wenn Sie fertig sind.«

Sie stand auf und setzte sich neben Mechthild und ihre Hunde auf den breiten Stumpf einer Eiche. Von hier hatte man, von Gebüsch und Ästen quasi in Breitwandformat gerahmt, die Halle perfekt im Blick. Nur die Hunde sahen starr hinüber zu König. »Herrlich, so ein Live-Krimi«, raunte die Försterin. »Viel besser, als auf Wild zu warten.«

»Kommt auf das Ende an. Wenn wir gleich reingehen …«

»… bleib ich hier«, beendete Mechthild Hannahs Satz. »Hab verstanden. Erste Reihe reicht mir völlig, ich muss nicht mit auf die Bühne.«

Hannahs Headset brummte, rasch nahm sie den Anruf entgegen.

»Das Treffen hat begonnen«, flüsterte Novák. Die Leitung knackte, dennoch war er deutlich zu verstehen. »Černy verhandelt mit Vogt. Er scheint sich etwas auf einem Tablet anzuschauen. Die Jungen sehe ich noch nicht, aber es ist auch recht neblig. Sie könnten auf der anderen Seite der Lichtung sein.«

»Wie viele Männer sind vor Ort?«

»Schwer zu sagen. Bei Černy seh ich vier, bei Vogt auch. Aber im Wald parken allein fünf tschechische Wagen. Ich bin sicher, Černy hat mindestens fünfzehn seiner Leute dabei, und Vogt –«

Hannah sah zwei Gestalten, die in der Dämmerung aus dem Wald zur Halle huschten.

»Novák, bleiben Sie dran.« Sie sprang auf und stand mit einem Satz neben König. »Was ist los?«

»Wir greifen jetzt zu.«

»Ach? Ein kleiner Wink mit Ihrem Zahnstocher ist zu viel verlangt, oder was?«, zischte Hannah und zog ihre Waffe. Grinsend drehte König seinen Zahnstocher einmal im Kreis. »Gut so?«

Eine der schwarz vermummten Gestalten hatte den dösenden Wachmann erreicht. Eine kurze Handbewegung in Höhe seines Genicks, und er sackte in sich zusammen. Lautlos strömte das restliche Einsatzkommando auf die Halle zu. Hannah folgte König mit einem Meter Abstand, als Mechthilds Hunde an ihr vorbeijagten und sich König anschlossen. Im Rennen blickte Hannah zurück und sah die Försterin ihnen folgen. Im selben Moment hörte sie über ihr Headset, wie Stimmen hinter Novák laut wurden, und wisperte: »Novák, was ist los bei Ihnen?«

»Černy macht Druck, er will die Jungen haben. Anscheinend werden sie gefilmt.«

Da zerriss ein Knall die Stille, das Tor zur Halle flog auf, und das SEK stürmte hinein.

»Polizei! Polizei! Waffen runter!«

Ein Schuss fiel. Hannah stürzte in die Halle. Hinter einem Stapel aus verrußten Fässern und Metalltischen, die aussahen wie die Überreste aus dem explodierten Stollen, lagen vier Männer am Boden, zwei von ihnen trugen schwarze Säcke über dem Kopf. Auf jedem knieten mehrere SEK-Beamte, damit beschäftigt, die Hände ihrer Gefangenen mit Kabelbinder hinter dem Rücken zu fixieren. Mechthilds Hunde standen mit gesträubten Nackenhaaren neben König und knurrten die am Boden Liegenden an.

»Lassen Sie die beiden Vermummten los, das sind unsere Zielpersonen«, befahl Hannah den Beamten, bevor sie leiser in ihr Headset sagte: »Leutnant, wir haben die Jungen! – Leutnant?«

Keine Antwort, die Leitung war tot. Sie hatte Novák verloren.

»Verfluchte Scheiße!«, brüllte König plötzlich, bückte sich und hob ein Handy auf, das neben Winkler am Boden lag.

Wütend streckte er es Hannah entgegen. »Na los, lächeln Sie! Schließlich wird unser Einsatz live gestreamt.«

Auf dem zerkratzten Display sah sie sich selbst. Ihr Headset brummte. Hannah wendete sich von König ab und flüsterte: »Leutnant, was –«

»Sie haben die Jungen befreit, richtig?« Nováks Stimme stolperte vor Panik. »Hier bricht gerade die Hölle los, Sie müssen sofort kommen! Die haben Maschinengewehr–«

»Woher wissen die von der Befreiung?«

»Černy und Vogt haben das auf dem Tablet gesehen! Beeilen Sie sich, die drehen hier durch!«

Im Hintergrund hörte Hannah einzelne Schüsse vermengt mit dem Stakkato automatischer Waffen.

»Wo sind Sie jetzt?«

Es knackte erneut, und Novák war wieder verschwunden. Hannah drückte die Rückruftaste, doch die Leitung blieb tot. Aus der Ferne waren Schüsse zu hören, dann eine gewaltige Explosion. Ausdruckslos sah König sie an, sein Zahnstocher bedenklich unbewegt. Hannah holte tief Luft und berichtete ihm in Kurzform, was Novák gesagt hatte. Ein seltsam euphorisches Lächeln breitete sich auf dem Gesicht des Einsatzleiters aus.

»Das ist doch wunderbar! Klingt, als ob der Spaß erst richtig anfängt!« Beschwingt wirbelte der Riese zu seinen Leuten herum und brüllte: »Einpacken, Ladys, wir haben noch ein besseres Date!«

32

König kommandierte zwei seiner Männer ab, um auf die Jugendlichen, Winkler und die beiden Wachen aufzupassen, der Rest sollte sich dem Kampfgeschehen zu Fuß nähern. Hannah stand mit Mechthild am Rand der Lichtung. Die Försterin war stinksauer auf ihre Hunde, die nicht von Königs Seite weichen wollten. Breit grinsend trat der Einsatzleiter auf die beiden Frauen zu, sein Zahnstocher kreiselte beschwingt in seinem Mundwinkel.

»Und, kommen Sie mit?«

»Natürlich komme ich mit«, blaffte Hannah ihn an. »Sie wissen ja gar nicht, wen Sie da rausholen sollen.«

»Ich komme auch mit«, verkündete Mechthild. »Schließlich kennen Sie sich alle hier im Wald gar nicht aus.«

»Das geht nicht«, protestierte Hannah, doch König schnitt ihr das Wort ab.

»Gute Entscheidung, dann gewinnen Sie vielleicht auch den Respekt Ihrer Hunde zurück. Denn es geht *immer nur* um Respekt.«

Wie vor dem Aufbruch an den Autos machte König wieder ein in der Luft rührendes Handzeichen, und das verbliebene SEK setzte sich in Bewegung.

Mit dem Morgengrauen war dichter Nebel in den Wald hinabgesunken, und je tiefer sie in ihn vordrangen, umso weniger konnten sie sehen. Fast ununterbrochen waren nun Schüsse und Explosionen zu hören. Statt wie sonst neugierig vorauszulaufen, versteckten sich selbst die Hunde mit eingezogenen Schwänzen hinter König.

Unvermittelt peitschte die Salve eines halb automatischen Gewehrs direkt neben ihnen durch den Nebel. Wie ein Organismus riss das Spezialkommando seine MPs hoch und ging auf die Knie. Hannah zog Mechthild mit sich nach unten und entsicherte gleichzeitig ihre Glock. Worauf sie zielte, wusste sie allerdings nicht so recht, inzwischen konnte man keinen Steinwurf weit mehr sehen. Weitere Schüsse krachten. Bei jedem ging ein unmerklicher Ruck durch die Gruppe. Hannah schien es, als würden sich die Männer nach den Gefechtsgeräuschen ausrichten, als übersetzten sie die akustischen Signale in eine Topografie ihrer Umgebung. Sie zog ihr Handy und kontrollierte die Entfernung zu Nováks Standort.

»König«, zischte sie. »Die tschechischen Kollegen sind etwa einen –«

Der Anblick des friedlich entspannten Einsatzleitergesichts ließ Hannah verstummen. Während sein Körper maximal angespannt schien, waren die Züge um Königs Mund und Augen völlig gelöst, fast beseelt.

»Ich hoffe, das versetzt Ihrem Stolz jetzt keinen Stich, aber wenn wir da gleich reingehen und für Ruhe sorgen, bleiben Sie schön hier in Deckung und warten, bis alles erledigt ist. Erst dann suchen wir Ihre Tschechen. Verstanden?«

Bevor Hannah etwas entgegnen konnte, zischten mehrere Geschosse haarscharf über ihre Köpfe hinweg. Mit einem animalischen Brüllen sprang König auf und stürzte sich in den Nebel, dicht gefolgt von seinem Team und Mechthilds Jagdhunden. Die Försterin versuchte noch, sie zurückzupfeifen, aber die Hunde dachten nicht daran, ihr zu gehorchen.

»Was für ein verdammtes Arschloch«, zischte Hannah. »Aber egal, sollen die sich niedermetzeln, ich muss Novák finden. Kommst du weiter mit?«

»Nun, hier bleibe ich ganz sicher nicht so mutterseelenallein.«

Wachsam pirschten sie durch den dichten Nebel. Immer wieder krachten Schüsse. Manche klangen so nah, dass Hannah fürchtete, sie könnten dem Schützen gleich gegen die Mündung laufen, dann schienen sich die Kämpfe wieder kilometerweit entfernt zu haben. Sie sahen niemanden. Nur einmal meinte Hannah, die Silhouette eines großen Mannes zu erkennen, der mit einem auf sein Gewehr aufgepflanzten Bajonett auf etwas am Boden einstach, dann fiel ein Schuss, und er verschwand.

Wenn ihr Handy recht hatte, schlichen sie bereits seit zehn Minuten zu zweit durch diese mörderische Waschküche und waren gerade mal vierhundertfünfzehn Meter weit gekommen. Aber immerhin schien sich wenigstens der Nebel allmählich zu lichten.

Kurz darauf erreichten sie die Stelle, die zu Nováks Koordinaten gehörte. Die Lichtung vor ihnen glich einem Schlachtfeld. Drei verdrehte Körper lagen im blutigen Gras, der Boden um sie herum war aufgerissen wie eine frische Fleischwunde.

»Hast du ein Netz?«, flüsterte die Försterin tonlos.

»Einen Balken.«

»Dann ruf auf dem Revier an.«

»Aber wenn Ziegler –«

»Den kriegst du später«, unterbrach Mechthild sie schroff. »Gerade haben wir andere Probleme!«

Hannah bemerkte erst jetzt, dass die Augen der Försterin blutrot waren. Keine Spur von Witz lag mehr in ihnen.

Sie entschied, Uhligs Streifenpartner Knaup anzurufen. Von allen Auer Kollegen schien er ihr der integerste. In knappen Worten schilderte sie ihm die Situation, ohne Zieglers Verstrickung zu erwähnen. Knaup musste sich verschluckt haben, denn Hannah hörte am anderen Ende der Leitung ein nicht enden wollendes Husten. Dann versicherte der Polizeimeister ihr, dass er sofort alles Mögliche in Bewegung setzen würde. Hannah legte auf.

»Sie kommen.«

»Gut. Dann versuch jetzt, deinen Novák zu erreichen.«

Hannah wählte erneut. Es tutete zitternd, dann ächzte der Leutnant kaum hörbar: »Sind Sie da?«

»Ja. Wir sind nur nicht sicher, wo Sie sind.«

»Ich lieg in einer Höhle. Mein Bein … ist gebrochen.«

Novák stöhnte, dann hörte Hannah eine Explosion im Hörer und gleichzeitig, etwas leiser, von der anderen Seite der Lichtung.

»Haben Sie das auch gehört?«, fragte sie.

»Ja … das war ganz nah.«

»Dann sind wir gleich bei Ihnen!«

Hannah schaute hinüber in den Wald, von wo der Knall gekommen war. »Novák ist da drüben.«

Ihre Waffen im Anschlag, traten die beiden Frauen auf die Lichtung, als das Rattern einer Maschinenpistole die Luft zerriss. Der Baumstamm rechts von ihnen explodierte, Splitter flogen in alle Richtungen. Instinktiv warfen sie sich zu Boden. Eine weitere Salve durchpflügte das Erdreich vor ihnen. Knurrend brachte Mechthild ihr Gewehr in Stellung.

»Hast du Mündungsfeuer gesehen?«, flüsterte Hannah.

»Naa, ging zu schnell. Aber ich glaub, dahinten.«

Hannah folgte dem Lauf ihrer Flinte. Durch den Nebel sah sie eine schemenhafte Gestalt am Waldrand entlang in ihre Richtung rennen.

»Da muss aber noch ein anderer sein. Schau mal links«, raunte die Försterin, während sie den Rennenden im Visier behielt. Hannah richtete gerade ihre Glock aus, als Mechthild feuerte. Zeitgleich blitzte es in Hannahs Schussfeld, und etwas entsetzlich Warmes zischte an ihrem Ohr vorbei. Sie antwortete mit drei Schüssen. Jemand schrie, gefolgt von einem dumpfen Aufschlag. Dann war es still.

»Guter Schuss«, kommentierte die Försterin trocken.

»Hast du deinen erwischt?«

»Glaub nicht, der ist aus irgendeinem Grund plötzlich runtergegangen, als ich abgedrückt habe.«

»Verdammt! Wir müssen trotzdem weiter.«

Im Schutz der Bäume rannten sie links um die Lichtung. Fast wäre Hannah auf einen am Boden liegenden Körper getreten. Für den Bruchteil einer Sekunde sah sie dem Toten in das, was von seinem Gesicht übrig war. Das Blut an dem zerfetzten Kopf war bereits am Stocken. Es konnte also nicht der Mann sein, den sie gerade getroffen hatte.

»Komm«, raunte Mechthild und zog Hannah weiter, als eine MP-Salve Hannah an der Schulter traf und zu Boden schleuderte. Blitzschnell warf sich die Försterin neben sie, als weitere Kugeln dicht über ihnen hinwegzischten.

Benommen betastete Hannah ihre Schulter. Die Jacke war zerfetzt, und sie spürte Blut. Aber es war nur ein Streifschuss. »Wir müssen irgendwo in Deckung«, keuchte sie und blickte sich hektisch um. »Da, hinter den Baum!«

Sie sprangen gleichzeitig auf, rannten zu einem am Boden liegenden Baumriesen, setzten darüber – und stürzten ins Leere. Hannah griff noch nach einem Ast, doch der gab mit einem morschen Knacken nach, und sie fiel ungebremst hinter Mechthild den Abhang hinunter. Als sie mit dem Rücken aufschlug, durchfuhr nicht nur ihre verwundete Schulter beißender Schmerz. Um sie war es dunkel, sie mussten wieder in eine dieser verdammten Gruben gestürzt sein.

33

»Wie schön, Sie zu sehen«, stöhnte unvermittelt eine bekannte Stimme hinter ihr.

»Novák!«

Hannah zerrte ihr Handy aus der Tasche und leuchtete in die Richtung, aus der die Stimme gekommen war. Mit wachsbleichem Gesicht lehnte der Leutnant an der Grubenwand. Sein Anzug war zerrissen, und sein rechter Unterschenkel stand in einem Winkel vom Knie ab, als würde er nicht dazugehören wollen.

»Verdammt, das hat Sie ja echt erwischt! Wo sind Zeman und Ihre anderen Kollegen?«

Novák deutete zum niedrigen Ausgang der Grube. Im fahlen Lichtstreifen, der dort hineinfiel, lag jemand auf dem Bauch und spähte nach draußen.

»Zeman wollte mich nicht alleinlassen, aber auch dem Kollegen Deckung geben, der sich zu unserem Auto auf den Weg gemacht hat.«

Inzwischen hatte sich auch Mechthild aufgerappelt. »Hannah, bei dir alles in Ordnung?«

»Ja, war nur ein Streifschuss. Bei dir?«

»Alles okay. Hallo, Leutnant«, grüßte die Försterin Novák und fügte mit Blick auf Zeman hinzu: »Sind Sie sicher, dass Ihr Kollege da noch lebt? Seit wir hier reingeplatzt sind, hat er sich nicht viel bewegt.«

»Er ist taub. Irgendwas ist neben ihm explodiert, seitdem hört er nichts mehr.«

»Verstehe, dann informiere ich ihn mal, dass wir da sind.«

Hannah warf einen kleinen Stein nach Zeman, der erschrocken herumfuhr, seine Pistole im Anschlag. Als er Hannah erkannte, winkte der rotgesichtige Oberst sie unwirsch zu sich. Durch die natürliche Schießscharte, vor der er lag, sah Hannah im Dunst zwei Männer, die sich am Fuß des Abhangs durchs

Unterholz arbeiteten. Einer von ihnen humpelte. Es war Černy. Hannah nickte Zeman zu und deutete mit fragendem Gesicht auf die zweite Person.

»Legionär«, brüllte der Oberst.

Hannah drückte ihm die Hand auf den Mund, doch die Männer hatten Zeman gehört und blieben stehen. Im selben Moment zerfetzte die Salve einer Maschinenpistole die Luft, und Černy und sein Legionär warfen sich zu Boden. Um sie spritzte Laub und Erdreich auf. Hannah rollte sich auf den Rücken und blickte hinauf zu dem Spalt, durch den sie hereingefallen waren. Die Schüsse waren von dort oben, von der Kuppe des Abhangs, gekommen. Sie konnte nichts erkennen, sah aber, dass Mechthild ihr Gewehr in Anschlag genommen hatte und auch nach oben zielte. Sie hörte das hohle Klacken einer MP mit Ladehemmung, dann einen einzelnen Schuss aus Černys Richtung, gefolgt von einem Schrei.

Wie zuvor Mechthild und sie stürzte jetzt der MP-Schütze im freien Fall in ihre Grube und krachte vor Mechthilds Füße. Sofort rappelte er sich auf, doch die Försterin war schneller. Ein gezielter Schlag ihres Gewehrkolbens gegen seine Schläfe ließ den vermummten Mann schlaff zu Boden gehen. Grob zerrte Zeman Hannah zurück zur Schießscharte, wo sie gerade noch sah, wie Černy und der Legionär hinter Bäumen verschwanden.

»Scheiße!«, brüllte der Oberst sie an, doch Hannah zuckte nur mit den Schultern.

»Sie wissen doch eh, wo Sie ihn finden.«

Sie blickte zu Mechthild, die damit beschäftigt war, die Hände des erlegten Mannes mit seinen eigenen Schnürsenkeln hinter seinem Rücken zu fesseln.

»Guter Schlag«, lobte Hannah die Försterin und zog dem Ohnmächtigen die Sturmhaube vom Kopf. Es war Vogt. Aus einer Platzwunde an der Stirn des Chefs der Dresdner Blood-and-Honour-Abteilung sickerte Blut über sein Gesicht.

Hannah sah zu Novák. »Wir bringen Sie jetzt erst mal hier raus. Wo steht Ihr Auto?«

»Richtung Südwesten, etwa drei Kilometer. Ich hoffe, ich

finde es wieder.« Der Leutnant versuchte sein Clark-Gable-Lächeln, verzog aber nur grotesk den Mund.

In der Zwischenzeit hatte sich der Nebel vollständig aufgelöst. Während Hannah für Deckung sorgte, trugen Zeman und Mechthild den Leutnant zwischen sich. Für die Schmerzen, die er haben musste, hielt er sich eisern. Vogt hatten sie, nachdem sie ihn auch noch an den Füßen gefesselt und seine Schuhe aus der Grube geworfen hatten, fürs Erste zurückgelassen. Sie würden ihn später holen, wenn Knaup mit der Verstärkung eingetroffen war.

Sie liefen in dieselbe Richtung, in die Černy sich davongemacht hatte. Nur ganz vereinzelt hörten sie noch Schüsse, dann verstummten auch diese. Es folgte eine gespenstische Stille, die zwischen den Bäumen hing wie eine Drohung. Plötzlich blieb Mechthild unvermittelt stehen, sodass auch Zeman zu einem Halt gezwungen war. Beinahe wäre ihnen der Leutnant entglitten, doch Zeman packte im letzten Moment beherzt zu und hielt Novák allein fest. Vor ihnen lag ein frisch durchwühltes Stück Waldboden.

»Oh-oh, das ist nicht gut!«, sagte die Försterin. »Die Wildschweine haben hier gemütlich weitergefressen, während direkt nebenan rumgeballert wurde. Das ist nicht normal, wir müssen verdammt vorsichtig sein!«

Aufmerksam liefen sie alle weiter. Dann sahen sie die Rotte. Keine fünfzig Meter vor ihnen waren gut zwei Dutzend Schweine damit beschäftigt, etwas zu verspeisen. Ein kräftiger Keiler hob seinen Kopf und witterte.

»Verflucht, sie haben uns bemerkt«, zischte Mechthild, als das Tier auch schon mit einem kehligen, grunzenden Schrei auf sie zujagte.

Ohne Vorwarnung ließ die Försterin Novák erneut los, und wieder hielt Zeman ihn fest. Blitzschnell legte Mechthild ihr Gewehr an und schoss. Tödlich getroffen brach der Keiler im Sprung zusammen, worauf jedoch die ganze Rotte rasend vor Wut zum Angriff überging.

»Hannah, hilf mir!«

Ohne nachzudenken, leerte Hannah ihr Magazin in die heranstürmende Horde. Als ein ums andere Schwein zu Boden ging, drehten die übrigen ab und rannten davon. Zurück blieb ein entsetzliches Schlachtfeld. Hannah eilte zu der Stelle, an der die Tiere gefressen hatten. Der Waldboden war blutgetränkt. Sie sah den Rest einer zerfetzten Hose, Schuhe und Teile menschlicher Gliedmaßen, dann den Kopf. Es war Černys Legionär. Schwer atmend kam Mechthild neben Hannah zum Stehen. Als sie erkannte, was vor ihr lag, fuhr sie herum und übergab sich, bis nur noch Galle kam.

»Mechthild, wir müssen weiter«, sagte Hannah benommen, »nicht dass die Schweine oder andere Verrückte zurückkommen.«

Auf dem restlichen Weg sagte keiner ein Wort. Endlich sah Hannah den Geländewagen der tschechischen Polizei durch die Bäume. Er hing leicht schief, das linke Vorderrad war zerschossen worden, und auch die Fenster hatten den Morgen nicht überlebt. Vor dem Auto lag ein Mann in tschechischer Polizeiuniform.

»Adam!« Zeman überließ Novák jetzt der Försterin und rannte zu seinem Kollegen. Der Mann war angeschossen, aber bei Bewusstsein. Hannah half Mechthild, Novák neben dem Fahrzeug abzusetzen. Dem Leutnant strömte Schweiß über das kalkweiße Gesicht.

»Verdammt, Sie brauchen dringend einen Arzt«, fluchte Hannah und wählte mit tauben Fingern Knaups Nummer. Sie war besetzt.

»Hinter Ihnen«, hauchte Novák plötzlich, wobei er kraftlos seinen Arm hob. Hannah wirbelte herum, die Pistole im Anschlag. Sie betete, die Geste würde reichen, denn ihr Magazin war leer. Als Erstes sprangen Mechthilds Hunde zwischen den Bäumen hervor. Fröhlich rannten sie mit blutverschmierten Schnauzen auf die Försterin zu, als eine mächtige gut gelaunte Stimme tönte: »Na, noch alles dran?«

»König«, entfuhr es Hannah mit einer Mischung aus Wut

und Erleichterung. Flankiert von seinen noch immer komplett vermummten, inzwischen aber dreckverschmierten Männern, trat er mit einem beseelten Grinsen aus dem Wald. Zwischen seinen Lippen wippte ein frischer Zahnstocher.

»Sie … Sie asoziales Arschloch! Sie haben uns alleingelassen, als wir unter Beschuss waren, und sich nicht an den Auftrag gehalten!«

»Na, na, na, Kollegin Stein. Wir haben nur unsere Pflicht und Schuldigkeit dem Land und der Gesellschaft gegenüber erfüllt. So wie Sie, wie ich sehe. Also ist doch alles bestens.« Er stand jetzt direkt vor Hannah und musterte die zerfetzte, blutdurchtränkte Stelle an ihrer Jacke, wo der Streifschuss sie erwischt hatte. »Ups, da hat Sie ja doch wer erwischt! Nun, Schönheitsfehler. Wie haben Sie sonst gescort?«

»Was?«

»Ihr Bodycount, Gnädigste. Statusbericht!«

»Ich … Wir mussten einen neutralisieren. Axel Vogt haben wir fixiert, und einer von Černys Männern ist dem Anschein nach von Wildschweinen getötet worden. Auf unserer Seite gibt es zwei Schwer- und einen Leichtverletzten sowie –« Sie brach ab, irritiert und wütend über sich selbst. »Was soll der Quatsch? Die Frage ist doch: *Wo waren Sie?* Warum haben Sie uns nicht bei der Bergung der Kollegen geholfen?«

»Das haben wir doch. Wir hatten einen Moment eine Menge zu tun, dann hat sich die Lage dank strategischen Könnens und überlegener Feuerkraft beruhigt und Sie konnten in aller Ruhe die Tschechen rausholen.« König beugte sich zu Hannah herunter und nahm den Zahnstocher aus dem Mund. »Ich möchte Ihnen an dieser Stelle auch noch mal persönlich von ganzem Herzen danken. Durch Sie haben wir endlich etwas bekommen, was wir uns schon lange verdient haben.« Lächelnd steckte er den Zahnstocher zurück zwischen seine Lippen und richtete sich auf. »Leider müssen wir uns jetzt verabschieden, die Gewerkschaft sieht es nicht gerne, wenn wir Überstunden machen. Aber falls Sie mal wieder so eine attraktive Sache am Start haben und Unterstützung brauchen – melden Sie sich bei uns!«

Wie ein Taschenspieler zog König eine Visitenkarte hinter Hannahs Ohr hervor und drückte sie ihr in die Hand. Auf einen Wink seines Zahnstochers verschwand er mit seinen Männern in Richtung der Halle.

Perplex glotzte Hannah hinter ihnen her, bis das Klingeln ihres Handys sie aus der Erstarrung riss.

»Knaup?«

»Wir stehen Kobalt Ecke Eselsberg. Wo sind Sie?«

Die sonore Stimme des Polizeimeisters ließ Hannah aufatmen.

»Wir sind irgendwo in Ihrer Nähe im Wald, ich schick Ihnen die genauen Koordinaten. Ich hoffe, Sie haben mehrere Krankenwagen dabei?«

»Alle, die wir auftreiben konnten – und die Feuerwehr.«

»Brennen tut diesmal ausnahmsweise nichts«, entgegnete Hannah und legte auf. Erst nachdem sie Knaup ihre Standortdaten geschickt hatte, fiel ihr Königs Visitenkarte wieder ein. Auf dem einfachen weißen Zettel stand: »Tierasyl Neuendorf. Telefon 0177 659174. Tag und Nacht. Keine Vögel und Nagetiere.« Wütend zerdrückte Hannah die Karte und stopfte sie in ihre Hosentasche. Erst dann bemerkte sie Mechthild, die neben Novák an dem zerschossenen Geländewagen lehnte. Ihr Gesicht glänzte so wächsern schwarz wie Nováks weiß. Ausdruckslos starrte die Försterin vor sich auf den Boden und bemerkte nicht einmal das aufmerksamkeitsheischende Winseln ihrer Hunde.

34

Knaup kam mit drei Krankenwagen und einem Dutzend Polizisten, darunter auch Oberkommissar Pauer. Weitere Einheiten waren angefordert worden. Während sich die Sanitäter um die verletzten tschechischen Ermittler kümmerten, erklärte Hannah dem Oberkommissar und Knaup in groben Zügen die Lage, ohne die Verwicklung des Revierleiters zu erwähnen. Pauer quoll die Wut darüber, dass Hannah die Operation ohne ihn durchgeführt hatte, fast aus den Ohren, er sagte aber nichts. Dafür schien seine Empörung über das Kidnapping der Jugendlichen und die Eskalation nach ihrer Befreiung so echt, dass Hannah ihn fürs Erste von ihrer Liste möglicher Ziegler-Komplizen strich.

»Oberste Priorität ist jetzt, Vogt festzunehmen, bevor er flüchten kann«, schloss sie ihren Bericht.

»Selbstverständlich. Aber wo ist denn das SEK? Ist das schon wieder weg?«, hakte Pauer kritisch nach.

»Die mussten schon los.« Hannah wendete sich an Knaup. »Würden Sie bitte zur Halle fahren und sich persönlich um die tschechischen Jugendlichen sowie Winkler und Kameraden kümmern? Černys Neffe und sein Freund müssten nach Tschechien gebracht und die gestohlenen Laborutensilien aus dem explodierten Stollen, die in der Halle lagern, sichergestellt werden, bevor sie ein weiteres Mal verschwinden.«

Die Festnahme von Vogt übernahm Pauer persönlich. Eigentlich wollte Hannah den Oberkommissar begleiten, aber der Sanitäter bestand darauf, zuerst ihre Schulter zu versorgen. Die Schusswunde war zwar nur oberflächlich, musste aber dennoch genäht werden. Widerwillig stieg Hannah auf die Bahre im Krankenwagen. Sobald sie lag, überwältigte sie der angestaute Schmerz, und ihr wurde schwarz vor Augen.

Als sie wieder zu sich kam, klebte ein sperriger Verband

auf ihrer Schulter, dafür tat ihr nun nichts mehr weh. Schwankend stand Hannah auf und setzte sich neben Mechthild, die am offenen Heck des Rettungswagens lehnte. Ein paar Meter entfernt parkten zwei Gefangenentransporter. Hinter ihren abgedunkelten Scheiben sah Hannah mehrere Personen.

»Wie lang war ich weg?«, fragte sie.

»Gute Stunde. Deine Kollegen haben bereits fünf Tote und acht Verletzte aus dem Wald geholt. Geht's dir besser?«

»Geht so. Was ist mit Vogt und den Kameraden aus der Halle?«

»Das haben Knaup und Pauer erledigt. Knaup hat sich nur etwas gewundert, dass das SEK die tschechischen Jungen zusammen mit Winkler und den beiden Wächtern in der Halle eingesperrt hat.« Mechthild grinste. »Zudem haben sich Königs Männer anscheinend einen Spaß erlaubt und die drei Nazis in Fässer gesteckt.«

»Wie, in was für Fässer?«, fragte Hannah verwirrt.

»Laut Knaup in diese Metalltonnen, in denen vorher irgendwelche Chemikalien für die Meth-Herstellung gelagert wurden. Die beiden Jungen haben dann wohl ihre Zeit, bis Knaup kam, damit verbracht, sich bei ihren Entführern zu revanchieren, und die Fässer durch die Halle gerollt. Übrigens ist Ziegler inzwischen eingetrudelt.«

Die Försterin deutete mit dem Kopf in Richtung einer Gruppe Uniformierter, die sich neben einem waldgrünen Opel versammelt hatten. In ihrer Mitte stand, mit hochrotem Kopf, der Revierleiter und gab Anweisungen. Unter den Zuhörenden entdeckte Hannah sowohl Müller als auch den anderen Beamten, der an der Entführung der tschechischen Jugendlichen aus dem Revier beteiligt gewesen war. Mit einem Satz sprang sie auf und zog ihre Glock.

»Hannah! Lass –«

Doch Hannah hörte Mechthild nicht mehr. Mit der Pistole im Anschlag stürmte sie auf die Gruppe zu.

»Ziegler, ich verhafte Sie wegen Mitgliedschaft in einer kriminellen Vereinigung, Korruption und Freiheitsberaubung.«

Langsam drehte sich der behäbige Revierchef zu ihr um und schaltete seine Lachfalten ein.

»Ihr Humor, Kollegin Stein. Aber den Spaß lassen wir jetzt mal besser beiseite, schließlich sind hier Menschen ums Leben gekommen.«

»Nehmen Sie Ihre Hände über den Kopf, Ziegler«, befahl Hannah barsch, und mit einem Blick auf die Umstehenden ergänzte sie: »Und Ihnen rate ich zurückzutreten!«

Blitzschnell griffen zwei jüngere Beamten neben Ziegler nach ihren Holstern.

»Das würde ich lassen!«, donnerte Mechthild und trat mit ihrem Gewehr im Anschlag neben Hannah. Aus dem Augenwinkel sah Hannah Pauer mit weiteren Beamten auf sich zurennen. Ohne ihren Blick von Ziegler und Kumpanen zu lösen, rief sie: »Oberkommissar, gut, dass Sie kommen! Sie können hier gleich mit dem Festnehmen weitermachen.«

Verständnislos blickte Pauer von ihr zum Revierleiter.

»Ziegler kollaboriert mit dem MC«, half Hannah dem Kommissar auf die Sprünge. »Ich habe beobachtet, wie er sich heute Nacht mit Vogt und Winkler in der Halle getroffen hat, in der die tschechischen Jugendlichen gefangen gehalten wurden. Und gestern, während Sie Winkler verhört haben, wurde ich Zeugin, wie seine Handlanger, PM Müller und sein Kollege da«, sie deutete auf die nebeneinanderstehenden Beamten, »die Jungen aus dem Revier entführt haben.«

Langsam breitete sich ein begreifendes Lächeln auf Pauers Gesicht aus.

»Das ist kompletter Unsinn, Ralf«, schnaufte Ziegler empört. »Frau Stein hat da was falsch –«

»Wir haben gar nichts falsch verstanden«, fuhr Mechthild ihn an. »Ich habe auch gesehen, dass du gemeinsame Sache mit den Nazis machst!«

Pauer griff nach den Plastikfesseln an seinem Gürtel und trat auf seinen Revierchef zu. Im selben Moment krachte es neben ihm, und Zieglers Weimaraner hing mit gefletschten Zähnen am Kofferraumfenster des Opels. Als Pauer einen weiteren Schritt auf Ziegler zutat, rastete der Hund völlig aus. Wie ein Derwisch drehte er sich kläffend in dem vergitterten Kofferraum, bis Mechthild beherzt die Klappe öffnete, ihn beim Halsband packte und nach draußen zog.

»Platz!«, herrschte sie ihn an. Der Hund gehorchte sofort, legte sich platt auf den Bauch und blickte die Försterin unterwürfig an. Hannah trat auf das Auto zu. Unter der vom Hund verschobenen Kofferraummatte glänzte etwas Silbernes. Als sie die Matte beiseiteschob, kam darunter, im Loch für das Ersatzrad, ein ihr vertrauter Laptop mit FCE-Aufkleber zum Vorschein.

»Wenn das nicht Uhligs verschwundener Computer ist!«

Zufrieden griff Hannah nach dem Rechner und reichte ihn Pauer. Dabei achtete sie darauf, ihre Fingerabdrücke großzügig über das Gehäuse zu verteilen, denn sie war nicht mehr sicher, wie sie es Freitag unter ihrem Kopfkissen hervorgezogen hatte.

35

Nachdem Ziegler und der Rest seiner korrupten Gruppe festgenommen worden waren, brachte ein Kollege Hannah, Mechthild und ihre Hunde zum Lada der Försterin. Auf der Fahrt zum Forsthaus sprachen die beiden Frauen kein Wort. Hannah war todmüde, und die Wirkung des Schmerzmittels, das der Sanitäter ihr gespritzt hatte, ließ langsam nach.

»Magst du mit reinkommen?«, fragte Mechthild, als sie vor dem Forsthaus anhielt. »Du könntest duschen, und ich mach Frühstück.«

»Sehr gerne«, erwiderte Hannah, froh, nicht weiter in die Pension fahren und sich selbst versorgen zu müssen.

Obwohl sie beim Duschen ihre verletzte Schulter ausgespart hatte, waren die Schmerzen inzwischen kaum noch auszuhalten. In der Hoffnung, hier Schmerztabletten zu finden, öffnete sie den großen Spiegelschrank über dem Waschbecken. Zwei Fächer waren voll mit Medikamenten, halb leeren Zahnpastatuben und benutzten Zahnbürsten, das dritte war leer. Nirgends Make-up, Lippenstift oder Wimperntusche. Verwundert drückte Hannah zwei Paracetamol aus einem angebrochenen Blister, spülte sie mit einem Schluck Wasser runter und ging über den Flur zu Bians Zimmer.

Da auf ihr Klopfen niemand antwortete, öffnete sie die Tür. Das Zimmer war leer, die Sachen der jungen Frau waren verschwunden, das Bett abgezogen. In dem Moment hörte Hannah, wie im Hof ein Auto mit quietschenden Reifen anhielt. Dann fiel ein Schuss. Augenblicklich hallte das zornige Bellen der Hunde durchs Haus, die in der Bibliothek eingesperrt waren. Als Hannah die Treppe hinunter in die Küche stürmte, krachten weitere Schüsse. Durch die offene Hoftür sah sie Mechthild und Jutta. Die Försterin stand im Schweinegehege mit dem Rücken zu ihrer Partnerin, das Gewehr hing schlaff an ihrer Seite. Um sie herum lagen ihre schwarzen, borstigen Mangalitzas und bewegten sich nicht mehr. Einige Schritte entfernt stand Jutta und starrte ihre Freundin bestürzt an, dann riss sie das Tor zum Gehege auf.

»Bist du wahnsinnig? Du hast nicht das Recht, sie umzubringen! Sie können doch nichts dafür!« Wie von Sinnen schlug Jutta auf Mechthild ein, die dastand und sich nicht wehrte. »Cumba, sie sind doch wie ... wie unsere Kinder!«

Mit einem Mal ging ein Ruck durch die Försterin. Sie packte Juttas Arme und hielt sie fest. »Aber sie waren verrückt, wie die Wildtiere. Ich konnte nicht –« Die Försterin verstummte, als sie Hannah in der Küchentür stehen sah. Lange blickte sie Hannah mit einem nicht zu entschlüsselnden Ausdruck an, dann sackte die große Frau neben ihren toten Schweinen in den Matsch und begann, aus voller Brust zu weinen. Ohne ein weiteres Wort stürmte Jutta an Hannah vorbei ins Haus.

Halb benommen vor Schmerz setzte Hannah sich an den langen Küchentisch. Nach einer Weile spürte sie, wie das Paracetamol zu wirken begannen. Als die Försterin in die Küche trat, begleitete sie ein Geruch von Schlamm und Blut. Stumm ließ sie sich Hannah gegenüber auf die Bank fallen. Ihr Gesicht war dunkelgrau und wirkte um Jahre gealtert.

»Uhlig ist Freitagnacht hierhergekommen, oder?«, fragte Hannah matt. »Er hat Bian gesucht.«

»Das wird jetzt aber kein Verhör, oder?« Die Försterin versuchte ein Lächeln, was ihr aber nicht gelang.

Hannah ging nicht auf die Bemerkung ein. »Ich habe im Wald hinter dem Gehege Spuren gesehen, die zu seinen Schuhen passen. Ist er ins Gehege eingebrochen und die Schweine haben ihn angegriffen?«

Mechthild stand auf und trat an die Kaffeemaschine. Mit dem Rücken zu Hannah gedreht erwiderte sie: »Ich war letzten Freitagabend nicht hier. Ich war mit Jutta in Chemnitz im Kino und danach noch was trinken.« Sie schenkte zwei Tassen voll und stellte eine vor Hannah ab.

»Und Bian? War sie alleine zu Hause? Hat sie sich vielleicht mit Dennis gestritten?«

»Quatsch, Bian hat mit dem Ganzen nichts zu tun«, entgegnete die Försterin scharf.

»Und wo ist sie dann jetzt?«

»Weg, wie du ihr geraten hast.« Müde strich sich Mechthild übers Gesicht. »Jutta hat sie zum Flughafen gebracht. Sie hat mit Dennis' Verschwinden nichts zu tun.«

»Und was macht dich da so sicher?«

»Du hast sie doch kennengelernt. Traust du ihr zu, dich anzulügen?«

»Ich hätte auch nicht gedacht, dass du mich anlügst. Was ist mit den Schweinen passiert?«

Die Försterin starrte auf die dampfende Tasse Kaffee in ihren Händen und schwieg.

»Was die Wildschweine mit Černys Mann gemacht haben, hast du schon mal gesehen, oder nicht?«, bohrte Hannah weiter nach. »Haben deine Schweine Uhlig getötet?«

Nach einer langen Pause antwortete Mechthild: »Freitagnacht hat Lia geferkelt. Die ganze Rotte war seit Tagen so aggressiv, dass sie mich kaum mehr reingelassen haben. Als wir vom Kino zurückkamen …«

»… war Uhlig wahrscheinlich längst auf dem Weg zum Flughafen«, beendete Jutta für Mechthild den Satz. Hannah hatte nicht bemerkt, wie sie den Raum betreten hatte. »Und die anderen Schweine hatten Lias Ferkel gefressen, deswegen hat Cumba sie jetzt erschossen.« Sie stellte sich hinter ihre Partnerin und legte ihr schützend den Arm um die Schultern.

»Würde ich hier Spuren von Uhlig finden?«, fragte Hannah an Mechthild gewandt.

»Sicher«, erwiderte Jutta und lächelte bitter. »Er war ja ab und an hier, zum Grillen oder zu anderen Anlässen.«

»Auch im Gehege? Oder in eurem Schlachtraum?«

Das Lächeln verschwand aus Juttas Gesicht, und sie starrte Hannah feindselig an. »Ist dir eigentlich klar, was solche falschen Anschuldigungen auslösen können? Wenn man rumerzählt, die Schweine der Blutsverräter-Lesben hätten den Polizisten getötet? Die ganzen Chauvis und Nazischweine warten doch nur auf einen Vorwand, um uns kaltzustellen. *Die Negerschlampe und ihre Bitch!*«

»Jutta, ich glaube, es reicht.« Beruhigend legte Mechthild ihrer Partnerin eine Hand auf den Arm. »Ich denke, Hannah kann sich vorstellen, was passiert, wenn der Mob losbricht.«

Hannah stand auf. Sie fühlte sich unendlich müde. »Wenn ihr etwas mit Uhligs Verschwinden zu tun habt, müsst ihr das anzeigen. Danke für den Kaffee und die Dusche.«

Als sie über den Hof zu ihrem Wagen ging, konnte sie nicht anders, als zu den toten Schweinen hinüberzusehen.

36

Hannah hielt auf dem Parkplatz oberhalb des Reviers. Auf der Halfpipe am hinteren Ende übten vier Jugendliche, sich auf ihren Skateboards zu halten, stürzten aber immer wieder. Hannah schloss die Augen.

Sie war gerade weggenickt, da hämmerte jemand gegen die Scheibe ihrer Fahrertür. Wild mit der freien Hand gestikulierend, stand Winklers Frau mit ihrem Buddha-Baby auf dem anderen Arm neben dem BMW. Als Hannah die Tür öffnete, keifte die junge Vietnamesin: »Wo ist mein Mann?«

»Im Gefängnis. Vor dem haben Sie für die nächsten Jahre erst mal Ruhe.«

»Ruhe? Thor braucht einen Papa, er braucht ein Vorbild!«

Ohne auf sie einzugehen, fragte Hannah: »Der verbrannte Mann im Krankenhaus, das ist doch Ihr Bruder oder Cousin?«

»Bruder, mein Cousin ist verschwunden.«

»Heißt das, die waren beide im Stollen, als er explodiert ist?«

Winklers Frau nickte wütend. »Die Tschechen haben sie überfallen. Mario hat noch versucht, sie aufzuhalten, aber die haben direkt losgeballert. Im Labor! So dumm! Sie müssen die einsperren!«

»Die Kollegen sind dabei«, sagte Hannah, während sie ausstieg und den Wagen abschloss. »Vertrauen Sie der Polizei.« Sie ließ die aufgebrachte Frau mit dem zufrieden lächelnden Baby stehen und lief den Hang hinunter zum Revier.

In der Eingangshalle kam ihr Zieglers Sekretärin Dori entgegen. Sie war völlig aufgelöst, ihr Make-up von Tränen verschmiert.

»Frau Stein! Ralf hat mich suspendiert! Er behauptet, der Chef würde gemeinsam mit dem MC Drogen verkaufen und hätte mit der Entführung der tschechischen Jugendlichen zu tun. Das ist doch Wahnsinn! Ich weiß ga–«

»Danken Sie Oberkommissar Pauer lieber, dass er Sie aus

der Schusslinie nimmt, und nutzen Sie die Zeit, darüber nachzudenken, wie Sie beweisen können, dass Sie *nicht* zu Zieglers Handlangern gehören.«

Bereits im Flur vor dem Großraumbüro der Kriminalpolizei hörte Hannah viele Stimmen, dann strömten ihr die Kollegen entgegen.

»Kommissarin Stein!« Atemlos stürzte Knaup aus der Gruppe auf sie zu. »Mechthild Roth hat gerade angerufen!« Der rothaarige Polizeimeister war vor Aufregung ganz blass. »Dennis soll Freitagnacht auf ihr Grundstück eingebrochen sein, worauf ihre Schweine ihn im Affekt getötet haben. Sein Leichnam liegt jetzt in ihrer Kühlkammer!«

»Tatsächlich?«, fragte Hannah und merkte schon, während sie es sagte, dass ihr Ton nicht zur Situation passte. Doch Knaup schien das nicht zu bemerken.

»Wir fahren jetzt los. Kommen Sie mit?«

»Mir geht es leider nicht gut. Meine Schulter, Sie verstehen?«

»Oh, natürlich, entschuldigen Sie bitte! Wollen Sie sich hinlegen?«, fragte der junge Polizist mitfühlend.

»Danke, das ist nicht nötig. Aber ein etwas ruhigerer Platz wäre schön.«

»Dann nehmen Sie doch Doris Büro. Pauer hat sie gerade nach Hause geschickt, bis geklärt ist, ob sie auch zu Zieglers Leuten gehört.« Diensteifrig lief Knaup vor Hannah zum Raum der Sekretärin und öffnete ihr die Tür. »Haben Sie eigentlich schon gehört, dass Ziegler auf dem Weg hierher einen Herzinfarkt hatte und ins Krankenhaus gebracht werden musste?«

»Was?« Diesmal klang Hannah ehrlich überrascht. »Da hoffe ich ja, dass er überlebt, wäre zu schade, wenn er nicht beim Prozess dabei sein könnte.«

»Das hoffen wir alle. Er soll auch schon wieder stabil sein«, erklärte Knaup. »Die Besprechung zu der Geiselnahme findet übrigens um dreizehn Uhr statt. Ich werde dann m–«

»Knaup, nicht quatschen«, dröhnte Pauers Stimme aus dem Treppenhaus. Knaup lächelte verlegen.

»Entschuldigen Sie, ich m–«

»Einen Moment noch«, fiel Hannah ihm ins Wort. »Ich habe gehört, Sie hätten in der Halle Winkler und die beiden Wächter in Fässern gefunden?«

»Ja, die drei steckten in alten Chemikalienfässern. Anscheinend hat jemand sie darin durch die Halle gerollt, sie waren von oben bis unten voll Erbrochenem.«

»Wie ekelhaft.« Hannah konnte sich ein Grinsen nur schwer verkneifen. »Und die Jugendlichen haben Sie persönlich nach Tschechien gebracht?«

»Natürlich. Ich habe sie noch vor Ort verhört und dann an der Grenze an die tschechischen Kollegen überstellt. Leider konnten sie außer Müller und Burg keine ihrer Geiselnehmer beschreiben, da sie gezwungen wurden, Masken zu tragen. Im Anschluss habe ich die Räumung der Halle überwacht. Da lagerten übrigens neben den gestohlenen Beweismitteln aus dem explodierten Stollen auch mehrere Kilo Sprengstoff und verkaufsfertiges Crystal.«

»Sehr gute Arbeit, Knaup. Vielen Dank.«

Der sympathische Polizist strahlte Hannah an und rannte dann quer durchs Büro seinen Kollegen hinterher.

Bevor sie irgendetwas anderes tat, brühte Hannah mit Doris Maschine einen extrastarken Kaffee auf. Während sie zuhörte, wie das schwarze Wasser in die Kanne lief, dachte sie an die Ereignisse der Nacht und fragte sich, was sie ohne die Försterin getan hätte. Was würde die Obduktion von Uhligs Leiche ergeben? Hatten tatsächlich die Schweine ihn umgebracht?

Dumpf gurgelnd beendete die Kaffeemaschine ihre Tätigkeit.

Hannah goss sich eine Tasse ein und setzte sich in den Freischwinger vor dem Schreibtisch, wobei ihr Königs Visitenkarte aus der Hosentasche fiel. Um den musste sie sich ja auch noch kümmern! Wie sollte sie bloß das seltsame Verhalten des SEK bei der Besprechung erklären? Wenn Königs Mannschaft überhaupt ein SEK war. Sie wählte die auf der Karte angegebene Nummer. Nach einem Klingeln raunzte Königs unverwechselbare Stimme vom Band: »Wir sind gerade bei unseren Tieren. Wenn's sein muss, hinterlass–«

Hannah beendete den Anruf und tippte auf die Kurzwahl für Berts Büro.

Nach dem achten Klingeln hob ihr Chef ab. »Hannah, du hast die Nacht überlebt.«

»Gerade so, es gab aber genügend Leichen. Nicht zuletzt dank des SEK. Der Einsatzleiter, dieser König, ist wahnsinnig. Er hat seine Männer und mich unnötig in Gefahr gebracht, und am Ende ist er einfach abgehauen und hat die befreiten Geiseln mit den Gefangenen alleingelassen. Zum Abschied hat er mir die Visitenkarte eines –«

»Sag jetzt nicht ›Tierheim‹«, unterbrach Bert sie ungewohnt euphorisch.

»Woher weißt du das?«, fragte Hannah irritiert. »Kennst du den Typen etwa?«

»Nicht direkt, aber ich habe schon viel von ihm und seiner Einheit gehört.« Bert gluckste. »Sie sollen sehr freiheitsliebend sein und etwas gewöhnungsbedürftig im Umgang, aber wenn König dir seine Karte gegeben hat, mag er dich.«

»Na, da hab ich ja Glück!« Hannah schnaubte. »Was macht er denn, wenn er einen nicht mag?«

»Da gibt es ein paar Geschichten, die erzähl ich dir aber lieber mal, wenn du zurück bist.«

»Gut, dann morgen. Nach der Besprechung hau ich hier ab, der Fall Uhlig hat sich nämlich auch geklärt. Wie es aussieht, ist er Freitagnacht von den Hausschweinen der Försterin getötet worden. Er ist wohl in ihr Gehege eingebrochen, worauf die Tiere ihn angegriffen haben. Als Roth und ihre Lebensgefährtin seine Leiche fanden, sind sie in Panik geraten und haben ihn in ihrem Kühlraum versteckt.«

»Tatsächlich. Und seine Hand?«, hakte Bert nach. »Ich hoffe, die haben sie auch ablatiert.«

»Blödsinn! Die Hand wurde ihm ja schon in der Nacht davor abgetrennt. Ich glaub, das ist wie bei den anderen Fällen. Als Uhlig seine Hand verlor, ist er durchgedreht. Deshalb ist er überhaupt in das Schweinegehege eingestiegen. Er wollte wohl zu seiner Freundin, die sich bei der Försterin im Haus versteckt hat. – Für uns bleibt jetzt nur noch zu klären, was hinter diesen Angriffen steckt.«

»Nur noch? Du bist lustig«, brummte Bert. »Interpol hat mir heute früh eine dreiseitige Liste ähnlicher Fälle gemailt. Die meisten sind in Regionen passiert, in denen Bergbau betrieben wird, und alle sind ungeklärt.«

»Verstehe. Dann sehen wir uns morgen.«

»Fahr vorsichtig, Hannah.« Damit legte Bert auf.

An der Besprechung um dreizehn Uhr nahmen neben Pauer auch wieder Monika Breitfeld, die sprachgewandte Direktorin der Chemnitzer Kriminalpolizeiinspektion, Kollegen der Kriminaltechnik sowie ein Staatsanwalt teil. Wie bei der Sitzung in Chemnitz eröffnete Breitfeld die Runde.

»Liebe Kolleginnen und Kollegen, was hier in den letzten zwölf Stunden passiert ist, reicht, glaube ich, für die nächsten zwölf Jahre. KOK Pauer, wenn Sie so nett wären, das Geschehene für uns in Form zu bringen?«

»Aber gerne.« Der kräftige Kriminalkommissar räusperte sich. »Ich komme gerade von der Festnahme von Mechthild Roth und Jutta Krause. Ihren Aussagen nach haben ihre Schweine PM Uhlig in der Nacht von vorletztem Freitag auf Samstag getötet und teilweise gefressen. Als sie gegen ein Uhr früh zurück auf ihren Hof kamen, konnten sie nur noch seine Leiche bergen. Aus Angst vor Strafverfolgung haben sie diese in den Kühlraum ihrer Schlachterei gebracht und dort versteckt. Ob die Geschichte stimmt, wissen wir erst nach der Obduktion. Aber der Leichnam sah schlimm aus.«

Pauer warf Hannah einen Blick zu. »In Bezug auf die Geiselnahme kann ich Ihnen leider auch nur einen groben Überblick vermitteln, da ich erst nach ihrer Beendigung sowie dem Ende der darauf folgenden Kampfhandlungen an den Tatort gerufen wurde«, setzte der bullige Kriminalkommissar seine Ausführungen mit einem dezenten Schwinger in ihre Richtung fort.

»Anscheinend handelt es sich um eine weitere Eskalation im Streit um die Handelshoheit mit Crystal Meth im Erzgebirge. Derzeit gehen wir davon aus, dass EPHK Ziegler in den Drogenhandel involviert ist und mit dem Motorradclub Aue kooperiert. Offenbar ließ Ziegler nach den gewaltsamen Auseinandersetzungen der letzten Woche Lukas Černys Neffen sowie einen seiner Freunde von PM Müller und PM Burg aus dem hiesigen Gewahrsam entführen, um Černy unter Druck zu setzen. Die geplante Geiselübergabe im Wald bei Erlabrunn geriet jedoch aus dem Ruder und endete in einem Massaker. Bisher haben wir vier Leicht- und zehn Schwerverletzte geborgen sowie acht Tote. Einer ist Kevin Lau vom MC, zwei gehören aller Wahrscheinlichkeit nach zum Dresdner Blood-and-Honour-Kreis und fünf zu Černy. Aufgrund des unwegsamen Geländes und möglicher weiterer Sprengfallen rechne ich damit, dass die Suche nach verbliebenen Verletzten oder Toten noch bis in die Nacht andauern wird. Lukas Černy ist von den tschechischen Kollegen auf dem Weg nach Karlovy Vary gestellt worden, verweigerte aber bisher noch die Aussage. Zu der Verwicklung unseres Revierleiters in die Angelegenheit liegt uns neben der Aussage von Kollegin Stein inzwischen auch die von PM Müller vor. Unter Aussicht auf Strafreduktion hat er ein umfangreiches Geständnis abgelegt und die Verflechtungen zwischen Ziegler und dem Motorradclub detailliert beschrieben.«

Keiner im Raum bewegte sich, als Pauer Müllers Aussage zusammenfasste.

»Vor knapp zwei Jahren schloss Ziegler mit Manuel Claus eine Partnerschaft im Crystal-Meth-Handel. Der Deal war polizeilicher Schutz für die Lieferungen aus Tschechien und beim Vertrieb hier in der Region gegen die Hälfte der Einnahmen. Das lief reibungslos, bis Claus und Ziegler die Gewinnmarge zu gering wurde und sie beschlossen, selber in die Herstellung von Crystal einzusteigen. Doch Černy bekam Wind von ihrem Vorhaben und ließ das gerade fertiggestellte Labor im Stollen überfallen, wobei es zu einer Schießerei kam, die wiederum eine chemische Explosion auslöste. Die darauffolgenden Ereignisse, also Černys Brandanschlag auf das MC-Gelände während des Maifestes und die anschließende Racheaktion des Motorradclubs gegen Černys Bordell, bei der Claus zu Tode kam, sind ja bereits bekannt.«

Pauer machte eine kurze Pause und trank einen Schluck Wasser. »Zudem wurde bei Zieglers Festnahme in seinem Wagen PM Uhligs Laptop gefunden, der weiteres belastendes Material enthielt. Pascal, magst du das ausführen?« Der Kommissar sah den jungen Kollegen der Kriminaltechnik zu seiner Rechten auffordernd an.

Der Beamte schien vor Eifer und Begeisterung für sein Fach fast zu platzen. »Die Untersuchung des Laptops, der in EPHK Zieglers Wagen sichergestellt wurde«, begann er mit strahlenden Augen, »hat ergeben, dass er zweifelsfrei PM Uhlig gehört. Auf dem Rechner ist unter anderem ein Trackingprogramm installiert, das die Bewegungen von vier Peilsendern aufzeichnet, die vor gut zwei Monaten an den Privatfahrzeugen von EPHK Ziegler und KOK Pauer sowie an den Streifenwagen von PM Müller und PM Burg befestigt wurden. Seit vorgestern sind die Sender von Ziegler, Müller und Burg nicht mehr aktiv. Zudem fanden wir auf Uhligs Rechner den Scan einer Landkarte, auf der sowohl der explodierte Stollen wie auch ein etwas südlicher gelegener mit einem Kreuz markiert sind. Der Abgleich mit den Trackingdaten ergab, dass Zieglers und Müllers Wagen beide Stollen mehrfach angefahren haben.«

Im Raum war es mucksmäuschenstill.

»Wir vermuten Folgendes«, übernahm Pauer wieder das Wort. »Uhlig hat irgendwie von Zieglers polizeiinternem Netzwerk, dessen Zusammenarbeit mit dem MC und ihren Drogenlaboren erfahren, sie überwacht und dann die gesammelten Daten an Černy weitergegeben. Und damit hat er wohl den blutigen Wahnsinn der letzten Woche ausgelöst.« Der Kommissar lehnte sich in seinem Stuhl zurück. »Hätte er sich mal besser an mich gewendet, statt mich zu verdächtigen, dann wäre uns einiges erspart geblieben.«

Kopfschüttelnd sah die Direktorin der Chemnitzer Kriminalpolizeiinspektion den Oberkommissar an. »Was eine verworrene Geschichte.«

In das anschließende Schweigen hinein sagte Hannah: »Da der Fall Uhlig nun geklärt scheint, betrachte ich meine Arbeit hier als beendet. Meinen Bericht schicke ich in den kommenden Tagen.«

»Dann bleibt mir nur, Ihnen im Namen aller Kolleginnen und Kollegen herzlich für Ihre Unterstützung zu danken, Kollegin Stein«, sagte Kriminaldirektorin Breitfeld und stand auf. »Und wo ich von Unterstützung rede: Vor uns liegt viel Arbeit! Der Filz um Ziegler muss rückstandslos beseitigt und das Revier auf neue, solide Beine gestellt werden. Dazu braucht es eine Führungsperson mit hervorragenden lokalen Kenntnissen und einer festen, erfahrenen Hand. Wir freuen uns sehr, dass diese Person auf uns zugekommen ist und sogar ihre Pensionierung vorübergehend aufgibt. Interimsleiter des Reviers Aue wird unser hochgeschätzter ehemaliger LKA-Kollege Heiner Grimme, der Ihnen sicher allen durch sein vielfältiges Engagement für die Region bekannt ist.«

Die anschließende Stille im Raum war ohrenbetäubend. Hannah blickte zu Pauer. Der Oberkommissar sah aus, als müsse er sich gleich übergeben. Beinahe tat er ihr leid.

37

Hannah hatte fast fertig gepackt und tippte gerade eine Kurznachricht an ihre Schwester, als es an ihrer Zimmertür klopfte. Hinter dem Berg frischer Wäsche war Frau Schipanski kaum zu sehen.

»Sie reisen ab?«, fragte die Seniorin mit Blick auf Hannahs Koffer verwundert. »Das ist aber schade, ich hab mich gerad an Sie gewöhnt.« Resolut drückte sie Hannah den frisch duftenden Wäschehaufen in die Hand. »Heißt das denn, Sie haben den Dennis gefunden?«

»Über die laufenden Ermittlungen darf ich leider nicht reden. Sie werden es aber sicher morgen aus der Presse erfahren«, antwortete Hannah und legte die Wäsche neben ihrem Koffer auf dem Bett ab.

»Streng geheim, verstehe.« Frau Schipanski kicherte. »Nu, wenn Sie mal wieder im Erzgebirge sind, dann denken Sie an unsere Pension, ja?«

»Das mache ich. Jetzt weiß ich ja, wo ich sicher untergebracht sein werde.« Lächelnd überreichte Hannah ihrer Vermieterin den Schlüsselbund mit den neuen Sicherheitsschlüsseln. »Vielen Dank.«

»Die Pension dankt! Glück auf, Frau Stein!«

Bevor Hannah das Zimmer verließ, rief sie noch Novák im Krankenhaus an. »Leutnant, wie geht es Ihnen?«

»Frau Kriminalhauptkommissarin.« Novák klang geschwächt, versuchte es aber zu überspielen. »Mir ging es schon besser. Die Ärzte wollen mich noch mindestens vier Tage hierbehalten, und dann soll ich in die Reha. Inzwischen hat Oberst Zeman die Untersuchungen bereits an sich gezogen, obwohl er noch fast taub ist. Ist das zu glauben?«

»Oh ja.« Hannah lachte müde. »Sie müssen wirklich dringend zu Interpol wechseln. Oder zu uns. Mein Chef sucht immer geeignete Kollegen.«

»Meinen Sie das ernst?« Mit einem Schlag war Nováks alte Energie zurück.

»Todernst. Aber jetzt kümmern Sie sich erst mal um Ihr Bein, und ich fahre nach Hause. Wir sehen uns dann, sobald Sie wieder fit sind, zum Vorstellungsgespräch in Wiesbaden.«

»Sie fahren nach Hause?«, fragte Novák überrascht. »Wollen Sie nicht bei den Befragungen von Frau Roth und ihrer Partnerin dabei sein?«

»Nein, Uhligs Tod ist für meine Abteilung nicht mehr von Interesse. Nur seine ablatierte Hand wird mich noch eine Weile beschäftigen. Da gibt es anscheinend ähnliche Fälle weltweit, die muss ich jetzt auswerten. Vielleicht unterstützen Sie mich ja demnächst dabei.«

»Das kann ich schon ab sofort, vom Bett aus! Ich melde mich bei Ihnen, sobald ich etwas habe. Aber jetzt wünsche ich erst mal eine gute Heimreise, Frau Kriminalhauptkommissarin. Soll ich Ihnen noch den Link zu meiner Country-Playlist schicken?«

Für die Fahrt »nach Hause« setzte das Navi vier Stunden auf fast vierhundert Kilometern an. Für Hannah hieß das bei freier Strecke drei. Als sie die Schneeberger Straße hinauffuhr, stürmte unvermittelt eine Gestalt in einem versengten gelben Overall von links aus dem Wald. Hannah konnte gerade noch bremsen, da ging der Mann bereits wie ein Verrückter auf ihren Wagen los. Fassungslos starrte Hannah ihn an. Er sah aus wie der verbrannte Vietnamese im Krankenhaus, nur nicht ganz so übel zugerichtet.

»Verdammt!«, entfuhr es ihr. Anscheinend hatte sie Frau Winklers Cousin gefunden. Hannah verriegelte die Türen des BMW, wendete und ließ den Wagen im Schritttempo den Hang hinunter in Richtung Polizeirevier rollen. Schreiend rannte der Mann hinter ihr her, wobei er weiter wie wahnsinnig auf das Heck des Autos einschlug. Als sie in die Straße zum Revier einbogen, hupte Hannah mehrmals.

Befremdet blickten die Polizisten, die gerade vor dem Eingangsportal Pause machten, in ihre Richtung. Als der Vietnamese die uniformierten Männer bemerkte, ließ er vom Wagen ab und stürzte auf sie zu. Nach einem kurzen Handgemenge hatten die Beamten ihn zu Boden gerungen und legten ihm Handschellen an. Mit einem ungläubigen Gesichtsausdruck kam Knaup auf Hannahs Wagen zu und lehnte sich zum Fahrerfenster hinunter.

»Wo haben Sie den denn aufgelesen?«

»Er ist mir vors Auto gerannt, als ich gerade heimfahren wollte.«

Knaup grinste. »Sie kommen auch nicht so richtig von hier weg, was?«

»Das fürchte ich auch. – Haben Sie das rechte Ohr des Mannes gesehen? Ich nicht.«

Der Polizeimeister blickte zurück zu seinen Kollegen, die versuchten, den noch immer tobenden Vietnamesen ins Revier zu befördern. Anstelle eines Ohres klaffte an der rechten Seite seines Kopfs nur eine dunkle Höhle.

»Aber … heißt das …« Knaup blieben die Worte im Hals stecken.

»Für mich heißt das zumindest, dass ich wohl noch etwas hierbleiben werde.« Resigniert öffnete Hannah die Tür ihres BMW und stieg aus.

Danksagung

Ich möchte mich ganz herzlich beim Emons Verlag für die wunderbare Betreuung und die produktive Zusammenarbeit bedanken. Ebenso bei meinem Lektor Lothar Strüh, der das Buch, meinen Humor und mich so gut erkannt und mir geholfen hat, »Böse Wetter« noch runder zu machen.

Mein besonderer Dank gilt Florian Bielefeldt für seine Unterstützung bei diesem Buch und für die vielen Stunden, die wir zusammen recherchiert und über der Geschichte gebrütet haben. Ob Sommer oder Winter, es war ein großer Spaß.

Des Weiteren danke ich meiner Mutter und meiner Schwester, Carsten, Reiner, Ernst, Nicole, Alex, Julia, Birthe, Erik, Annika, Stefanie, Susanne, Thea, Jannice, Miriam, Claudia und Boris für ihre vielen Tipps, anregende Kritik und herzliche Hilfe.

Sollte ich jemanden vergessen haben, liegt dies an meinem löchrigen Gedächtnis, nicht an mangelnder Dankbarkeit.